N2 日語

聽解實戰演練

模擬試題 6 回 +1 回題型重點攻略解析

作者 • 田中綾子 / 堀尾友紀 / 須永賢一 /
獨立行政法人國際交流基金 /
財團法人日本國際教育支援協會

譯者 • 黃曼殊
審訂 • 田中綾子

MP3
寂天雲 APP

如何下載 MP3 音檔

❶ **寂天雲 APP 聆聽：** 掃描書上 QR Code 下載「寂天雲 - 英日語學習隨身聽」APP。加入會員後，用 APP 內建掃描器再次掃描書上 QR Code，即可使用 APP 聆聽音檔。

❷ **官網下載音檔：** 請上「寂天閱讀網」（www.icosmos.com.tw），註冊會員／登入後，搜尋本書，進入本書頁面，點選「MP3 下載」下載音檔，存於電腦等其他播放器聆聽使用。

國家圖書館出版品預行編目（CIP）資料

N2 日語聽解實戰演練：模擬試題 6 回 +1 回題型重點攻略解析（寂天雲隨身聽 APP 版）/ 田中綾子，堀尾友紀，須永賢一，獨立行政法人國際交流基金，財團法人日本國際教育支援協會著；黃曼殊譯．-- 初版．--［臺北市］：寂天文化事業股份有限公司，2024.02
面；　公分
ISBN 978-626-300-241-8（16K 平裝）

1.CST: 日語 2.CST: 能力測驗

803.189　　113001107

N2 日語聽解實戰演練：
模擬試題 6 回 +1 回題型重點攻略解析

作　　者	田中綾子／堀尾友紀／須永賢一／ 獨立行政法人國際交流基金／ 財團法人日本國際教育支援協會
試題解析作者	游凱翔
譯　　者	黃曼殊
審　　訂	田中綾子
編　　輯	黃月良
校　　對	洪玉樹
內文排版	謝青秀
製程管理	洪巧玲
發 行 人	黃朝萍
出 版 者	寂天文化事業股份有限公司
電　　話	(02) 2365-9739
傳　　真	(02) 2365-9835
網　　址	www.icosmos.com.tw
讀者服務	onlineservice@icosmos.com.tw

* 本書原書名為《速攻日檢 N2 聽解：考題解析＋ 6 回模擬試題》

出版日期　2024 年 2 月　初版一刷　（寂天雲隨身聽 APP 版）

郵撥帳號　1998-6200　寂天文化事業股份有限公司

訂書金額未滿 1000 元，請外加運費 100 元。

〔若有破損，請寄回更換，謝謝。〕

目　錄

前言

日檢的聽解測試目標著重在於測試應試者「進行某情境的溝通能力」，測試應試者是否能在現實生活中活用日文的題型。N2 聽解考題分五大題，分別是**（一）課題理解**、**（二）重點理解**、**（三）概要理解**、**（四）即時應答**及**（五）統合理解**（增列「**統合理解**」考題，無 N5 ～ N3 中的「**發話表現**」考題）。總題數約 29 ～ 31 題；考試時間 50 分鐘；滿分 60 分。聽解佔總分的三分之一，也就是說是否能掌握聽解分數，成為是否能通過新日檢的重要關鍵。

本書針對新日檢考試變化，量身設計了二大部分，讓考生能在短時間內有效率地做好聽解準備。

【Part 1】題型重點攻略＆詳細試題解析（一回）

- **題型重點攻略：以「試題型式、題型特色、解題技巧」**三個角度，徹底分析 N2 聽解各項考題。讀者可以藉此了解考題型態、目前的出題趨勢，以及應考注意事項等等。
- **詳細試題解析（一回）：**一回合的試題解析中包含詳細的用語、文法、字彙說明，以及題意解析、中文翻譯。試題解析有助於考生精確掌握命題方向並迅速抓到考題重點、關鍵字句，藉此找到有系統的出題規律。

【Part 2】聽解考題的模擬試題

- **6 回模擬題：**收錄 6 回模擬試題，每回含有完整的**（一）課題理解**、**（二）重點理解**、**（三）概要理解**、**（四）即時應答**、**（五）統合理解**內容。反覆練習模擬試題，能提升臨場應試能力，降低出錯率，達到在有限的時間內，獲取最高的成效！
- **參考考古題：**分析參考聽解考古題撰寫成本書的模擬試題內容。利用考古題為導引，掌握 N2 聽解的重點情境、試題用語、出題頻繁的重點。

聽解項目型態說明

以下具體地說明 N2 的聽解項目。

N2 聽解問題大致分為二大類形態：

第一種形態：「是否能理解內容」的題目。

N2 聽解中的「問題 1」、「問題 2」、「問題 3」、「問題 5」屬於此形態。

▶ **「問題 1」的「課題理解」**

應考者必須聽取某情境的會話或說明文，然後再**判斷接下來要採取什麼行動**，繼而從答案選項中選出答案。每題長度約 250 ～ 450 字左右。

例如「日本語学校で、先生が話しています。学生はこの後、スピーチの原稿をどう直しますか。」、「男の人はこの後まず何をしなければなりませんか。」等，應考者根據考題資訊做出判斷。

▶ **「問題 2」的「重點理解」**

聽者必須**縮小情報資訊範圍，聽取前後連貫**的日文後判斷出原因理由、特定關鍵重點等等內容。每題長度約 300 ～ 450 字左右。

例如「男の人は何が一番うれしいと言っていますか。」、「女の人は今使っているプリンターを選んだ理由は何だと言っていますか。」等等。這項考題的技巧是需要能聽取關鍵資訊。

▶ **「問題 3」的「概要理解」**

本項考題中常見針對某主題的完整說明文或會話，應考者聽完後必須**從中理解說話者的主張、想法，或是會話重點為何**，每題長度約 200 ～ 300 字左右。（僅 N3、N2 、N1 有「概要理解」考題）

例如：兩人的對話裡，其中「作家が言いたいことは何ですか。」，或是美食烹飪專家在電台節目裡針對「家庭料理の味」為關鍵字的內容進行說明，讀者必須理解「料理研究家は何について話していますか。」等等。

▶ **「問題 5」的「統合理解」**

應考者必須聽取某情境略長的考題內容，然後**經過比較、綜合理解，之後判斷說話者採取的行動，或是其重點。**（N2、N1 才有這項考題，N3、N4、N5 並無。）

「問題 5」的考題中一共 3 題，但是分為二種形式：

「1 番」、「2 番」類似「問題 1、問題 2」的加長、難度更高的版本，每題長度約 500 ～ 675 字左右。

例如「1 番」、「2 番」裡，會話一開始，只有提到「市の体育館の受付で女の人と男の職員が話しています。」，接著是兩人的略長對話，會話結束後才會在最後問「女の人はどの教室を見学したいと言っていますか。」。

「3 番」則接近「問題 3、問題 2」的結合版本，也就是「主題說明文＋會話文」──先有類似「問題 3」的說明文，然後接上「針對說明文的一段會話」。

例如一開始是針對「使われなくなった学校の校舎の再活用」進行說明，緊接著是一段針對前述內容的兩人會話，最後問 2 個問題：

「質問 1：男の人はどの学校に行くつもりだと言っていますか。」

「質問 2：女の人はどの学校に行きたいと言っていますか。」

第二種形態：「是否能即時反應」的題目。

N2 聽解中的「問題 4」屬於此形態。第二類的考題測試的是「是否具有實際溝通的必要聽解能力」，所以考題是設定在接近現實的情境，可說是最具新日檢特徵的考題。

▶ **問題 4 的「即時應答」**

測試應試者是否能**判斷要如何回應對方的發話**。

例如，如果對方說「うん？会議の資料、この机の上に置いたはずなのに。」、「勧めてくれたカメラ、買いましたよ。小型ながらなかなか高性能ですね。」這表示發話者希望對方對自己提到的事物做出回應。另外，像是如果對方問「イベントの準備は順調？」，考生必須推測可能的正反回答，同時注意時間上的合理性。

合格攻略密技

常有人問道，日檢的聽解要怎麼準備？

大家都知道，要參加考試的話，最基本的當然是具備符合該程度的字彙量以及文法知識。但是針對日檢聽解項目，具體來說應該怎麼做準備呢？

基本語感訓練：聽力的項目尤其需要語感的培養，所以長期來說自行找自己興趣的角度切入學習日文是最佳方法。無論是網路上隨手可得的線上新聞、YouTube 影片，或是動漫、日文歌曲，還有教科書裡附的聽力練習等等，都可以達到不錯的效果。重點在於接觸的頻率要高，常常聽才能培養出自然天成的日文耳。

熟悉題型：如果你時間有限，那麼反覆做模擬題是迅速累積實力的捷徑。各題型的重點相距甚遠，因此請務必一一練習。藉由大量的模擬題練習可以熟悉題型，同時縮短應試時需要反應時間。

其中最大的效果是可以快速地強迫文法、字彙、聽力三者合而為一，讓原本看得懂但是傳入耳中陌生的字彙，以及使用不順的文法，在不斷的練習中順利融會貫通，效果就會反應在成績上。

重度聽力訓練：最重度的訓練，要反覆聆聽音檔，直到聆聽當下，可以馬上反應出其意思為止。訓練要依下面的步驟進行：

Step 1 不看文字直接聆聽，找出無法聽懂的地方

Step 2 閱讀聽力的「スクリプト」文字內容，尤其加強 Step1 聽不懂的地方

Step 3 再次聆聽音檔——這步驟中不可以看文字。**直到你能夠完全聽清楚每字每句。**

Step 4 作答完本書中的試題後若仍有餘力，**請熟讀聽力原文。**使耳朵、眼睛得到的訊息合而為一，學習過程中將能有效提升語彙、表達、和聽力方面的能力。

筆記密技：請養成專屬於自己的筆記密技，訓練自己熟練筆記技巧，才有辦法在緊湊的考試時間內，迅速記下重點。同時利用手腦並用的方式，提升自己考試時的注意力。有時候考試的各種干擾，會打散注意力，這時筆記的技巧就可以強迫自己專心，拉回思緒。

無論是長時間準備，或是短時間的衝刺，上述的應試密技一定能助大家順利高分通過考試！

N2 Part 1

問題一　課題理解
- ▶ 題型重點攻略
- ▶ 試題解析

問題二　重點理解
- ▶ 題型重點攻略
- ▶ 試題解析

問題三　概要理解
- ▶ 題型重點攻略
- ▶ 試題解析

問題四　即時應答
- ▶ 題型重點攻略
- ▶ 試題解析

問題五　統合理解
- ▶ 題型重點攻略
- ▶ 試題解析

註：本單元標示＊者，題目摘錄自：「日本語能力試驗官方網站（https：//www.jlpt.jp/）」。分別是問題 1 ~問題 5 的「例」（p. 12、p. 46、p. 60、p. 76、p. 79）

問題1 課題理解

題型重點攻略

試題型式

問題紙

> 大題當頁印有「問題 1」的說明文，以及「例」讓考生練習。

問題1

問題1 では、まず質問を聞いてください。それから話を聞いて、1から4の中から、正しい答えを一つ選んでください。

例

1. 先生にメールで聞く
2. 友達にメールで聞く
3. 研究室の前のけいじを見る
4. りょうの前のけいじを見る

> 試題紙上的選項，以圖示、文字等形式出題。

2番

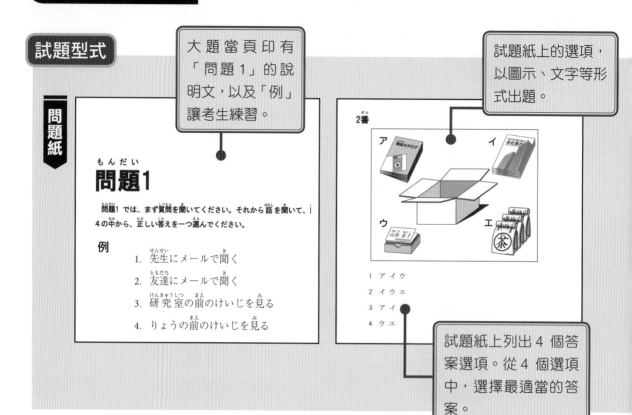

1 アイウ
2 イウエ
3 アイ
4 ウエ

> 試題紙上列出 4 個答案選項。從 4 個選項中，選擇最適當的答案。

音檔

❶ 考試中，首先會**播放「問題 1 」的說明文，以及「例」**讓考生練習。

> 問題1
> 問題1では、まず質問を聞いてください。それから話を聞いて、問題用紙の1から4の中から、最もよいものを一つ選んでください。

❷ **正文考題：**
提問→會話短文→提問（約 10 秒的作答時間）。即題目會在對話內容**開始前**，和對話**結束後**各唸一次提問，**總共會唸兩次**。兩次提問之間，是一段完整的會話短文。

❸ 在問題結束後，會有約 10 秒的作答時間。

題型特色

❶ **「問題 1」** 佔聽解考題中的 **5 題**，試題紙上有印選項，選項是文字、圖示。

❷ 「問題 1」中的 5 題，第 1、2 題比較簡單，接下來就越來越困難。

❸ 大部分是**雙人對話，偶爾也會出現只有單人的說明文**。應考者必須在聽完後，**判斷接下來要採取的行動，或是理解其重點**，繼而從答案選項中選出答案。

❹ 問題 1 的出題內容如果文字題的話，可能是**考會話主角的下一步行動**等等。圖示題不多，若是圖示題，可能是考**複數的物品、位置**等等難以用文字描述的內容。

❺ 近年來，在**「問題 1」中常出現的情境設定會在學校、公司、居家等範圍**。考學校時，除了一般學校事務外，以留學生為對象的會話佔不少比重；考居家時，以租房、垃圾等等與住家相關的情境居多；考公司時，上司、部屬以及同事間的會話佔比重最高。

❻ 問題的問法常見「何をしますか」、「この後まず何をしますか。」等等。例如「学生はこの後、スピーチの原稿をどう直しますか。」、「男の人はこの後まず何をしなければなりませんか。」。

解題技巧

❶ 「問題 1」在試題紙上會提示 4 個選項，所以務必在聽力播出前**略看一下選項，掌握考題方向**。這個動作對理解會話內容有極大幫助。

❷ **請仔細聆聽題目**。本大題中有 2 次問題提問，如果漏聽了第一次，會話結束後，會再播送一次問題提問，務必掌握最後一次機會。因為就算能聽懂對話內容，沒聽懂考題要問哪個重點，也無法找出答案。

❸ 請一邊聆聽對話，一邊看試題紙作答。聽對話內容時，隨時**逐一排除不可能的選項**。

❹ 作答的當下請立刻畫卡，因為之後並沒有多餘的時間讓你補畫。

❺ 如果無法選出答案，請確認整篇對話中重複聽到最多次的單字，並直接選擇此單字所在的選項，如此一來便可以降低答錯的機率。

＊例 001

1. 先生(せんせい)にメールで聞(き)く
2. 友達(ともだち)にメールで聞(き)く
3. 研究室(けんきゅうしつ)の前(まえ)のけいじを見(み)る
4. りょうの前(まえ)のけいじを見(み)る

スクリプト

授業(じゅぎょう)で先生(せんせい)が話(はな)しています。学生(がくせい)は授業(じゅぎょう)を休(やす)んだとき、どのように宿題(しゅくだい)を確認(かくにん)しますか。

M：ええと、この授業(じゅぎょう)を休(やす)むときは必(かなら)ず前(まえ)の日(ひ)までに連絡(れんらく)してください。

F：メールでもいいですか。

M：はい、いいですよ。あっ、それから、休(やす)んだときは、私(わたし)の研究室(けんきゅうしつ)の前(まえ)の掲示(けいじ)を見(み)て、宿題(しゅくだい)を確認(かくにん)してください。友達(ともだち)に聞(き)いたりしないで、自分(じぶん)で確(たし)かめてちゃんとやってきてくださいね。

F：はい。

M：それから、今日(きょう)休(やす)んだ人(ひと)、リンさんですね。リンさんは、このこと知(し)りませんから、誰(だれ)か伝(つた)えておいてくれますか。

F：あっ、私(わたし)、リンさんに伝(つた)えておきます。同(おな)じ寮(りょう)ですから。

M：じゃ、お願(ねが)いします。

学生(がくせい)は授業(じゅぎょう)を休(やす)んだとき、どのように宿題(しゅくだい)を確認(かくにん)しますか。

老師在課堂上談話，學生請假時如何確認回家作業？

男：嗯～，這堂課要請假時請一定要在前一天之前連絡。

女：用 email 連絡可以嗎？

男：好的，可以喔。啊，還有要請假的話，要到我研究室前看公告確認回家作業。不要問同學，要自己去仔細確認，完成後來上課。

女：好的。

男：嗯，今天請假的是林同學對吧？林同學不知道這件事，所以請誰通知他好嗎？

女：啊，我來通知林同學。我們住同一間宿舍。

男：好，麻煩你了。

學生請假時如何確認回家作業？

1. 用 email 問老師
2. 用 email 問朋友
3. 看研究室前的公告
4. 看宿舍前的公告

答案 3

文法重點

❶ 日本語能力試驗官方網站提供的此題例比較簡單，大概接近「問題１」的第１題的難易度。（第１、２題比較簡單，接下來就越來越困難。）

❷ 「時間／Vる＋までに＋V」表示在某一時間之前，完成了某個動作或發生了某種事情，述語多以「瞬間性」動作敘述。另有一個意義完全不同的句型「時間／Vる＋まで＋V」表示動作持續到某一時間為止，多以「持續性」動作敘述。兩者的表現形式必須注意。

- 夜中までに帰った。（午夜之前回到了家。）
- 新幹線が大阪に着くまでに食事を済ませた。（在新幹線抵達大阪之前用完餐。）
- 夜中まで待った。（一直等到半夜。）

❸ 「Vないで」後項接動詞句，可表示「在沒做前項動作的狀態下，就做後項動作」以及「兩個不能同時進行的動作，選擇其一取而代之」等意思。

- 傘を持たないで出かけて雨に降られてしまった。
  （沒帶雨傘就出了門，結果被雨淋了。）
- 今度の連休はどこも行かないで、うちでゆっくり休みたい。
  （這次連假我哪裡都不去，想在家裡好好休息。）

❹ 「やってきてください」句中的「Vてくる」是表示在別處做完某動作以後，再來到現在所在地方的意思。

- 遅くなってごめんなさい。途中で花屋に寄ってきたものだから。
  （抱歉，我來晚了。因為在路上順便去了家花店。）

❺ 「Vておく」是「事先準備；維持原狀；放置」的意思。另外也有「處置；措施」的意思，表示針對討論到的話題做出應對、處理等等。

- 来週、中間試験があるから、単語を復習しておきます。
  （下週因為要舉行期中考，所以要先複習單字。）
- その資料はあとで見ますから、そこに置いておいてください。
  （那個資料我稍後會看，請把它放那就好。）
- A：これ、予約したいんですが。（我要預約。）
  B：これに記入をお願いします。後はこちらでやっておきます。
  （請您填這個，剩下的我們會處理。）

1番 002

1. 課長(かちょう)に連絡(れんらく)を取(と)る
2. 課長(かちょう)が戻(もど)ってくるのを待(ま)つ
3. 課長(かちょう)の連絡先(れんらくさき)を調(しら)べて鈴木(すずき)さんに教(おし)える
4. 課長(かちょう)が戻(もど)ったら、伝言(でんごん)のメモを渡(わた)す

スクリプト

女(おんな)の人(ひと)と男(おとこ)の人(ひと)が電話(でんわ)で話(はな)しています。女(おんな)の人(ひと)はこれから何(なに)をしなければなりませんか。

F：ありがとうございます。森田(もりた)トラベル、佐藤(さとう)です。
M：もしもし、私(わたし)、東京航空(とうきょうこうくう)の鈴木(すずき)と申(もう)しますが、田中課長(たなかかちょう)いらっしゃいますでしょうか。
F：お世話(せわ)になっております。あいにく田中(たなか)は出張中(しゅっちょうちゅう)で、あさって戻(もど)りますが…。
M：そうですか。できれば早(はや)めに連絡(れんらく)を取(と)りたいんですが…。
F：それでは、今日中(きょうじゅう)に田中(たなか)からそちらへ連絡(れんらく)を入(い)れさせます。
M：そうしていただけると助(たす)かります。今日(きょう)はオフィスにおりますので。
F：かしこまりました。今日中(きょうじゅう)には必(かなら)ずご連絡(れんらく)いたします。
M：よろしくお願(ねが)いいたします。

女(おんな)の人(ひと)はこれから何(なに)をしなければなりませんか。

男女兩人正在講電話。女人現在必須做什麼？

女：非常感謝。我是森田旅遊的佐藤。
男：喂，我是東京航空的鈴木，田中課長在嗎？
女：平常承蒙您的照顧。很不巧田中現在出差，後天才會回來。
男：這樣子啊。可以的話我想盡快跟他取得聯繫……。
女：那我今天就請田中跟您聯絡。
男：這樣真是幫了我一個大忙。我今天會在辦公室。
女：我知道了，今天一定會跟您連絡。
男：麻煩您了。

女人現在必須做什麼？

1. 聯絡課長
2. 等課長回來
3. 查課長聯絡方式並告知鈴木
4. 課長回來之後轉告課長

答案 1

文法重點

❶ 「出張中」的「中」唸「ちゅう」，表示「正在進行的事物」，此時是「～をしている」的意思。另外，「中」唸「じゅう」時，也用來表示「時間或空間上限定的範圍」，表示「整～；全～」的意思。「今日中、明日中、明日中」是例外。

- 地下鉄の駅は工事中です。（地下鐵車站目前施工中。）
- 彼女は十中八九来ないだろう。（她十之八九不會來吧！）
- 病気だったので、一日中家にいました。（因為生病，所以一整天都在家。）
- 家中探したが、見つからない。（找遍全家也沒找到。）

❷ 「連絡を入れます」經常在電話或電子郵件中使用，通常指單方面跟對方連絡、報告。請注意具有強制的意味的「～させる」不可以對長輩等身份地位比自己高的人使用。

- 予約の時間を決めたら、連絡を入れるね。（決定預定的時間之後，我會跟你聯絡。）
- 今、時間を確認中なので、分かり次第連絡を入れます。
（目前正在確認時間，一知道結果會馬上跟您聯絡。）
- 母は私に自分の部屋を片付けさせた。（媽媽要我整理自己的房間。）

❸ 「助かります」用於表示向某人表達謝意，感謝其對自己伸出援手。

- A：もうすぐ引っ越しでしょ？荷物運ぶの、手伝うよ。
（你快要搬家了，對吧？我來幫你搬行李吧！）
B：ほんとですか。助かります。（真的嗎？多謝幫忙。）
- おかげさまで、どうも助かりました。（多虧有你幫了我大忙呢。）

當敘述理由試圖獲得對方理解時，有時會在後面加上「ので」或「から」作收尾。

- A：連休はどこかへ行った？（連假有去哪裡玩嗎？）
B：別府に行きました。温泉旅館に泊まってみたかったので。
（去了別府。因為我很想住看看溫泉旅館。）

❹ 「お／ご～いたします」是謙讓語慣用句型，用於自己（己方）為對方做某動作行為，句中需要有接受動作的對象存在才可以使用，謙讓程度比「お／ご～します」稍高。

- 詳しいことはお目にかかってお話しいたします。
（詳細情況在見到您之後再跟您說。）
- このことについてわたしがご説明いたします。（關於這件事，由我來說明一下。）

2番 003

1. 皆と一緒に友人のコンサートにお祝いに行く
2. 皆と一緒に花束をプレゼントする
3. 自分で花束を注文して、コンサートの会場に送る
4. お祝いのカードを書いて、男の人に渡してもらう

スクリプト

女の人と男の人が電話で話しています。女の人はどうすることにしますか。

M：あのさ、大ニュースがあるんだ。合唱サークルで一緒だった久光さん、今度プロの歌手としてデビューするんだって。

F：へえ、そうなんだ。

M：それで、その初めてのコンサートに皆で行こうって言ってるんだけど。

F：いつ？

M：来週の日曜。

F：あー、その日はあいにく…。お花かなんか贈ろうかな。

M：うん。僕らも贈るつもりなんだけど、一緒にしようか。

F：そうしてもらえるとありがたいわ。1人いくら？

M：お金は後で請求するよ。

F：分かった。私もとりあえずカードだけ贈っておくから、よろしく。

女の人はどうすることにしましたか。

男女兩人正在講電話。女人決定做什麼？

男： 我有一個大新聞喔。之前一起參加合唱團的久光，聽說這次要以專業歌手出道。

女： 哦？

男： 大家說要一起去參加他首場的演唱會。

女： 什麼時候？

男： 下星期日。

女： 啊，那一天我剛好不行……。還是送個花之類的好了。

男： 嗯，我們也打算送，要不要一起合送？

女： 如果能一起合送那就太好了。一個人要多少錢？

男： 錢之後再算。

女： 我知道了。總之我會先送張卡片給他。（花的事）就拜託你們了。

女人決定做什麼？

1. 和大家一起去祝賀朋友的演唱會
2. 和大家一起送花
3. 自己訂花，然後送到演唱會會場
4. 寫賀卡，然後請男人轉交

答案 2

文法重點

❶ 「名詞＋として」是「作為～；以～身份」的意思，用於表示某個特定的名義、立場、資格等情況時。

- 彼(かれ)は以前(いぜん)に一度(いちど)留学生(りゅうがくせい)として日本(にほん)へ行(い)ったことがある。
  （他以前曾經以留學生的身份去過日本。）

❷ 「普通形＋んだって」置於句尾表示傳聞，用法類似「普通形＋そうだ」，屬於口語表現，用於間接從別人那裡聽到的消息，是「聽說～；據說～」的意思。如果是直接引述本人講的話，則用「普通形＋って」表示。「って」是引用句的「と」更口語的表達，在非正式場合下廣泛被使用。

- あの店(みせ)のケーキ、おいしいんだって。（聽說那家店的蛋糕很好吃。）
- 電話(でんわ)して聞(き)いてみたけど、予約(よやく)のキャンセルはできないって。
  （我打電話問了，對方說預約了就無法取消。）

❸ 「そうなんだ」帶有驚訝的語氣，表示「原來是這樣呀！」的意思。

- A：その店(みせ)、おいしいけど、けっこう高(たか)いよ。
  （那家店的東西很好吃，但是蠻貴的喔！）
  B：そうなんだ。残念(ざんねん)。（這樣子啊！真可惜。）

❹ 「～かなんか」用於不能明確指出就是該物品，但表示是與該物品類似的東西，是「之類的；什麼的」的意思。

- お見舞(みま)いには果物(くだもの)かなんかを持(も)って行(い)くことにしよう。
  （探望病人帶水果之類的去吧！）

❺ 「ありがたい」是用於禮貌地表達感謝的說法，是「心懷感激的；令人感謝的」的意思。

◉ A：〈先輩に〉いつも親切に指導していただいて、本当にありがたいです。
（〈對前輩〉您總是這麼親切地指導我，我心裡真的很感激。）

B：いやいや、僕もそうしてもらったから。
（不會啦！我以前也一樣受過別人的指導啊！）

❻ 「贈っておくから、よろしく」的接續助詞「から」在這裡並沒有原因、理由的意思，是後句中有表示命令、請求或勸誘等，要求對方做某行為的前提訊息。

◉ 冷蔵庫にケーキがあるから、どうぞ、食べてください。（冰箱裡有蛋糕，請享用。）

3番 004

1. ホテルに泊まる
2. バスに乗る
3. 他の新幹線に乗る
4. 待合室で待つ

スクリプト

駅のアナウンスを聞いてください。大阪へ行く人はどうしたらいいですか。

M：本日は新幹線をご利用いただきありがとうございます。台風19号の影響で、新幹線は運転不可能となりました。これより先へお越しのお客様にご案内いたします。名古屋にお越しのお客様はバスをご用意いたしております。京都へお越しのお客様は、まだ京都鉄道が動いておりますのでご利用ください。大阪までお越しのお客様は、当駅近くにホテルをご用意しておりますので、そちらにお泊りください。そのほかの地域へのお客様は、待合室でお待ちください、どうぞよろしくお願いいたします。

大阪へ行く人はどうしたらいいですか。

請聆聽車站的廣播。要前往大阪的人應該怎麼做？

男：今天非常感謝您搭乘新幹線。由於受到19號颱風的影響，新幹線已停駛。接下來我將指引欲前往目的地的乘客。欲前往名古屋的乘客，我們已經為您準備了巴士。欲前往京都的乘客請搭乘未停駛的京都鐵路。欲前往大阪的乘客，本站在附近已為您準備了飯店，請您至飯店住宿。而欲前往其他地方的乘客，請於候車室等候。敬請多加配合。

要前往大阪的人應該怎麼做？

1. 住飯店
2. 搭乘巴士
3. 搭乘其他新幹線
4. 在候車室等候

答案 1

文法重點

❶ 「お／ご～いただきます」是謙讓語的慣用句型，用來表示自己（己方）請求對方或尊長、上級為自己等做某事情，敬意程度高於「Vていただきます」。「お／ご～いただきます」的形態可適時變成中止形「お／ご～いただき」或「お／ご～いただきまして」這種禮貌形式後，再接後項述語。

- 本日はお忙しいところお集まりいただき大変感謝しております。（今日非常感謝各位百忙之中特地來到這裡。）
- ご購入いただきまして誠にありがとうございます。（非常感謝您的購買。）

❷ 「名詞＋と＋なります」可用來表示事物或狀態轉變之「結果」，這是表突發性的、暫時性的結果。另一個「名詞＋に＋なります」的句型也表示事物或狀態轉變之「結果」，這是表自然性、永久性的結果。

- 雨は夜に入って、雪となった。（雨入夜之後，變成了下雪。）
- 氷が溶けて水になった。（冰溶解了而變成了水。）

❸ 「名詞＋より＋方向名詞（前、後、上、下、先…）」可用來表示空間或時間的分界線、分界點。

- この川より向こうは隣の国だ。（這條河為界，對面就是鄰國了。）
- 10時より前は自由行動の時間です。（10點以前是自由活動的時間。）

❹ 接頭語「お」下面接動詞「越す」的ます形「越し」形成的名詞「お越し」是「來」的尊敬語，是「駕臨；光臨」的意思。

- お車でお越しの際は、近くの駐車場をご利用ください。（當您開車前來的時候，請利用附近的停車場。）

❺ 「お／ご～ください」是為了表示敬意而抬高對方的禮貌性用語，尊敬程度比「Vてください」要高，可用於長輩、上司或是顧客等的請求。

- お名前をここにお書きください。（請將名字寫在這裡。）
- 数量限定ですので、お早めにご購入ください。（數量有限，請盡早購買。）

４番 005

1. 掃除をして商品を棚に並べたあと、レジをチェックする
2. 商品を陳列して掃除したあと、レジをチェックする
3. 掃除をして釣り銭を準備したあと、商品を棚に並べる
4. 商品を陳列して、釣り銭を準備したあと、掃除をする

スクリプト

新しいスーパーの店長と店員が話しています。明日どの順番で準備をしますか。

M：明日は朝７時に商品が届くことになっているから、とりあえず箱を開けて、商品をチェックして、棚に並べてくれ。

F：棚に並べる前に一度掃除を済ませておいたほうがいいんじゃないですか。棚板が汚れていると商品も汚れますから。

M：んー、それもそうだな。それから、釣り銭の準備も忘れるな。

F：そうですね。掃除をしている間に銀行が開く時間になるでしょうから、掃除作業を済ませたら、とりあえずレジのチェックをして、商品の運び込みはそのあとにしましょうか。

M：うん、開店間際にバタバタするのもなんだし、金のことは俺が立ち会ったほうがいいだろうから、先に陳列のほうを頼むよ。

F：分かりました。それで、10時開店ですね。

M：おう、明日は忙しいぞ。

明日どの順番で準備をしますか。

新開張的超市店長和店員正在談話。明天準備的順序為何？

男：明天早上七點貨會送達。所以你先把箱子打開，檢查商品，然後上架。

女：在商品上架之前先把架子擦乾淨會不會比較好？架上的板子不乾淨的話，商品也會弄髒。

男：唔……說的也是。那接下來不要忘記準備零錢。

女：好的。在打掃的時候銀行應該就會開門了，所以如果那時打掃完的話，要不要先檢查一下收銀機，之後再將商品搬進來？

男：嗯……開店前匆匆忙忙的也不太好，錢的事情我去處理就好，就先拜託你把商品上架。

女：我知道了。然後十點開店對吧。

男：噢，明天可忙的呢。

明天準備的順序為何？

1. 打掃之後上架商品，然後檢查收銀機
2. 上架商品之後打掃，然後檢查收銀機
3. 打掃之後準備零錢，然後上架商品
4. 上架商品之後準備零錢，然後打掃

答案 1

文法重點

❶ 這裡「商品が届く<u>ことになっている</u>」可視為「計畫」或「預定」的意思。「Vる／Vない＋ことになっている」除了「預定」的意思之外，還有「規定」的意思。

- 今度の日曜日には、秋葉原で友達と会うことになっています。
  （這個星期日預定要在秋葉原和朋友見面。）
- この国では、車は右側を走ることになっている。
  （在這個國家，車子是靠右側行駛的。）

❷ 「普通形＋んじゃないですか」是「普通形＋のではありませんか」較為口語的說法。在非正式的場合裡，敘述說話者的想法時使用。當說話者與聽話者關係較親密時，也可以說成「普通形＋んじゃない？」

- A：このスケジュール、少しきついんじゃないですか？
  （這個行程是不是有點太緊湊了？）
  B：そうですね。ちょっと厳しいかもしれませんね。（嗯！也許有點太嚴苛了。）
- A：そのこと、彼は知らないんじゃない？（他是不是不知道那件事情？）
  B：あ、そうかもしれないね。確認してみる。（啊！說不定是呢！我來確認看看。）

❸ 「から」置於句尾作為終助詞時，帶有「告知、提醒、安慰」等語氣。

- わたしはもう帰るから。（我要回去了喔！）
- 泣かないで、何でも買ってあげるから。（別哭了，我什麼都會買給你的。）

❹ 「間(あいだ)」用於表示持續某種狀態、動作的期間。「間」後面加「に」時，後項句子為表示在其時間內進行的某種動作，或發生的某種事態等，後句述語為動詞時，多為「…する、…なる、…しはじめる」等表示非持續意義的形式。

◉ ちょっと席(せき)を外(はず)している間(あいだ)に、財布(さいふ)がなくなった。
（在離開座位一下子之間，錢包就不見了。）

「間」後面不加「に」時，後項句子為表示在其間持續的某種狀態，或同時進行的某種動作，後句述語為動詞時，多為「…Vている、Vつづける」等表示持續意義的形式。

◉ 彼(かれ)が会議(かいぎ)をしている間(あいだ)、いつもスマホを弄(いじ)っている。
（他在開會的時候，總是在滑手機。）

❺ 「～のもなんだし」是一種避免明說，以模糊焦點、迂迴的方式來表示一些不好直接開口的事情。其中「なん」是「なに」的變音，帶有「不好開口；不好明說」等語意。另外，再加上表示話題切入的「だが」或是表示原因理由的「だし」，就形成了一種不直接明說的委婉客氣的說法。

◉ 一日中(いちにちじゅう)、くすぶって家(いえ)にいるのもなんだし、どっか行(い)こうよ。
（一整天悶在家裡也不是辦法，我們去哪裡逛逛吧！）

◉ 自分(じぶん)で言(い)うのもなんだが、僕(ぼく)ならできる。
（我自己這樣說是有點不好意思，但如果換我來做就能夠做到。）

❻ 終助詞「ぞ」是男性用語，一般女性不會使用，用來強烈表示自己的主張和判斷。

◉ もう遅(おそ)いぞ、早(はや)く起(お)きろ。（已經很晚了！趕快起床！）

5番

1. 道路の狭さ　2. 交通事故の多さ
3. 病院の少なさ　4. ごみの多さ

スクリプト

女の人が町の問題について演説をしています。この人は何を最初に解決すべきだと言っていますか。

F：ええ、市民の皆さん、町にはご存じのように山のように問題があるわけです。どの道路も狭く、その割りには交通量が多く、事故がなかなか減りません。またこの町には病院が1つしかありません。さらにごみ問題も深刻です。ごみは増えるばかりで、ごみを捨てる場所がなくなりそうです。ま、いろいろな問題があるわけですが、この町がまずしなければならないことは、市民の健康と命を大切にすることです。たとえ怪我をしたり病気になったりしても心配ないように、一日も早く何とかしなければなりません。

この人は何を最初に解決すべきだと言っていますか。

女人關於都市問題正在發表演講。此人說什麼問題應最優先解決？

女：嗯……。各位市民，如同大家所知，這個城市裡有很多問題。每一條道路都很狹窄，相對之下交通流量又非常大，車禍案件居高不下。另外，這個城市裡只有一間醫院，而且也有很嚴重的垃圾問題。由於垃圾量不斷增加，垃圾快要没有地方可以丟。雖然這個城市存在著各式各樣的問題，但首要工作就是要保護市民的生命與健康。為了各位市民即使受傷或生病也都能無所擔憂，這是必須趕緊設法解決的問題。

此人說什麼問題應最優先解決？

1. 道路的狹窄
2. 車禍發生率太高
3. 醫院的數量太少
4. 垃圾量太多

答案 3

文法重點

❶ 「ご存じのように」句中的「ように」是「引言」用法，表示前面所敘述的事物或已知的事實與要說的事物是一致的，用於後面要進行說明的引言。是「如同…；像～那樣」的意思。

- ご承知のように奈良は日本の古い都であります。
（如您所知，奈良是日本的古都。）

- その原因は次のように考えられます。（原因推測如下。）

❷ 「山のように問題がある」句中的「NのようにV」表示「比喻；比況」，用於將某事物或狀態比喻成其他不同的事物，常搭配副詞「まるで」使用，是「有如…一般」的意思。

- 最近は休みもなく、まるでロボットのように働いている。
（最近都沒休假，有如機器人一般地工作。）

❸ 「普通形＋わけだ」用於敘述從前面內容所表達的，或是前後文所表示的事實、狀況等，合乎邏輯理所當然導出某個結論時，是「當然…；就是…」的意思。

- 彼はアメリカで５年間働いていたので、アメリカの事情にかなり詳しいわけです。（他在美國工作了５年，當然對美國情況相當熟悉。）

❹ 「～わりに」表示以前項事實的基準來看，後敘事項似乎不成比例地過高、過低、過好或過壞，多半帶有說話者驚訝的語氣，是「相較之下；以～來看，卻…」的意思。

- あの人はバスケットボール選手だが、そのわりに、背が低いですね。
（那個人雖然是籃球選手，但個子並不高呢！）

❺ 這裡「Vる＋ばかりだ」表示事物朝著不好的方向持續變化，是「越來越…；一直…」的意思。

- 会社が潰れてから、父の健康状態が悪くなるばかりだ。
（自從公司倒閉之後，我父親的身體狀況越來越差。）

❻ 「たとえ～て（で）も」是用來表示即使有前項的事情發生，也不會讓原來的決定、計畫產生變化，是「無論～也；就算～也」的意思。

- 世の中にはたとえお金があっても、買えないものがある。
（世界上有些東西是即使有錢也無法買到的。）

❼ 這裡「何とか」是表示某事雖有不足，但仍勉強去達到其通過的要求或標準，是「設法～」的意思。

- A：難しかったけど、何とか試験は通ったみたいです。
（雖然很難，但總算還是設法通過了考試。）
B：そうですか。それはよかったですね。（這樣子啊！那真是太好了呢！）

問題2 重點理解

題型重點攻略

試題型式

問題紙

大題當頁印有「問題 2」的說明文，以及「例」讓考生練習。

問題2

問題2では、まず質問を聞いてください。そのあと、問題用紙
さい。読む時間があります。それから話を聞いて、問題用紙の1
い答えを一つ選んでください。

例
1. 友達とけんかしたから
2. かみがたが気に入らないから
3. 試験があるから
4. 頭が痛いから

試題紙上有列出 4 個答案選項。從 4 個選項中，選擇最適當的答案。

1番

1 友達とけんかしたから
2 かみがたが気に入らないから
3 試験があるから
4 頭がいたいから

音檔

❶ 考試中，首先會**播放「問題 2」的說明文**。

問題 2
問題 2 では、まず質問を聞いてください。そのあと、問題用紙のせんたくしを読んでください。読む時間があります。それから話を聞いて、問題用紙の 1 から 4 の中から、最もよいものを一つ選んでください。

❷ **正文考題：**
提問→閱讀回答 4 個選項（約 20 秒閱讀時間）→會話短文→提問（約 10 秒的作答時間）。即題目會在對話內容開始前，和對話結束後各唸一次提問，**總共會唸兩次**。兩次提問之間，是一段完整的會話短文。

❸ 在問題結束後，會有約 10 秒的作答時間。

題型特色

❶ **「問題 2」**佔聽解考題中的 5 題或 6 題。（2018 年 7 月～ 2019 年 7 月為 5 題）

❷ 此單元在對話播出之前，**有 20 秒左右的時間可以閱讀選項**。**選項的長度比問題 1 長，也比較複雜。**

❸ 選項以文字形式出題，出題內容傾向**詢問理由或原因、或是詢問對話相關細節**等等。問題 2 的考題其會話範圍為更**多元的日常對話**，因此使用的內容中出現的字彙涉略範圍寬廣、豐富多元，雖然文法難度不會太刁鑽，但是如果背的字彙量不足，會產生理解困難的問題。

❹ 問題的問法常見「どうして…」、「どんなところ…」等等。例如「男の人はどうして昨日大家に注意されましたか。昨日です。」、「女の人はこのレストランのどんなところが一番気に入っていると言っていますか。」。

解題技巧

❶ 「問題 2」在試題紙上會提示 4 個選項，所以在聽完問題之後的 20 秒閱讀時間裡，務必**仔細閱讀選項，掌握考題方向**。

❷ **請仔細聆聽題目**，本大題中有 2 次問題提問。因為有閱讀的時間，所以這大題中，聽懂第一次問題提問變得十分重要。掌握問題提問，同時與文字選項連結，這樣才能在接下來的會話中找到正確答案的線索。

❸ 如果漏聽了第一次，會話結束後，會再播送一次問題提問，務必掌握最後一次機會。因為就算能聽懂對話內容，沒聽懂考題要問哪個重點，也無法找出答案。

❹ 請一邊聆聽對話，一邊看試題紙作答。聽對話內容時，隨時**逐一排除不可能的選項**。作答的當下請立刻畫卡，因為之後並沒有多餘的時間讓你補畫。

❺ 如果無法選出答案，請確認整篇對話中重複聽到最多次的單字，並直接選擇此單字所在的選項，如此一來便可以降低答錯的機率。

＊例 007

1. 友達（ともだち）とけんかしたから
2. かみがたが気（き）に入（い）らないから
3. 試験（しけん）があるから
4. 頭（あたま）が痛（いた）いから

スクリプト

母親（ははおや）と高校生（こうこうせい）の女（おんな）の子（こ）が話（はな）しています。女（おんな）の子（こ）はどうして学校（がっこう）へ行（い）きたくないのですか。

F1：どうしたの？朝（あさ）からためいきばっかり。誰（だれ）かとけんかでもしたの？

F2：それはもういいの、仲直（なかなお）りしたから。それより、見（み）てよ、この前髪（まえがみ）。

F1：まあ、また、思（おも）い切（き）って短（みじか）くしたわね。

F2：こんなんじゃ、みんなに笑（わら）われちゃうよ。ねえ、今日（きょう）学校（がっこう）休（やす）んじゃだめ？。

F1：だめに決（き）まってるでしょ。そんなこと言（い）って、本当（ほんとう）は今日（きょう）の試験（しけん）、受（う）けたくないんでしょ。

F2：違（ちが）うよ。ちゃんと勉強（べんきょう）したんだから、そんなことより、ああ、鏡（かがみ）見（み）るだけで頭（あたま）痛（いた）くなりそう。

女（おんな）の子（こ）はどうして学校（がっこう）へ行（い）きたくないのですか。

媽媽和女高中生在交談，女孩為什麼不想去上學？

女１：怎麼了？一早開始就老是在嘆氣！你是和誰吵架了嗎？

女２：那已經沒事了，合好了。別說那個，你看啦，我的瀏海。

女１：啊，你又來了。你又突然剪短了？

女２：這樣會被大家笑啦！我今天學校請假可以嗎？

女１：當然不行。你說那些真正原因是因為不想參加今天的考試吧？

女２：才不是啦！我有好好唸書。別說那個，啊～，我光看鏡子就覺得頭痛。

女孩為什麼不想去上學？

1. 因為跟朋友吵架
2. 因為不喜歡髮型
3. 因為有考試
4. 因為頭痛

答案 2

文法重點

❶ 「ばっかり」是「ばかり」的口語表達，「N＋ばかり」是用來表示令人反感的事物反覆出現或發生，是「光是…；都…」的意思。

◉ A：彼はいつもお金のことばかり言うんだよね。（他總是把錢的事情掛在嘴邊。）

B：お金が好きなんじゃない？（應該是因為他很愛錢吧？）

❷ 「もういい」表示限度，「再往下就接受不了了」的意思。用來表示說話者拒絕的態度，在討厭、煩膩時經常使用，有「已經夠了；可以了」的意思。

◉ A：お母さんの気持ちも考えてみなさい。（你也考慮一下媽媽的心情。）

B：もういいよ。お説教は聞き飽きたよ。（夠了，你的說教我已經聽膩了。）

❸ 「それより」用於聽完對方的話之後，表示有更重要的內容，或優先事項時使用，是「比起那個」的意思。

◉ A：この間借りたカメラ、もうちょっと貸してくれない？
（前幾天跟你借的相機，可以再借我一下嗎？）

B：それより、先月貸した 5,000 円、まだ返してもらってないよ。
（比起那件事，上個月我借你的 5,000 日圓，你還沒還我耶！）

❹ 口語中經常將「～てしまう（～でしまう）」變換成「～ちゃう（～じゃう）」來發音，表示「完全結束」的意思，當中多數情況又帶有「遺憾」的語氣。

◉ そんなことしたら、先生に怒られちゃうよ。（做那樣的事情，會被老師罵喔！）

❺ 「こんなんじゃ」是「こんな＋形式名詞の（ん）＋では」變化而來，屬口語用法，後面多接否定內容，是「這樣的話…；這樣下去…」的意思。

◉ こんなんじゃまだ目標にはたどり着けない。（這樣下去還是無法走到目標。）

◉ 君の性格がこんなんじゃ、彼女はできないよ。
（你個性這樣的話，交不到女朋友哦！）

❻ 「～に決まっている」表示說話者很有自信地斷定某件事，是比較偏向情緒性的，較沒根據的斷定，多用於口語表現，相當的「一定…沒錯；當然，這還用說嗎」的意思。

◉ こんな時間に電話をかけたら、迷惑に決まっている。
（要是在這麼晚的時間打電話過去，肯定會造成對方的困擾。）

❼ 「～だけで」用於表示即使沒有實際親身體驗，也能感受到那種情境。是「只要～就…；光～就…」的意思。

◉ 明日からまた仕事だと思うと、考えるだけで嫌になる。
（明天又要開始工作了，我只要想到就覺得厭煩。）

1番 008

1. あまり働(はたら)かされたくないから
2. 重要(じゅうよう)な仕事(しごと)をさせてもらえないから
3. 社長(しゃちょう)に叱(しか)られたから
4. もらえるお金(かね)が少(すく)ないから

スクリプト

男(おとこ)の人(ひと)と女(おんな)の人(ひと)が会社(かいしゃ)で話(はな)しています。宮田(みやた)さんはどうして会社(かいしゃ)を辞(や)めたいと思(おも)っているのですか。

F：ねえ、宮田(みやた)さんがね。会社(かいしゃ)辞(や)めたいんだって。

M：へえ。昨日(きのう)社長(しゃちょう)が宮田君(みやたくん)は優秀(ゆうしゅう)だ、立派(りっぱ)だって褒(ほ)めてたのに。

F：褒(ほ)められたから辞(や)めたいのよ。

M：へえ、どうして。叱(しか)られたなら分(わ)かるけど、あんなに褒(ほ)められたのに辞(や)めるの？これからは重要(じゅうよう)な仕事(しごと)を任(まか)されて、給料(きゅうりょう)だってもっと上(あ)がるのに。

F：お金(かね)は関係(かんけい)ないと思(おも)うな。宮田(みやた)さん、前(まえ)から夜翻訳(よるほんやく)を勉強(べんきょう)しに行(い)ってたでしょう？もうすぐ初(はじ)めて訳(やく)した本(ほん)が出(で)るんですって。だから会社(かいしゃ)では頭(あたま)を使(つか)わない単純(たんじゅん)な仕事(しごと)がよくって、あんまり働(はたら)かされるのは嫌(いや)なんだって。

M：んー、そうか。

宮田(みやた)さんはどうして会社(かいしゃ)を辞(や)めたいと思(おも)っているのですか。

男女兩人正在公司交談。宮田為什麼想辭掉工作？

女：聽說宮田想要辭職。

男：咦？昨天總經理明明還誇獎宮田很優秀，工作表現又出色的。

女：他就是因為被誇獎所以才想辭職的。

男：咦？為什麼？如果是因為被罵我還可以理解，可是總經理都這麼誇獎他了，他卻要辭職？之後應該會被委以重任，薪水也會跟著水漲船高的。

女：我想應該跟錢沒有關係。宮田從之前開始，晚上都去學翻譯對吧？聽說他第一本翻譯作品快出版了，所以公司的工作還是不需要使用頭腦、單純的好，而且他又不喜歡太過操勞。

男：哦，是這樣啊。

宮田為什麼想辭掉工作？

1. 因為不太想被派任工作
2. 因為無法被委以重任
3. 因為被總經理責罵
4. 因為領到的薪水很少

答案 1

文法重點

❶ 「普通形＋んだって」是「のだ／んだ」與表示引用的「って」組合而成的形式，表示間接從別人那裡聽到某種訊息，是「聽說～；據說～」的意思。「って」為表示引用的「と」的口語表達方式。

- 課長(かちょう)、お酒(さけ)、嫌(きら)いなんだって。（聽說課長不喜歡喝酒。）
- 今日(きょう)は時間(じかん)がないから、別(べつ)の日(ひ)にしてくれって（言(い)っていた）。（他說今天沒時間，改天吧！）
- たばこは体(からだ)によくないってわかってるけど、なかなかやめられない。（知道抽菸對身體不好，但怎麼都戒不掉。）

❷ 「のに」放在句尾引申為終助詞時，表示說話者對結果感到意外、不滿，含有遺憾、無可奈何的語氣。是「明明～卻…」的意思

- A：バーベキューの話(はなし)、結局(けっきょく)、中止(ちゅうし)になったよ。（烤肉最後還是決定取消了呢！）
  B：なんだ。楽(たの)しみにしていたのに。（什麼嘛！我明明還很期待的說。）

❸ 「～の？」是「～んですか」的口語形式，語尾為升調時，表示「疑問；確認」。「～の」是「～んです」的口語形式，語尾為降調時，表示「事情說明」。在「の」後面接終助詞「よ、ね」構成「～のよ、～のね」則是女性用語。

- ごめん、知(し)らなかったのよ。（對不起，我真的不知道。）
- これ、捨(す)てていいのね。（這個可以丟了吧？）

❹ 感嘆詞「へえ」用於表示對聽到的事情感到疑問或驚訝時。

- A：ここは昔(むかし)、湖(みずうみ)だったんだよ。（這地方從前是個湖泊喔！）
  B：へえ、知(し)らなかった。（喔，我都不知道耶！）

❺ 「N＋だって」表示舉出一個事物使之類推其他，與「N＋でも」的用法相似，但多用於平輩或是晚輩之間的對話。是「連～也…；即使～也…」的意思。

- 先生(せんせい)だって間違(まちが)うことはある。（即使是老師也有出錯的時候。）

❻ 這裡「思うな」的「な」是表示「感嘆」而非禁止語氣。置於句子最後用來表示深有所感，或理解的心情。

- A：こんなこと言(い)ったら、彼女(かのじょ)に嫌(きら)われるな。（說那種話會被她討厭的喔！）
  B：そんなことないと思(おも)うよ。（我覺得是不會啦！）

2番 009

1. 本を買っても結局読まないので、よくない
2. 落ち着いて読めないので、よくない
3. 読みたいときに読めるので、いい
4. 早く読み終えることができるので、いい

スクリプト

男の人がいわゆる「ツンドク」について話しています。この人は「ツンドク」についてどう考えていますか。

M：本を買って読まないまま、机の上に積み重ねておく、いわゆる「ツンドク」は世間ではよくないとされてますけど。でも、本って、ないとそもそも読まないっていうか、読めないわけですから、時間が出来たときに読もうと思って、「ツンドク」っていうのも、けっこうなことなんじゃないでしょうかね。そもそも買って読むより、図書館で借りればいいという人もいますけど。借りた本だと何だか落ち着かないでしょう。早く読み終えて返さなきゃって感じで、自分の本なら誰にも文句は言われませんからね。

この人は「ツンドク」についてどう考えていますか。

男人正在談論關於所謂的「積讀」。男人對於「積讀」的看法為何？

男：所謂的「積讀」，就是指雖然買了書，但沒有閱讀就放在桌上的意思，社會上一般認為這不是個好習慣。但是，與其說沒有書就不看，不如說因為沒有辦法好好閱讀，所以打算有時間的時候看，於是書就這樣一本本的累積起來了，這種情況也很常見。也有人認為與其買書，不如跟圖書館借就好了。但是，借來的書總讓人感覺靜不下心來。覺得要趕快看完趕快還才行。如果是自己的書就沒有人有意見啦。

男人對於「積讀」的看法為何？

1. 買了書結果沒有看，這樣很不好
2. 沒辦法靜下心來看書，這樣很不好
3. 想看書的時候可以看，這樣很好
4. 可以早點把書看完，這樣很好

答案 3

文法重點

❶ 「～まま」表示在前項原封不動的情況下就做了後項。前項多數為原本就不該做的事情或應該避免的事情，後項帶有驚訝、埋怨等消極的語氣。是「保持～狀態做～」的意思。

- 子どもはテレビをつけたまま寝てしまった。（孩子開著電視就睡著了。）
- さようならも言わないまま帰ってしまった。（連再見也沒說就回去了。）
- 靴のままこの部屋に入ってはいけない。（不可以穿著鞋子進入房間。）

❷ 「～とされている」和「～と考えられている」、「～と見られている」的意思相近，表示某事得到了很多人的認同，或是法律的規定等，一般用在報導和論文較正式的文章中，是「被認為～；被看成～」的意思。

- 日本では、お辞儀は礼儀とされている。（在日本，鞠躬被視為一種禮儀。）

❸ 「本って」的「って」表示提出的話題、說話的對象，多在會話形式中出現，和「は」的功能相近。

- A：入会の手続きって、面倒ですか。（入會手續會很麻煩嗎？）
  B：いいえ、そんなことないですよ。（不，不會麻煩喔！）

❹ 「っていうか」是「というか」的口語說法，用法與「というより」相似，表示後述事項比前述事項更符合說話者的感覺或判斷，是「與其說～不如說…」的意思。

- 投票することは、国民の権利っていうか義務だ。
  （與其說投票是國民的權利，還不如說是義務。）

❺ 「普通形＋んじゃないでしょうか」表示意見跟主張。用於說話者不以斷定的「だ」做有根據的判斷，而改用徵求對方同意的形式來表達自己想法及意見。是「不是～嗎？」的意思。口語說法為「普通形＋んじゃない？」。

- A：そのこと、彼は知らないんじゃないでしょうか。
  （那件事情他是不是不知道呢？）
  B：あ、そうかもしれないね。確認してみる。（啊！有可能喔！我來確認看看。）

❻ 「借りた本だと」的「と」是「順接假定條件」用法，表示如果前項成立的情況出現，那後項將會如何。「と」主要用來敘述客觀事實、情況的前後關係，後項不能用於表示請求、命令、勸誘等句子。

◉ いい天気（てんき）だと、行（い）くことができる。（如果是好天氣的話就可以去。）

❼ 「何だか」是「なぜか」的通俗說法，用於自己有種說不出原因，或是難以言喻的感覺時，是「不知為何～；總覺得～」的意思。

◉ 彼女（かのじょ）は最近（さいきん）なんだか俺（おれ）のことを避（さ）けているような気（き）がする。（我總覺得她最近好像總是躲著我。）

❽ 「感じ」用於表示個人的感受、不甚明確的感想或印象，以及微妙的心情等。也用在難以用言語來描述的事情或物體的場合。

◉ A：昨日（きのう）の食事会（しょくじかい）、どんな感（かん）じだった？（昨天的聚餐感覺怎麼樣？）
B：ああ、すごく盛（も）り上（あ）がったよ。（喔～氣氛很熱烈哦！）

3番 010

1. 窓が開いているから

2. ドアが開いているから

3. ドアも窓も開いているから

4. ストーブがついていなから

スクリプト

男の人と女の人が話しています。どうして部屋が寒いのですか。

M：なんか寒いね。窓開いてるんじゃないの？

F：ドアじゃないですか。時々太郎が開けっぱなしにするから。

M：いや、閉まってたと思うけどな。見てきてよ。

F：あなた行ってきてくださいよ。

M：しょうがないな。

F：あら、どうでしたか？

M：窓でもドアでもないな。あれ、このストーブ。

F：あっ、いけない。さっき、ちょっと空気が悪くなったと思って。

M：なんだ。寒いわけだ。

どうして部屋が寒いのですか。

男女兩人正在交談。房間為什麼會冷？

男：總覺得有點冷。窗戶是不是沒關啊？
女：是門沒關吧？因為太郎有時候會把門開著不關。
男：不是，我覺得門有關。妳去看看啦。
女：你去看啦。
男：真拿妳沒辦法……。
女：哎呀，怎麼樣？
男：不是窗戶也不是門的問題。咦？這個暖爐是怎麼回事？
女：啊，糟糕。因為我剛才覺得空氣不太好。
男：什麼嘛。難怪會冷。

房間為什麼會冷？

1. 因為窗戶沒關
2. 因為門沒關
3. 因為窗戶和門都沒關
4. 因為沒開暖爐

答案 4

文法重點

❶ 「なんか」用於自己有種說不出原因，或者難以言喻的感覺時。可以替換為「なんだか」，是「總覺得～；不知為什麼～」的意思。

◉ 彼女と話していると、なんかほっとした気持ちになる。
（只要一和她聊天，不知為何就很安心。）

❷ 「っぱなし（にする）」用於表示事情做了之後，沒有收拾殘局，就放任著原來的狀態不管，含有負面的評價，是「置之不理；放著不管」的意思。另外，也可用來表示相同的事情或狀態一直持續著的意思。

◉ 風呂のお湯を出しっぱなしで、いつの間に眠ってしまった。
（浴缸的熱水開著沒關，不知不覺就睡著了。）

◉ この仕事は立ちっぱなしのことが多いので、疲れる。
（這個工作因為一直站著的時間很多，容易疲累。）

❸ 「しょうがない」是表示放棄解決問題時使用的慣用句，語感較為輕鬆隨意，比較禮貌的說法為「仕方がありません」。

◉ A：ちょっと今日は集まりが悪いね。（今天人來得有點少耶！）
B：しょうがない。期末試験が近いから。（沒辦法。因為期末考快到了。）

❹ 「あら」是感嘆詞，表示輕微吃驚、意外的語氣，多為女性使用。是「哎呀」的意思。

◉ あら、雨が降って来た。（哎呀！下起雨來了。）

❺ 「なんだ」表示聽到出乎預料的事情而感到失望無力時。以較強的語調說話時則可以表示怒氣，另外也可以使用「なんですか、何なんですか」等形式，是「什麼嘛」的意思。

◉ A：宝くじ、いくら当たったの？（樂透，你中了多少錢？）
B：5千円。（五千日圓。）
A：なんだ、もっと大きい額と思った。（什麼嘛！我還以為你中了多大的獎哩！）

❻ 對話中的「わけだ」表示一開始對某事覺得奇怪，但聽了對方敘述後得知該原因時，產生「原來如此」的理解心情。是「難怪～；怪不得～」的意思。

◉ A：隣の田中さん、退職したらしいよ。（隔壁的田中先生好像退休了哦！）
B：そうか。だから平日の昼間でも家にいるわけだ。
（是嗎？怪不得他平時的白天也在家呀！）

4番 011

1. 劇場が狭くなったから
2. 裁判に負けたから
3. 近所の人が迷惑に思っているから
4. 引っ越す所が決まったから

スクリプト

男の人と女の人が劇場について話しています。この劇場はどうして引っ越すことになりましたか。

F：この劇場、引っ越すことになったんだって？
M：最近観客が急に増えて、いつも入り切れない状態だったからね。
F：大体こんな住宅地のど真ん中にあって、うるさいって裁判になったんじゃなかったっけ。
M：いや、迷惑じゃないかって心配したのは劇場のほうで、近所の人は誇りに思っていたんだよ。
F：ああ、昔からの芝居小屋だもんね。
M：そう。でも、もう候補地もいくつかあるみたいだし。
F：そう。

この劇場はどうして引っ越すことになりましたか。

男女兩人正在談論戲院。

女：聽說這間戲院要搬遷了？
男：因為最近來看戲的人突然增加，每次總是沒辦法塞進全部的人。
女：說來，這間戲院位在住宅區的正中間，沒有因為製造噪音而挨告嗎？
男：沒有，反而是戲院的人擔心會造成別人的困擾，附近的居民都引以為榮呢！
女：嗯，因為從以前開始，那就是個小劇場。
男：對呀。不過它好像已經有好個預定地腹案。
女：這樣啊？

這間戲院為何要搬遷了？

1. 因為戲院的空間狹小
2. 因為官司打輸了
3. 因為鄰居覺得煩
4. 因為搬家的地方已經確定

答案 1

文法重點

❶ 「Vる＋ことになった」表示事情自然演變導致這樣的結果。強調「非說話者單方面決定的結果」。

- 今度東京に転勤することになりました。（我要調職去東京了。）

❷ 使用「V~~ます~~＋切れる／切れない」的型態是表示「**可以／無法**徹底做某事」，是「完全可以…；無法完全…」的意思。

- 約 300 ページの文庫本だが、3 日もあれば読み切れると思う。
（大約 300 頁的文庫本，我覺得 3 天就可以完全讀完吧！）

- こんなにたくさんのごちそう、とても一回に一人では食べ切れない。
（這樣豐盛的美食，憑一個人一次實在無法吃得完。）

❸ 「普通形＋っけ」表達回想起或確認過去已知道的事情，用於記憶有些模糊時，是比較隨和親近的口語說法。是「是不是…那樣？」的意思。

- しまった。今日はレポートを提出する日じゃなかったっけ？
（糟了！今天不就是要提交報告的日子嗎？）

- A：あの店、今日は休みだっけ？（那間店今天沒開嗎？）
B：いや、休みは月曜だよ。（不，星期一才公休喔！）

❹ 「誇りに思う」是「為～感到驕傲」的意思。

- 教師は生徒を全員誇りに思っている。（老師為所有學生感到驕傲。）

❺ 「～もん」接在句尾，用來表示自己的主張和意見。「もん」是「もの」的發音變化，經常會和「だって」連用，形成「だって～もん」的慣用句型，此為略顯孩子氣的表達方式，是「因為～；由於～」的意思。

- A：なんでタクシー、使わなかったの？（為什麼不坐計程車呢？）
B：お金がなかったんだもん。しょうがないでしょ。
（因為沒錢啊！我也沒辦法啊！）

❻ 「普通形＋みたい」附在句子後面表示「推測」，和「～ようだ」的意思大致相同，屬口語表達，語氣較隨意，有時也用於以推測的口吻來委婉表達意見，是「好像～」的意思。

- A：ねえ、電車、遅れてるみたい。（欸，電車好像誤點了。）
B：うそ！困ったなあ。間に合わないよ。（不會吧！真糟糕。趕不上了啦！）
- このシャツ、わたしにちょっと小さいみたい。（這件襯衫我穿起來好小有點小。）

5番 012

1. 河合さんの病室へ花を送る
2. 河合さんの入院している病院へ行く
3. 河合さんの家へお見舞いに行く
4. 河合さんの奥さんに連絡する

スクリプト

男の人と女の人が電話で話しています。明日女の人は、どうするつもりですか。

M：もしもし、河合です、どうも。

F：河合さん？まあ、もうお電話できるまでになられたのですね。お加減はいかがですか。

M：おかげさまで、徐々に良くなりつつあります。いやあね、先日は、まあ、いいお花を送っていただきまして、どうもありがとうございました。

F：とんでもありません。まだ食べ物は、あまり召し上がれない、と伺いましたので。あと、直接お目にかかれず、失礼いたしました。あ、もし河合さんのお時間がよろしければ、明日病室へ伺わせていただければと思っておりますが。

M：ああ、お気遣いありがとうございます。食欲もすっかり戻りましてね、明日退院できることになったんですよ。

F：まあ、それはよかった。ではまた日を改めまして、ご自宅の方へでも…。

M：わざわざありがとうございます。来週以降でしたら落ち着いているはずです。

F：あ、それではこちらからお電話で、奥様にご都合を伺ってみます。

M：ああ悪いですね、また手をわずらわせることになって。今日は退院の準備やなんかで、買い物に出かけると言っておりましたが、明日のこの時間なら連絡がつくと思いますよ。

F：そうですか。わかりました。ではくれぐれもお大事に。

M：ありがとうございます。では、失礼いたします。

明日女の人は、どうするつもりですか。

男人和女人正電話中交談。請問明天女人打算做什麼事呢？

男：喂，我是河合，您好。

女：河合先生？您已經康復到可以打電話了嗎？身體的情況如何呢？

男：託您的福，慢慢的在復原當中。前幾天謝謝您送我那麼漂亮的花。

女：不客氣。因會聽說您還不太能進食。而且沒有見到您的面，真是太失禮了。如果你明天時間方便的話，我想到病房去探望您。

男：啊，謝謝您的費心。我食欲已經都恢復了。明天就可以出院了。

女：那太好了。那就改天到您的府上…

男：謝謝您。下週之後我想應該就都安頓好了。

女：啊，那我再打電話問尊夫人方便的時間。

男：啊，真不好意思，又要讓您添麻煩了。今天她要準備出院什麼的，要出門買東西，明天這個時間的話，應該就可以連絡到我太太了。

女：這樣子啊，我曉得了。那麼請您多多保重。

男：好的，謝謝。再見。

請問明天女人打算做什麼事呢？

1. 送花到河合先生的病房
2. 到河合先生住院的醫院
3. 去河合先生的家探病
4. 和河合先生的太太聯絡

答案 4

文法重點

❶ 對話中「お加減はいかがですか」的「加減」是表示「健康情況；身體狀況」的意思。

◉ ちょっと加減が悪いので、失礼いたします。（因為身體有點不舒服，所以先告辭了。）

❷ 「V~~ます~~＋つつある」用於表達某種事態正在朝著某方向漸進式地發展著。多用於強調動作、作用正在持續進行中。主要用於書面，是「逐漸～；不斷地～」的意思。

◉ 母は退院後も運動を続け、現在では体力を回復しつつある。
（母親出院後也持續運動著，現在體力逐漸恢復當中。）

◉ 新しいエネルギーの発見により、石油の時代も終わりつつある。
（因為新能源的發現，石油的時代也漸漸結束。）

❸ 「とんでもありません」是「とんでもない」的禮貌說法。「とんでもない」除了有「出乎意外」及「毫無道理」等意思之外，當得到對方讚美或感謝時，也可以用「とんでもありません」或「とんでもございません」來回覆對方以表示謙遜，是「哪裡的話；別客氣；不用謝」的意思。

◉ とんでもない所で彼女に出会った。（在意想不到的地方遇見了她。）

◉ とんでもないことを言う。（說些毫無道理的話。）

◉ A：なんてお礼を申し上げたらいいかわかりません。
（我都不知道要怎麼跟您道謝。）

B：いいえ、とんでもありません。（哪裡，您太客氣了。）

❹ 「召し上がれない」是「食べる、飲む」的尊敬語「召し上がる」的可能否定表現。

◉ どうぞ、ごゆっくりお召し上がりください。（請您慢用。）

❺ 「お目にかかれる」是「会う」的可能形「会える」的謙讓語。「ず」是否定助動詞「ない」的書面語，表示否定之意，用來中止句子。

◉ お目にかかれてうれしいです。（能見到您我很高興。）

◉ あの人は勉強もせず、運動もしない。（那個人既不念書，也不運動。）

❻ 「N＋やなんか」表示對於所陳述事物的類似情況之舉例，是「～之類的」的意思。

◉ 食事やなんかはどうしているんですか。（吃飯等怎麼解決呢？）

◉ 入場するのに荷物チェックやなんか面倒くさいことがあるのよ。
（入場時又要檢查隨身物品又要幹嘛的，真是麻煩。）

❼ 「手をわずらわせる」用於自己給對方增添麻煩而向對方表達抱歉的心情，屬於敬語表現，是「麻煩別人；請別人幫忙」的意思。

◉ この度お手をわずらわせてしまい恐縮です。（此次深感抱歉，讓您勞神了。）

❽ 副詞「くれぐれ」是「懇切地；衷心地」的意思，多以「くれぐれも」的形式使用。

◉ くれぐれもよろしく。（請多關照。）

◉ どうぞくれぐれもお許しください。（敬請多原諒。）

6番 013

1. 動物の数も植物の数も増える
2. 動物の数は減りますが、植物の数は増える
3. 動物の数も植物の数も減る
4. 動物の数も植物の数も変わらない

スクリプト

女の人が気候の変化と生物の数の関係について話しています。地球が暖かくなると、この島の動物と植物の数はどうなると言っていますか。

F：ええ、皆さんご存じのように、この数十年間、地球は温暖化しつつあります。今後さらに暖かくなると動物や植物にも影響を与えることが考えられます。この島は冬の寒さが厳しいことで知られていますから、もしこのまま温暖化が進めば動物や植物にとって住みやすくなり、その数が増えると一般には思われがちです。しかし私たち生物学者はその反対の事態を予想しています。ですから、この島の自然はこのままの姿で変わらずに行ってほしいものだと思います。

地球が暖かくなると、この島の動物と植物の数はどうなると言っていますか。

女人正在談論氣候變化與生物數量的關係。她說地球暖化會給這個島上的動植物數量帶來何種變化？

女：如同大家所了解的，在這數十年間地球正持續暖化。可想見若今後地球仍然持續暖化，勢必也會給動植物帶來影響。這個島上冬季的嚴寒是眾所皆知的，如果地球暖化這樣持續下去，環境會越來越適合動植物的居住，一般認為這個島上的動植物數量會因此增加。但是，我們生物學家的預測則和上述相反。因此，我希望這個島上的自然環境繼續維持現狀。

她說地球暖化會給這個島上的動植物數量帶來何種變化？

1. 動物的數量和植物的數量會增加。
2. 動物的數量會減少，但是植物的數量會增加。
3. 動物及植物的數量都會減少。
4. 動物的數量及植物的數量都不會有變化。

答案 3

文法重點

❶ 「ご存知のように」是常出現在一段說明開頭部分的慣用法，用來順暢導出接下來的內容。「毎週のように」的「ように」則表示「舉例」，用於舉出某一具體事例來說明某種問題、某種狀況，是「像～那樣」的意思。

- 皆さんご存知の通り、この国は多くの問題を抱えています。
（如同各位所知的，這個國家面臨許多的問題。）
- このごろは毎日のように夕立が降る。（最近每天都下午後雷陣雨。）

❷ 副詞「さらに」表示在現階段既有狀況上之事態或程度的添加，主要用於書面，是「再～；更加～」的意思。

- このことはさらに検討する必要がある。（這件事情有再檢討的必要。）

❸ 「V~~ます~~＋がち」用於表達容易變成某種狀態，或有某種不好的傾向，通常用於表示負面的評價，是「易於～；往往會～」的意思。前面常接續動詞，少數慣用講法會接續名詞，如「病気がち（容易生病）、遠慮がち（非常客氣地）」。

- 雨の日が続くと、家にこもりがちで、ストレスが溜まりやすい。
（只要持續下幾天雨，就往往會待在家裡不想出門，這樣很容易累積壓力。）
- わたしは病気がちの体質のため、何回も病院に入院したことがある。
（我是屬容易生病的體質，因此已經住院過好幾次。）

❹ 「～ずに」為「～ないで」的書面語，表示在沒做前項動作的狀態下，就做了後項動作，是「沒～就…」的意思。另外可表示不做前項動作，取而代之做了後項動作，是「不做～而做…」的意思。

- 彼女は何も言わずに部屋を出ていった。（她什麼也沒說，就離開了房間。）
- あの人は働かずに、毎日お酒ばかり飲んでいる。
（那個人什麼都不做，每天就只是喝酒。）

❺ 「ものだ」表示真理、普遍性的事物，就其本質來敘述原本應該要有的樣子或是理想狀態。有時也作為訓誡、叮嚀對方做人做事的道理。是「本來就是～；就該～」的意思。

- 年を取ると、目が悪くなるものだ。（上了年紀，視力就是會變差啊！）
- 自分の部屋の掃除自分でするものだ。（自己房間的打掃工作應該自己做。）

問題 3 概要理解

題型重點攻略

試題型式

問題紙

大題當頁印有「問題 3」的說明文。

問題3

問題3 では、問題用紙に何も印刷されていません。まず話を聞いてください。それから、質問と選択肢を聞いて、１から４の中から、正しい答えを一つ選んでください。

－ メモ －

試題紙沒有印刷任何插畫或文字選項。

音檔

❶ 考試中，首先會**播放「問題 3」的說明文**。

問題 3

問題 3 では、問題用紙に何もいんさつされていません。この問題は全体としてどんな内容かを聞く問題です。話の前に質問はありません。まず話を聞いてください。それから、質問とせんたくしを聞いて、1 から 4 の中から、最もよいものを一つ選んでください。

❷ **正文考題：**
會話短文→提問（4 個選項）（約 10 秒的作答時間）。即題目會在對話結束後唸一次提問，**只會有 1 次提問**。

❸ 在問題結束後，會有約 10 秒的作答時間。

題型特色

❶ **「問題 3」**佔聽解考題中的 **5 題**。僅 N1、N2、N3 級數有此題型，N4、N5 並無此考項。問題紙沒有提供題目選項，回答的選項以聲音形式出題，只有在完整發話後提問 1 次。

❷ 本項考題出題內容以一整段說明的形式為主，但是也有會話文形式。應考者聽完**針對某一主題的說明**後，考生必須根據題目中提供的線索歸納出**主題的核心重點、說話者的主張**等等。若是會話形式長度約 200 ～ 450 字左右；若是整段說明的形式長度約 200 ～ 300 字左右。

❸ 問題 3 的考題是以某主題為重心，因此其範圍比前二大題更深入廣泛，各式多樣主題出現的相關字彙相對更難以掌握，考生必須涉略更多元豐富的領域才能拿下分數。

❹ 考題的一開始，通常會說明接下來的會話或說明的情境設定。例如，「自然公園で案内の人が話しています。」，或是很簡單的「男の人と女の人が話しています。」等等。最後的提問才是真正的題目。例如，「女の人は何について話していますか。」、「男の人が、会議について、言いたいことは何ですか。」。

解題技巧

❶ 本大題中只有 1 次問題提問，同時因為沒有任何文字、圖示線索，而且提問是在最後才出現，所以**請仔細做筆記將聽到的訊息儘量記下來**，將聽到的訊息組織起來才能掌握問題核心。因此考生必須多練習自己的做筆記技巧。

❷ 本大題的主題範圍廣泛，難免出現超出自己能力的字彙。如果出現聽不懂的字彙可以忽略，只要抓到主旨重點即可，或是做筆記時可以暫時用符號代替，千萬不可因此卡住而任由情報消失。

❸ 「問題 3」主要是測驗考生是否理解該**主題的核心重點、說話者的主張**，雖然這項中的考題單字難度較高，但是考題選項卻相對比較容易，因此理解主旨才是拿下這大題分數的訣竅，而主旨的**最重要線索在題目的第一句**，例如「自然公園で案内の人が話しています」。第一句有破題的功效，考生要緊抓住這條線索找到題目主旨，不要拘泥於細節踏入陷阱，避免鑽入細部死角，反而有礙於全面性判斷。

＊例 014

スクリプト

テレビでアナウンサーが通信販売に関する調査の結果を話しています。

F：皆さん、通信販売を利用されたことがありますか。買い物をするときは店に行って、自分の目で確かめてからしか買わないと言っていた人も、最近この方法を利用するようになってきたそうです。10代から80代までの人に調査をしたところ、「忙しくて買いに行く時間がない」「お茶を飲みながらゆっくりと買い物ができる」「子供を育てながら、働いているので、毎日の生活になくてはならない」など多くの意見が出されました。

通信販売の何についての調査ですか。

1. 利用者数
2. 買える品物の種類
3. 利用方法
4. 利用する理由

電視中，播音員正在談論郵購調查的結果。

女： 你曾經郵購過嗎？以前說購物就是要店裡親目看到商品才會買，但是現在也開始利用這種方式了。根據針對十幾歲到八十幾歲的人士調查，獲得的意見是：「我太忙了不能逛街」、「我可以邊喝茶邊悠閒地購物」、「由於我養孩子同時還得工作，所以日常生活已是不可或缺。」等等。

這是關於郵購的何種調查？

1. 使用者人數
2. 可以購買的商品種類
3. 使用方法
4. 使用的理由

答案 4

文法重點

❶ 「N＋に関して」用於表達與前述事項相關的對象時，是「關於；有關」的意思。其名詞修飾的形式為「N＋に関する」。

- その図書館には法律に関する本がたくさんある。
  （那間圖書館有很多關於法律方面的書籍。）
- その問題に関して、聞きたいことがあるんですが。
  （關於那個問題，有些想要請教你。）

❷ 「Vる＋ようになる」的動詞若為「意志動詞」，表示習慣改變，意思是原本沒有這個習慣，但習慣已改變。是「開始做～」的意思。

- 彼は以前はお酒を飲まなかったが、最近は飲むようになった。
  （他以前是不喝酒的，但最近也開始喝了。）

❸ 「Vてくる」接在「なる、増える、減る、変わる」等含有變化意義的動作動詞後面，表示動作的變化過程，由過去到現在逐漸變化至今。

- 先生の話では、地球の気候はここ数百年、だんだん暑くなってきている。
  （根據老師所言，地球的氣候在這數百年中，一直持續在變熱。）

❹ 「Vた＋ところ」表示某種目的去做某一動作，但在偶然的契機下，得到後項的結果。前後出現的事情沒有直接的因果關係，後項經常是出乎意料的客觀事實，是「～的結果」的意思。

- その資料を検討してみたところ、役に立ちそうなものはなかった。
  （試著研究那份資料，發現好像沒什麼可以派上用場的東西。）

❺ 「～なくてはならない」表示義務或責任，多用於個別的事情，或針對某個人的事情時。口語形式是「～なくちゃ」，是「必須～」的意思。

- 学校の規則は守らなくてはいけない。（必須遵守校規。）

1番 015

スクリプト

就職セミナーで、医薬品メーカーの社員が話しています。

F：私たちの会社は医薬品を製造しています。毎年、多くの若い人が自分の知識やアイデアで社会に貢献したいという夢を持って入社されます。ただ、まず知っていただきたいのは、理想と現実はすぐには一致しないということ。そして、現実の苦労や悩みを越えた先には希望や喜びがある仕事を選ぶべきだということです。私たちの仕事も毎日、会議や資料作成、調査や分析の繰り返しです。人間関係で疲れることもあります。会社を辞めてしまう人もいます。でも、仲間と協力して苦労して商品ができて、そしてお客様の喜びの声を聞いた時の感激は言葉で表現できないほどなのです。

社員は何について話していますか。

1. この仕事の大変さ
2. この仕事の喜び
3. 仕事を選ぶ時に大切なこと
4. 夢や理想より現実が大切なこと

醫藥品製造商職員正在求職講座中講話。

女： 我們公司生產醫藥品。每年有許多年輕人懷抱著將自身知識及想法貢獻給社會的夢想進入公司。只不過，希望各位要先知道，理想與現實並不會馬上相符。還有各位應該選擇在克服現實辛苦及煩惱之後有希望、喜悅等著自己的工作。我們的工作也是每天開會、製作資料、調查及分析的反覆循環。有時會因人際關係而感到疲累，也有人會辭職。但是，和同事並肩協力，辛苦開發出商品，收到客戶們的歡心回饋時，那份感激的心情是言語無法形容的。

職員正在說什麼？

1. 這份工作的辛苦之處
2. 這份工作的喜悅
3. 選擇工作時的重要事項
4. 比起夢想或理想，現實更重要

答案 2

文法重點

❶ 接續詞「ただ」用來表達其他條件或例外的情況，對前述事項進行補充，屬口語用法，是「只是～；不過～」的意思。

◉ 味はいいね。ただ、値段はちょっと高いね。（味道不錯呢！只是價格有點貴。）

❷ 「Vる／Vない（という）こと」用於句尾，表示命令或說話者認為應該這樣做的心情，是一種規定紀律或指示應遵守事項的表達方式，多用於書寫形式，是「請務必～；請勿～」的意思。

◉ 閲覧室では、話したり、物を食べたりしないこと。
（不得在閱覽室內交談或飲食。）

❸ 「Vる＋べきだ」用於闡述說話者自己的意見，認為應該要這樣做，是「應該～；應當～」的意思。接「～する」這個動詞時，可以用「すべき」及「するべき」兩種形式。

◉ どんな理由があっても、約束は守るべきだと思う。
（無論是怎麼樣的理由，我認為都應該要遵守約定。）

◉ 学生は勉強す（る）べきだ。（學生應該好好讀書。）

❹ 「～ということだ」表示結論，用於對前面的內容加以解釋，或根據前項得到某種解論。是「總之就是～；也就是說～」的意思。

◉ 社長は急な出張で今日は会社に来られません。つまり、会議は延期ということです。（今天總經理臨時出差不會來公司，也就是說開會將要延期。）

❺ 「普通形＋ほど」用來比喻某種動作或狀態達到某種程度，是「像～那樣；甚至～；～得…」的意思。

◉ 手紙を読んで飛び上がるほど喜んだ。（看了信，就像要跳起來一般的高興。）

◉ 夜空には数え切れないほどたくさんの星が光っている。
（夜空中有數不盡的繁星在閃爍發光。）

2番 016

スクリプト

女の人と男の人が拾った猫について話しています。

F：ねえ、本当？猫を拾ったんだって？で、飼うことにしたの？

M：この前の日曜日に近所を散歩してたら見つけてさ、俺、ちょうど猫を飼いたいなって思ってたし、すぐ連れて帰ってきて面倒を見始めたってわけ。その猫、目が青くてきれいなんだ。今度、見せてやるよ。

F：え、目が青い猫なんて、買ったらすごく高いよ、きっと。ただでそんな猫が飼えてよかったじゃない。

M：まあね。とにかく、猫がいると気持ちが落ち着くんだよね。でも、猫のえさを買ったり病院で予防注射してもらったり、意外と高くついちゃったかな。

男の人は拾った猫についてどう言っていますか.

1. お金がかかるので後悔している。
2. お金がかからなかったので喜んでいる。
3. お金がかかることもあるが、猫を飼えてよかった。
4. お金がかからないのは良いが、飼うのは意外とたいへんだ。

女人和男人正在談論男人拾獲的貓。

女：喂，真的嗎？聽說你撿到一隻貓？那你決定要養牠嗎？

男：上個星期日在附近散步時發現的。剛好我也想養貓，立刻就把牠帶回家照顧了。那隻貓的眼睛是藍色的，很漂亮。下次讓你看看。

女：欸，藍色眼睛的貓，用買的話一定非常貴喔！能不用錢養那樣的貓就很棒啦！

男：嗯啊。總之有了貓在，心情也很平靜呢！不過，買貓飼料、帶去醫院打預防針等等，出乎意料地貴呀！

關於撿來的貓，男人說了什麼？

1. 因為要花錢，正後悔中
2. 因為不怎麼需要花錢，所以很高興
3. 雖然需要花錢，但養了貓很棒
4. 雖然不用花錢這點不錯，但飼養起來意外辛苦

答案 3

文法重點

❶ 接續詞「で」是為了繼續讓話題延續下去，或提出新話題時使用的表達方式，是「それで」的縮約形，是「那～；然後～」的意思。

- A：で、結局、どうなったの？（那後來結果怎麼樣了？）
  B：中止になったよ。（取消了喔！）

❷ 「Vる／Vない＋ことにする」表示現在當下剛剛做出的決定，是「決定～」的意思。「Vる／Vない＋ことにした」表示之前做的決定，是「之前決定了～」的意思。

- もうたばこは吸わないことにします。（現在開始決定不再抽菸了。）
- その日から、毎日プールへ泳ぎに行くことにした。
  （從那天開始，我就已決定了要每天去游泳池游泳。）

❸ 終助詞「さ」用於在交談時，為了確認對方是否關心此話題，會將此表現添加在句尾，僅限於對關係較親密的人使用，是男性用語。

- A：あのさ、今週の土曜日さ、みんなでカラオケに行かない？
  （那個，這週六大家要不要一起去唱卡拉 OK ？）
  B：ああ、いいね。おもしろそう。（啊，好啊！好像很有趣呢！）

❹ 複合動詞「V~~ます~~＋始める」的動詞部分多接意志動詞，表示有意識地開始做某動作行為，是「開始～」的意思。

- 子どもはもう歩き始めました。（孩子已開始走路了。）

❺ 對話中的「（って）わけ」是「（という）わけ」的口語表達，表示對方所述事情的理由和原因，是「因為～」的意思。

- A：どうしてパーティーに来なかったの？（為什麼沒有來舞會呢？）
  B：妹が病気になって、病院に連れて行っていたというわけさ。
  （因為妹妹生病，帶她去醫院的關係。）

❻ 「普通形＋なんて」用於看到或聽到自己未料到的事實而感到驚訝或感慨的表達方式，是「真是太～；竟～」的意思。

- 全科目、Aを取るなんて、すごいねえ。（所有科目竟然都拿到 A，真厲害呢！）

❼ 「意外と」是表示意外的程度副詞。表示沒有事先的估計、想像，竟意外地出現了某種狀態、情況，含有非常意外、完全沒有想到的意思。「意外と」偏向口語，「意外に」偏向書面用語，是「意外地」的意思。

- 彼は意外と百点をとった。（他竟意外地拿了滿分。）

3番 017

スクリプト

テレビで料理研究家が話しています。

F：日本各地、世界各地のものが自由に食べられる現代ですが、食事によってかえって不健康になる人も増えています。そんな今、伝統的な食事の考え方を改めて見直しても良いのではないでしょうか。自分が生まれた土地の作物には自分の体に必要な栄養が全て含まれている、また四季それぞれ旬の作物には栄養が最も豊富でおいしいという考え方です。それは自分のためでもありますし、同時にそれぞれの土地の文化や季節と深く繋がった日本の伝統を守ることにもなるのです。

料理研究家は何について話していますか。

1. 伝統的な食事の考え方の問題点
2. いろいろなものを食べるという健康法
3. 日本の伝統食が世界各地で食べられる便利さ
4. 地元や季節の旬の食材を食べる重要性

料理研究家正在電視上講話。

女：現代雖然可以自由吃到日本及世界各地的食物，越來越多人反而因為飲食變得不健康。在這種時候，是不是來重新檢視一下傳統飲食觀念呢？自己生長的土地上的作物裡包含了所有自己身體所需的營養，並且四季各種當季作物中有最豐富的營養且又美味。這樣的觀念既是幫助自己，也同時守護著與各方土地文化、季節深深連結的日本傳統。

料理研究家正在談什麼？

1. 傳統飲食觀念的問題點
2. 攝取各種食物的健康法則
3. 在世界各地都品嚐得到日本傳統飲食的便利性
4. 食用當地、季節時令食材的重要性

答案 4

文法重點

❶ 文中的「N＋によって」用於表達因為某種原因，而導致了某種結果，是「由於～」的意思。

- ちょっとした不注意によって、大きな事故を起こした。
  （由於一時的不注意，引發了大事故。）

❷ 副詞「かえって」表示和預期結果相反，反而產生另一種負面結果的情況，也可以表示預料之外的結果，是「反而～、反倒是～」的意思。

- この薬を飲んだら、かえって病気が悪くなった。
  （吃了這藥之後，病反而變得更糟。）
- 道が込んでいるとき、バスより歩くほうがかえって速い。
  （道路擁塞時，走路反而比搭公車更快。）

❸ 「普通形＋（の）ではないでしょうか」表示意見跟主張。是對於某事能否發生的一種預測，有一定的肯定意味，是「不是～嗎；也許是～吧」的意思。

- Ａ：この本は子どもにはまだ難しいのではないでしょうか。
  （這本書對孩子是不是還太難呢？）

  Ｂ：そうでもないですよ。（也不見得吧！）

❹ 「それぞれ」當副詞使用時，表示所提到的人或事物各自的情況，屬口語用法，是「各自～；各個～」的意思。另外，「それぞれ」也具有名詞詞性。

- 食堂では、学生たちがそれぞれ好きな物を食べている。
  （餐廳裡，學生們各自吃著喜歡的東西。）
- みんなはそれぞれの感想を述べた。（大家說出了各自的感想。）

❺ 「N＋でもあります」是由斷定助動詞用法的「である」加上助詞「も」變化而來，是「也～」的意思。

- 考えすぎてしまうのは、長所でもあり、短所でもあります。
  （考慮太多既是優點也是缺點。）

❻ 「Aも～し、Bも～」用來表示兩項條件的並列。是「既～又～」的意思。

- わたしはたばこも吸わないし、お酒も飲まない。（我既不抽菸也不喝酒。）

4番 018

スクリプト

テレビで、アナウンサーが作家にインタビューをしています。

M：今日は作家の酒井みれいさんにお話を伺います。早速ですが、酒井さんはこれまでいくつものベストセラー小説を書かれていますね。小説を書くコツみたいなものがあるのでしょうか。

F：そんなものはありませんよ。あるのなら、私が聞きたいくらいです。

M：私などは仕事の報告書を書くのでさえ苦手で、書こうとしても、なかなか書けないんですが。

F：最初の１行がいちばん難しいんです。でも私の場合、１行目の言葉を見つけた途端、話がどんどん書けるんです。悩んだ末に見つかる時もあれば、一瞬で思いつくこともありますけど。

M：ほお、そんなものですか。

F：ええ。ですから、報告書の書き出しに全力集中してみたらいいですよ。あなたが気持ちよく書き始められる言葉、ぜひ見つけてみてください。

作家が言いたいことは何ですか.

1. 文章の最初の言葉を大事にするべきだ
2. 悩んで書くことに意味がない
3. いい小説を書くにはコツがいる
4. 自分は作家なので、話はどんどん書ける

主持人正在電視上訪問作家。

男：今天我們訪問作家酒井美玲小姐。那麼就馬上來開始。酒井小姐至今寫過好幾本暢銷小說呢！我認為這是件非常厲害的事。請問寫小說有秘訣之類的東西嗎？

女：沒有那種東西啦！有的話我也很想知道呢。

男：像我呢，就連寫工作的報告書都很困難，即使想要寫也寫不太出來。

女：開頭的第一句是最困難的。不過我的話，當我寫下了第一句，後面的句子都跟著寫得出來了。有時絞盡腦汁最後才想得出來，有時靈光一現就想出來了。

男：喔…有這樣的事啊？

女：是的，所以呢，試著集中全力在報告書的開頭就可以了。請一定要試試找出你能愉悅地開始下筆的語句喔！

作家想說的是什麼？

1. 應該重視文章起首的語句
2. 絞盡腦汁寫是沒有意義的
3. 寫出好小說是需要訣竅的
4. 因為自己是作家，所以能源源不斷地寫下去

答案 1

文法重點

❶ 文中「N１＋みたいな＋N２」表示「舉例」，列出一具體例子來說明接續在後項的事物，多用於談話中，是「N１＋のような＋N２」的口語表現，是「像是～」的意思。

◉ 何か鉛筆みたいな尖ったものはありませんか。
（有沒有像是鉛筆那樣尖尖的東西呢？）

❷ 「くらい」與「ぐらい」意思相同，當前面接續動作時，表示動作或狀態的程度，是「到～的程度」的意思，此時「くらい」也可以和「ほど」替換。

◉ 泣きたいくらい／ほど宿題が多い。（回家功課多到我想哭。）

另外，「ぐらい」也可以表示最低的程度。指說話者提示的是「輕微的、簡單的、不重要的」等，在程度上偏低的事物而言，說話者心中多少帶有「輕視」意識。是「像～什麼的；那麼點的～」的意思。

◉ 挨拶ぐらいの簡単な会話はできるだろう。
（像寒暄那般程度的簡單會話應該會吧！）

❸ 「など」如果接在表示自己的「わたし、わたしのこと、僕…」等名詞後面時，用於表示「謙虛」的意思。在會話中常用「なんか」形式替代。

◉ わたしのことなどどうぞご心配なく。自分のことは自分でいたします。
（我的事情請不要擔心，我自己的事情自己會承擔。）

❹ 「N＋（で）さえ」用於提示極端的事例，而讓對方去推想其他。「さえ」可直接替代助詞「が、を」的位置，與其他助詞一起使用時，「さえ」位於其它助詞之後。是「連～都…；甚至～」的意思。

◉ 忙しくて新聞を読む時間さえありません。（忙得連看報紙的時間都沒有。）

◉ そんなものは犬や猫でさえ食べない。（那種東西連貓狗都不吃。）

❺ 「Vた＋途端（に）」表示前項動作和狀況發生後，馬上又發生了後項動作和狀態。後述事項不能接說話者的意志表現，且後述事項因為是說話者當場所發現，所以帶有意外的語氣，是「剛一～就…；就在做～的那一瞬間，發生了…」的意思。

◉ 急に立ち上がった途端に、目眩がした。（剛一站起來就覺得頭暈。）

❻ 「～も～ば～も」表示將類似的兩項事物並列，是「既～又…」的意思。

◉ 今は雨も降っていれば、風も吹いている。（目前既下著雨也颳著風。）

◉ 弟は好き嫌いが多い。魚もだめならば、野菜も苦手だそうだ。
（我弟弟很偏食，魚也不行，青菜也難以入口。）

5番 019

スクリプト

学校で先生が学生たちに話しています。

M：君たちは今日から三年生だ。高校生として最後の一年を送ることになる。受験する者、スポーツをする者、就職する者、それぞれ目標に向かって頑張ってほしい。目標がない者もいるかもしれないが、目標を作ってほしい。好きなことが目標とは限らない。それが好きじゃないことであっても、自分で目標として決めることが大事だ。君たちはこれからの人生で、それぞれの時と状況で、目の前の目標を大事にしなさい。それらの目標がいつか君たちを大きなゴールに連れて行ってくれる。

先生が学生たちに伝えたいことはどのようなことですか。

1. 好きじゃないことを目標にするべきだ
2. 好きなことを目標にするべきだ
3. 目標を決めることが大事だ
4. 目標がなければ、見つかるまで待てばいい

老師正在學校裡講話。

男：從今天開始你們就是三年級了。作為高中生的最後一年。參加考試、當運動選手、就業等，希望你們能努力朝著自己的目標邁進。也許有人還沒有目標，但希望你們能訂立目標。目標不一定是自己喜歡的事情，即便是不喜歡的事，自己下決定訂立目標是很重要的。接下來的人生中，在各種不同時間、不同狀況時，都要重視眼下的目標。那些目標有一天會帶著你們去向更遠大的終點。

老師想傳遞的是什麼樣的事？

1. 應該訂立不喜歡的事為目標
2. 應該訂立喜歡的事為目標
3. 訂立目標的重要性
4. 沒有目標的話，在找到之前耐心等待就可以

答案 3

文法重點

❶ 「Vる／Vない＋ことになる」表示未來的事情將會演變成某種結果，是「到時候會變成～」的意思。

◉ 毎日遊んでばかりいると、年を取ったら悔やむことになるよ。
（你要是一天到晚都在玩，等到老後一定會後悔喔！）

❷ 「Vてほしい」用於說話者希望對方做某動作或保持某狀態時。希望的對象用助詞「に」表示，是「希望你～」的意思。「Vてほしい」和「Vてもらいたい」的用法接近，但「Vてもらいたい」的動詞只能接意志動詞，而「Vてほしい」則無此限制。

◉ ここのところをもう一度説明してほしい。（希望你把這地方再說明一遍。）

❸ 「普通形＋とは限らない」是用來表達前面敘述的內容不見得都是對的，有時也會有例外的狀況，常搭配「いつも、全部」等副詞使用，是「未必～；不見得～」的意思。

◉ 天気予報がいつも当たるとは限らない。ときには外れることもある。
（天氣預報不見得都準確，也會有不準的時候。）

❹ 「N＋であっても」是「N＋である＋ても」的用法，藉由舉出程度低的例子，進而暗示普通的人或事也都可以。是「即使～」的意思。

◉ たとえ1分であっても、遅刻は遅刻です。（即使是1分鐘，遲到就是遲到。）

❺ 「決めることが大事だ」裡的形式名詞「こと」後面接「必要、大切、大事」等な形容詞時，不可替換成「の」。

◉ 約束を守ることが大切だと思います。（我認為守約是很重要的。）

問題 4　即時應答

題型重點攻略

試題型式

問題紙

> 大題當頁印有「問題 4」的說明文。

問題4

問題 4 では、問題用紙に何も印刷されていません。まず、文を聞いてください。それから、それに対する返事を聞いて、1 から 3 の中から、正しい答えを一つ選んでください。

－ メモ －

> 試題紙沒有印刷任何插畫或文字選項。

音檔

❶ 考試中，首先會**播放「問題 4」的說明文**。

問題 4
問題 4 では、問題用紙に何もいんさつされていません。。まず文を聞いてください。それから、それに対する返事を聞いて、1 から 3 の中から、最もよいものを一つ選んでください。

❷ **正文考題：**
兩人進行一問一答，A 說完對話文中第一句之後，B 有 3 個回答選項。

❸ 在問題結束後，會有約 10 秒的作答時間。

題型特色

❶ **「問題 4」**佔聽解考題中的 11 或 12 題（2017 年 7 月～ 2020 年 12 月為 11 題），**為改制後的新增題型**。

❷ 聽力內容是由兩人進行一問一答，回答的部分是考題選項。

❸ 請特別留意，**一題只有 3 個選項**。同時，試題紙上沒有印刷任何插畫或文字選項。考生必需聽取短句發話，並選出適切的應答。

❹ 題目內容與日常生活情境息息相關，形式包含**疑問句、勸誘句、命令句、委託或請求同意的句子**等等。

❺ 近年來的考題，提問部分的內容有加長的傾向。

解題技巧

❶ 試題本上不會出現任何文字。因此**千萬不要忘記隨時做筆記**。作答的當下請立刻畫卡，因為**之後並沒有多餘的時間讓你補畫**。

❷ 聽解考題中，本大題為最需要臨場應變能力和精準判斷力的大題，請務必大量練習試題。

❸ 題目內容與日常生活情境息息相關，因此必須多學習情境慣常用法。要注意題目中設下的文法思維陷阱，因為有時候文法是正確的，但是卻是不自然的表現方式。

❹ 因為沒有任何的圖示或文字線索做為判斷的依據，因此導致作答時間變成十分緊迫，沒有時間讓你慢慢思考。如果你思索前一題，就會漏聽下一題，最後便會不自覺慌張起來，產生骨牌效應通通答錯。因此**只要碰到聽不懂的題目，就請果斷選擇一個可能的選項**，然後迅速整理心情，準備聽下一題。若是一直執著在某一題上，反而會害到後面的題目，最後失敗走出考場。

* 例 020

スクリプト

F：今日(きょう)ちょっと、残(のこ)って仕事(しごと)してってもらえない？

M：1. 今日(きょう)ですか。はい、わかりました。

2. すみません、今日(きょう)遅(おそ)くなったんです。

3. 残(のこ)りは、あとこれだけです。

女： 今天可以麻煩你留下來工作嗎？

男： 1. 今天嗎？好的，我知道了。

2. 不好意思，今天晚了。

3. 剩下的就只有這些。

答案 1

文法重點

■ 女士請求男士今天能不能留下來加班。會話中的「仕事してって」是「仕事していって」的口語表達。「Vていく」使用的動詞多為無移動性、方向性質的動作動詞，表示做完某動作行為後再走的意思。

◉ もう疲(つか)れましたから、あちらで休(やす)んでいくことにしましょう。
（因為已經累了，我們在那裡休息一下再走吧！）

選項 1： 正確答案。在確認時間為「今天」後，表示已經理解對方的意思。

選項 2： 「遅くなった」有「我來晚了、我遲到了」的意思。「んです」用於強調說明原因理由。本選項與問題不符。

選項 3： 這裡的「あと」表示事情結束之後剩餘的部分。這應該是女士要說的話，因此不是正確選項。

◉ あとの処理(しょり)は君(きみ)に任(まか)せる。（其餘的處置就交給你了。）

1番 021

スクリプト

M：あれ？花瓶、今朝玄関の棚に飾っておいたはずなのに。

F：1. へえ、棚に飾るんですね。
2. あっ、片付けたらいけなかったんですか。
3. 玄関から持ってきましょうか。

男：疑？今早我明明把花瓶擺飾在玄關架上了啊！

女：1. 欸…擺飾在架上啊！
2. 啊！不能收起來嗎？
3. 要從玄關拿過來嗎？

答案 2

文法重點

■ 男士感到奇怪與意外，原本應該陳列在玄關架子上的花瓶不見了。「Vたはずなのに」用於說話者認為理所當然的事與實際情況不符時，表示說話者後悔、奇怪等心情。

◉ ちゃんとかばんに入れたはずなのに、うちに帰ってみると財布がない。
（明明放進了提包內，但回家一看卻沒有見到錢包。）

選項 1：「へえ」（哦～）是表示「吃驚」或「欽佩」的感嘆詞。整句意思是向對方確認原來要陳列在架子上的事實。本選項與題意不符。

選項 2：正確答案。這裡的「あっ」（啊！）帶有「驚訝」的語氣。「Vたら～た」是用來表示當說話者做了某動作後，發現了某種情況的句型。是「一～發現…」的意思。

◉ 教室に入ったら、だれもいなかった。
（一進到教室之後，發現沒有任何人。）

選項 3：「Vましょうか」是說話者提出要為對方做某事情時的表達方式。本選項與題意不符。

2番 022

スクリプト

M：南さん、この前教えてくれたレコード、見つけましたよ。中古ながらなかなかいい値段するんですね。

F：1. もっと高いのを探しているんですか。
　 2. そう、古いのに、高いでしょう。
　 3. 新しいものをそんなに安く、よく手に入りましたね。

男： 南小姐，你之前告訴我的黑膠唱片，我找到囉！雖然是中古品，不過價格不斐耶。

女： 1. 你想找更貴的嗎？
2. 對，明明是舊的，卻很貴吧！
3. 新的東西，還真能被你這樣便宜地買到呢！

答案 2

文法重點

■ 男士跟對方說找到了唱片，雖然不是新的卻相當昂貴。在會話中，接續助詞「ながら」並不是初級學到的「動作同時進行」，而是「逆接」用法，用於表達「後句的結果與前句的合理推測不同，實際上是…」時。副詞「なかなか」除了和動詞否定句尾搭配表示相當難做某動作之外，在會話中是表示「相當」高的程度。

- 今日は日曜日ながら、お客が少ない。（今天雖然是星期天，但是客人卻很少。）
- 心配で、なかなか眠れない。（因擔心而怎麼也無法入睡。）
- この本はなかなかおもしろいですよ。（這本書相當有趣喔！）

選項 1： 以「～んですか」詢問情況的語氣問對方是否在找更貴的（唱片）。本選項與題意不符。

選項 2： 正確答案。表示逆接的接續助詞「のに」含有感到意外、反常的語氣。敘述唱片明明是舊的卻很貴。

選項 3： 以「そんなに＋形容詞」詢問「價格那麼～」。「よく」表示意外的語氣。本選項與題意不符。

3番 023

スクリプト

F：来週（らいしゅう）の会議（かいぎ）の資料（しりょう）今日（きょう）まとめなきゃいけないなんて。

M：1. 明日（あした）までじゃなくてよかったね。
2. 本当（ほんとう）、もっと時間（じかん）ほしいよね。
3. えっ、資料（しりょう）まとめなくてもよくなったの。

女：下週的會議資料今天一定要整理好欸…

男：1. 還好不是到明天。
2. 真的，希望有多一點時間啊！
3. 欸？資料不用整理也沒關係？

答案 2

文法重點

■ 女士對於下週的會議資料必須在今天整理好而感到驚訝。「～なきゃいけない」是「～なければいけない」的口語表現，是「必須～」的意思。「普通形＋なんて」用於表達說話者對於發生了自己沒預料到的事感到「驚訝」，屬於口語表現。

◉ 一週間（いっしゅうかん）に3回（かい）も地震（じしん）が起（お）きたなんて、地球（ちきゅう）もそろそろ終（お）わりだ。
（一星期竟然發生了三次地震，地球差不多快到盡頭了。）

選項 1：對於不是到明天而感到放心。「よかった」是用於得知好消息後，表開心或是放心的慣用句，因此不是正確選項。

選項 2：正確答案。「～よね」是「～對吧？」的意思，表示「指針對自己的主張、意見，尋求對方同意」。語意比「～ね」更強烈。

◉ A：お店（みせ）、駅（えき）からそんなに遠（とお）くなかったよね。
（那家店離車站沒有很遠，對吧？）

B：うん、駅（えき）から3分（ぷん）くらい。（嗯，從車站過去大概3分鐘左右。）

選項 3：對於資料變得沒必要整理而感到驚訝的心情。本選項與題意不符。

4番 024

スクリプト

F：あのう、山田(やまだ)さん、この資料(しりょう)、コピーしてくださると助(たす)かるんですが。

M：1. コピーしていただけるんですか。
　2. えっ、まだコピーしてませんよ。
　3. はい、何枚(なんまい)でしょうか。

女：欸…山田，這份資料你如果能幫我影印一下就幫大忙了。
男：1. 能請您幫我影印嗎？
2. 欸？還沒有影印喔！
3. 好，要幾張呢？

答案 3

文法重點

- 女士委婉地請求對方，如果能夠幫忙她影印資料就可省事、幫大忙。「Vてくださる」是「Vてくださいます」的普通形。這裡的「助かる」有「省事；有幫助；幫大忙」等意思。

◉そうしてくだされぱたいへん助(たす)かります。（您那樣做可幫了我的大忙。）

選項 1：向對方確認「我能麻煩您影印嗎？」的意思。本選項如果是由問話者提問應該會比較洽當，因此與題意不符。

選項 2：「えっ」（咦？）是用來表示「驚訝」或「疑問」的感嘆詞。「まだ～ていない」是「還沒～；尚未～」的意思，表示原本預定的事還沒完成，或尚未進行。本選項與題意不符。

選項 3：以委婉禮貌的語氣詢問對方「好的，需要影印幾張呢？」，因此本選項為正確答案。

5番 025

スクリプト

M：佐藤（さとう）さん、パーティーに出す（だす）料理（りょうり）、そろそろできた？

F：1. はい、今（いま）のところ順調（じゅんちょう）です。

2. え、できないなんて困（こま）ります。

3. では、さっそく料理（りょうり）を始（はじ）めます。

男： 佐藤，派對上要出的菜差不多弄好了嗎？

女： 1. 是，目前很順利。

2. 欸？不能做的話我會很困擾。

3. 那麼就馬上開始來做菜。

答案 1

文法重點

■ 男士詢問對方，派對的佳餚是否已經做好了。「できる」除了「能夠；會」的意思之外，這裡是「做好；完成」的意思。

◉ 宿題（しゅくだい）はもう全部（ぜんぶ）できた？（作業已經全部寫完了嗎？）

選項 1： 正確答案。敘述目前進行得很順利。形式名詞「ところ」在本選項是表示「時候；場合」的意思。

◉ 今（いま）のところは心配（しんぱい）はないようだ。（目前似乎不必擔心。）

選項 2： 對於沒辦法做到而感到傷腦筋。本選項與題意不符。

選項 3： 回覆立即開始準備。副詞「さっそく」是「立刻；馬上；趕緊」的意思。本選項並非正確答案。

◉ ご注文（ちゅうもん）の品（しな）はさっそくお届（とど）けいたします。
（您訂購的物品將立刻寄送。）

6番 026

スクリプト

F：昨日(きのう)、職場(しょくば)の不満(ふまん)をずいぶん言(い)っちゃったけど、聞(き)かなかったことにしてくれない？

M：1. ああ、わかった。忘(わす)れるよ。
2. なるほど、もう聞(き)かなくてもいいんだね。
3. もちろん、いつでも聞(き)くよ。

女：昨天我說了一堆對職場的不滿，你能不能當作沒聽過？
男：1. 啊…我知道了。我會忘了。
2. 這樣啊！不用再聽也沒關係吧！
3. 當然，隨時都可以聽你說。

答案 1

文法重點

■ 女士對於昨天說了許多對職場不滿的事，希望對方當作沒聽見。「言っちゃった」是「言ってしまった」的口語表達。「Vた＋ことにする」的句型表示事實上沒做某動作，但說話者當作已做了該動作來處理。「Vなかった＋ことにする」表示事實上已做了某動作，但當作沒做該動作，是「當作沒這件事」的意思。

◉ 素直(すなお)に謝(あやま)ってくれたら、そのことはなかったことにする。
（如果你乖乖道歉的話，我就當作沒這回事。）

選項 1：正確答案。回應對方已理解情況，並強調會把昨天的事情忘掉。

選項 2：自己未發現的事情，由他人告知後領會同意時，可用「なるほど」表達。「～なくてもいい」是表示沒必要做某事的句型。本選項與題意不符。

選項 3：以明確的語氣強調無論什麼時候都會聆聽。本選項與題意不符。

7番 027

スクリプト

M：もう少(すこ)しで自転車(じてんしゃ)で転(ころ)ぶところだったよ。

F：1. 危(あぶ)なかったね。でも無事(ぶじ)ならよかった。
2. 転(ころ)ぶから怪我(けが)するんだよ。
3. えっ、あそこで転(ころ)んじゃったんだ。

男：剛剛騎腳踏車差一點就摔倒了。
女：1. 真危險欸！不過沒事就好。
2. 因為摔倒會受傷喔！
3. 欸？在那邊摔倒了啊！

答案 1

文法重點

■ 男士描述自行車差一點就要倒下來。「Vる＋ところだった」表示「當初差點就發生了…的狀況，幸好沒發生」，常和「もう少しで、危うく」等副詞搭配使用，是「差一點就…；險些…」的意思。要注意的是「Vる＋ところだ」是表示「說話時，正處於某動作要發生的前一刻」，是「正要…」的意思。

◉ 彼(かれ)の話(はなし)を聞(き)いて、もう少(すこ)しで泣(な)くところだった。
（聽了他的話，差一點就哭了。）

◉ ちょうど今(いま)から試合(しあい)が始(はじ)まるところです。（比賽剛好現在正要開始。）

選項 1：正確答案。對於平安無事表示放心了。

選項 2：提醒對方自行車倒下會受傷。本選項與題意不符。

選項 3：以驚訝、懷疑的語氣敘述倒了下來。「転んじゃった」是「転んでしまった」的口語表達。本選項與題意不符。

8番 028

スクリプト

F：私の部屋の片付け、今日手伝ってもらうことになってたけど、一人でできないこともないかも。

M：1. それなら、僕もう行かなくてもいいかな？
2. えっ、どうして一人でできなかったの？
3. じゃあ、僕も手伝おうか？

女：今天雖然有叫你來幫忙收拾我的房間，不過似乎我也不是無法一個人完成。

男：1. 那樣的話，我不去也沒關係吧？
2. 欸？為什麼沒辦法自己完成呢？
3. 那我也來幫忙吧？

答案 1

文法重點

■ 女士說收拾房間一事，原先預定請對方幫忙，但一個人也不是不行。「～ことになっている」除了表示「慣例、規則、法律等規定」的意思之外，也可以表示目前的「預定」。在動詞後面接「～ないことはない／～ないこともない」時，表示也有可能做某事，或事情有可能發生。屬於「有所保留，不是百分之百，避免太直接的斷定」的說法，是「也不是…」的意思。

- その映画は 18 歳未満は鑑賞できないことになっている。
（那部電影規定未滿 18 歲是不能觀賞的。）
- A：部長はいつアメリカへ出張するんですか。（經理何時要去美國出差？）
B：4 月の初めに行くことになっています。（預計 4 月初要去。）
- A：論文は今月までには終わりそうにもないんだけど。
（論文看樣子應該在這個月前是寫不完的。）
B：やる気があれば、できないことはないよ。（如果有心，不會寫不完。）

選項 1：正確答案。「Vなくてもいい」表示不必再做某行動。句尾加上「か、かな、かしら」帶有說話者猶豫的感覺。

選項 2：以「どうして～の？」驚訝、疑問的語氣反問對方為什麼不能一個人做。本選項與題意不符。

選項 3：「意向形」後面加上疑問的「か」表示說話者自身的意願中有不明確的部分。使用升調時，強調詢問的心理。本選項亦不是正確答案。

9番 029

スクリプト

F：鈴木(すずき)さん、司会(しかい)の練習(れんしゅう)、付(つ)き合(あ)ってくださってありがとうございました。明日(あした)の本番(ほんばん)もうまくいくといいんですけど。

M：1. 成功(せいこう)して良(よ)かった。頑張(がんば)った甲斐(かい)があったね。
2. せっかく準備(じゅんび)したのに、今日(きょう)は残念(ざんねん)だったね。
3. これだけやったんだから、きっと大丈夫(だいじょうぶ)だよ。

女：鈴木，謝謝你陪我做司儀的練習。希望明天正式上場也能很順利就好了。
男：1. 能成功太好了。努力有回報了。
2. 好不容易準備了，今天真是遺憾呢！
3. 你都這樣努力了，一定沒問題的。

答案 3

文法重點

■ 女士感謝對方願意陪伴她一起進行明天司儀的練習。「～といい」為一種期望、願望的語氣，後面多半搭配「なあ、のに、が、けど」等，用來表示如果某件事發生的話，會有多好的意思。本項用法的「～といい」也可以換成「～たらいい」或「～ばいい」。

◉ 会社(かいしゃ)がもうちょっと近(ちか)いといいなあ。（公司要是再近一點該有多好啊！）

選項 1：對於成功而感到開心，努力有了價值。「甲斐(かい)」一詞是「價值；效果；用處」的意思。因為是敘述已發生的事情，所以本選項不符題意。

◉ 行(い)ってみた甲斐(かい)があった。（去一趟有了收穫；沒白跑一趟。）

選項 2：「せっかく～のに」描述明明準備了，卻感到遺憾的語氣。本選項與題意不符。

選項 3：正確答案。「これだけ」強調超過普通程度，表示都做了那麼多，一定會順利進行下去。表示「討論；商量；磋商」等意思。

◉ これだけやったのに、なんで報(むく)われないんだ。
（做了這麼多，為什麼沒有回報？）

10番 030

スクリプト

M：明日8時から練習するって聞いたけど、たしか学校は、9時になってからでないと入れないよ。

F：1. それなら、30分早く始めましょうか。
2. 入れるはずですよ、先生にお願いしておきましたから。
3. じゃあ、どこから入ればいいんですか。

男：我聽說是明天 8 點開始練習，不過我記得學校 9 點前是沒辦法進去的喔！
女：1. 那樣的話要提早 30 分鐘開始嗎？
2. 應該能進去喔！因為已經先和老師拜託過了。
3. 那要從哪邊進去好呢？

答案 2

文法重點

■ 男士告知對方，聽說明天早上 8 點開始練習，但如果不到 9 點就無法進入學校。「って」為表示引用的「と」的口語用法。以「Vてからでないと～（ら）れない／できない」的形式，是用來表達如果不先做完前項事項，就無法做後述的事項，是「如果不先～，就無法…」的意思。「Vてからでないと」可以和「Vてからでなければ」替換。

◉ **この件については社長の意向を聞いてからでないと、決められません。**
（關於這件事，如果沒有先問過社長的意願，就無法決定。）

◉ **論文発表をしてからでなければ、卒業できない。**
（不先發表論文就不能畢業。）

選項 1：向對方提議提早 30 分鐘開始練習。本選項與題意不符。

選項 2：正確答案。「～はず」表示「推測按道理應該～」。利用「Vておく」表示事先有特別拜託老師了。

選項 3：詢問要從哪裡進去才好。「～ばいいんですか」用於向對方徵求意見時。本選項與題意不符。

11番 031

スクリプト

M：この企画(きかく)、やっぱり部長(ぶちょう)なしじゃ進(すす)めようがないよ。

F：1. そうですね、私(わたし)たちだけでなんとかなりますから。
　2. ええ、ずいぶん準備(じゅんび)も進(すす)められました。
　3. じゃあ、もう一度(いちど)部長(ぶちょう)にお願(ねが)いしてみます。

男：這個企劃，果然沒有經理的話沒辦法進行啊！

女：1. 對啊！憑我們幾個應該勉強可以進行。
2. 是的，準備也進行地如火如荼了。
3. 那再拜託經理一次看看。

答案 3

文法重點

■ 男士向對方表達，若這項計畫沒有經理就無法進行。「N＋なしでは（じゃ）～ない」是表示如果沒有前項，就不可能或很難有後項的意思。「V~~ます~~＋ようがない」的句型是用來表示由於前項不利的原因、情況，想做某事也辦不到、辦不成，是「無法；沒辦法」的意思。

◉ 人間(にんげん)は水(みず)なしでは、生(い)きていくことができない。
（人沒有水是無法活下去的。）

◉ このスマホはもう部品(ぶひん)が生産(せいさん)されていないので、直(なお)しようがない。
（這款手機的零件已經停產了，所以沒辦法修理了。）

選項 1：「何とかなる」是「一定會有辦法的」的意思。這裡表示只有自己也能完成工作。所以不是正確選項。

選項 2：表示工作準備進行得差不多了。本選項與題意不符。

選項 3：正確答案。認同對方說法，並且會試著再找經理商量。

問題 5 統合理解

題型重點攻略

試題型式

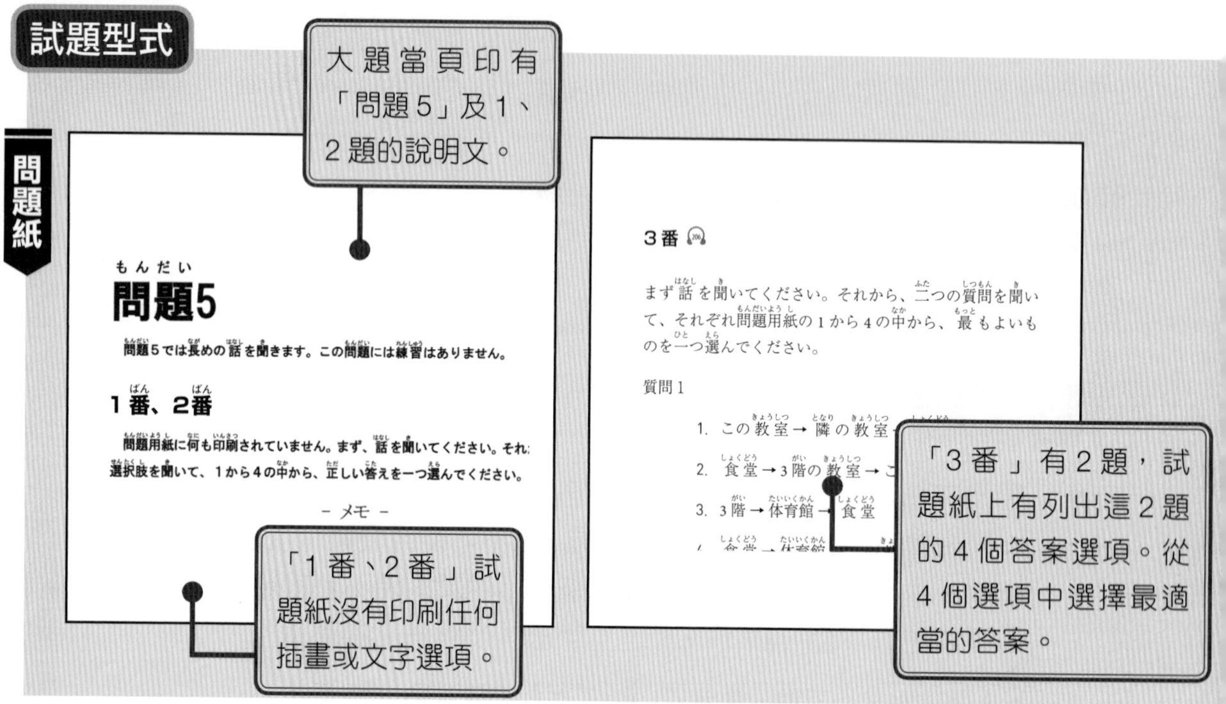
問題紙
大題當頁印有「問題5」及1、2題的説明文。
問題5
問題5では長めの話を聞きます。この問題には練習はありません。
1番、2番
問題用紙に何も印刷されていません。まず、話を聞いてください。それ
選択肢を聞いて、1から4の中から、正しい答えを一つ選んでください。
－ メモ －
「1番、2番」試題紙沒有印刷任何插畫或文字選項。
3番
まず話を聞いてください。それから、二つの質問を聞いて、それぞれ問題用紙の1から4の中から、最もよいものを一つ選んでください。
質問1
1. この教室→隣の教室
2. 食堂→3階の教室→
3. 3階→体育館→食堂
「3番」有2題，試題紙上有列出這2題的4個答案選項。從4個選項中選擇最適當的答案。

音檔

❶ 考試中，首先會**播放「問題５」及１、２、３題的說明文**。

問題5

問題5では、長めの話を聞きます。この問題には練習はありません。問題用紙にメモをとってもかまいません。

1番、2番

問題用紙に何もいんさつされていません。まず話を聞いてください。それから、質問とせんたくしを聞いて、1から4の中から、最もよいものを一つ選んでください。

3番

まず話を聞いてください。それから、二つの質問を聞いて、それぞれ問題用紙の1から4の中から、最もよいものを一つ選んでください。

❷ **正文考題：**

會話短文→提問（約 10 秒的作答時間）即題目會在對話結束後唸一次提問，**只會有 1 次提問**。（「1 番、2 番」有唸 4 個選項，「3 番」則無。）

❸ 在問題結束後，會有約 10 秒的作答時間。

題型特色

❶ **「問題 5」為改制後的新增題型**，僅 N1、N2 有此題型。佔聽解考題中的 3 題，其中的「1 番、2 番」與「3 番」題目型式不同。

❷ 「1 番、2 番」其實就是「問題 1 題型」的加長、難度更高的版本，每題長度約 500 ～ 675 字左右。試題紙上**沒有**印出考題選項，同時也沒有先提示題目要問什麼要點。應考者必須聽取某情境略長的會話，然後**經過比較、綜合理解，之後判斷說話者採取的行動，或是其重點**，繼而從答案選項中選出答案。例如會話一開始，只有提到「市役所で上司と職員二人が花火大会の混雑について話しています。」，接著是兩人的對話，會話結束後後問「職員は問題を解決するためにどうすることにしましたか。」。

❸ 「3 番」有 2 個題目。「3 番」像是「問題 2、問題 3」的結合版本，試題紙上**有**印刷考題選項，但是沒有在最開始先提示題目。應考者必須聽取類似「問題 3」的某主題說明文，以及緊接著的同主題的長篇會話文之後，從答案選項中選出答案。

解題技巧

❶ **「1 番、2 番」**」試題本上不會出現任何文字，同時內容比「問題 1、問題 2」長、繁複，這時更考驗做筆記的能力，所有的細節都不能放過。

❷ **「3 番」**在聽說明文的部分就要將資訊分類，以便提供接下來的會話文的判斷依據。接下來只要將兩人或三人在會話文中提到的差異與前面的分類做連結，就可以找到答案。

❸ 「問題 5」最需要的是耐心——考試到了尾聲，最後精力、體力都已經消耗得差不多了，但是「問題 5」的內容卻是最冗長的，因此考生到這階段務必要按耐住煩躁的心情，才能將精神注意力拉回考題。

＊例 1 032

スクリプト

大学で男の学生と職員が話しています。

M：すみません、アルバイトを紹介してもらいたいんですが。お客さんと接する仕事がいいんですが、どんなのがあるか教えていただけませんか。時給はできたら 900 円以上で、週三日まで探してるんですけど。

F：ええと、条件に近いものが四つありますよ。まず、これでね。大学正門前のコンビニです。時給 850 円で、週三日。早朝と深夜は時給が 100 円高くなるそうです。それから、大学の前の大通り沿いのガソリンスタンドですね。時給 1,200 です。ただ、土日を含めて週四日以上勤務できる人が希望だそうです。

M：どちらもお客さん相手なのはいいですね。

F：あと、大学から駅に行く途中にあるレストランでも募集していますよ。時給 1,100 円。調理の補助をまれに頼まれることもあるそうですが、基本的には注文を取ったり、料理を出したりする仕事で、週二日来てほしいそうです。

M：キッチンの仕事もたまにならいいかな。

F：えー、それから、駅前のデパートでのアルバイト。売り場には出ないで商品を発送する仕事になりますが、勤務日数が自由に決められますし、時給 1,300 円と高いのが魅力だと思いますよ。

M：うーん、直接お客さんとやり取りできる仕事で、できるだけ時給が高いのがいいです。クラブ活動などもあって、勤務日が増やせないから、これにします。

男の学生はどのアルバイトを選びますか。

1. コンビニ
2. ガソリンスタンド
3. レストラン
4. デパート

大學裡男學生與職員在交談。

男：不好意思，可以介紹打工工作給我嗎？我想找接待客人的工作，可以介紹什麼樣的工作嗎？可以的話，時薪最好在900日圓以上、一週工作最多三天。

女：嗯～符合條件的有4個，首先是大學正門前的便利商店，時薪850、一週三天，如果是清晨及深夜的話時薪會高100日圓。還有大學前的大道上的加油站，時薪1,200，但是這間希望含週六、週日，一週要工作四天以上。

男：不錯耶，這兩份都是面對客人的工作。

女：還有從大學往車站途中有間餐廳也在徵人，時薪1,100日圓。這間偶爾會要求幫忙做廚房工作，但是基本上是幫客人點餐、送餐，希望一週工作二天。

男：廚房的工作偶爾是沒有問題。

女：還有是車站前的百貨公司。不需要在賣場拋頭露面，只要寄送商品即可。工作天數可以自行決定，而且時薪1,300日圓，算滿高的很有吸引力喔。

男：嗯，我想要做直接面對客人的工作，時薪越高越好。我有社團活動，沒辦法增加工作天數，所以就這個吧！

男學生選哪一份打工工作？

1．便利商店
2．加油站
3．餐廳
4．百貨公司

答案 1

文法重點

❶ 「～がいい」是「～比較好」的意思。在陳述自己的期望時，經常使用「～がいい」這樣明確期望的表達。而「～がいいんですが／～がいいんですけど」多用於委婉主張某事情時。如果要表達更委婉的主張，可以在「～がいい」之後加上「かもしれない」，語氣就變得更加委婉。

◉ A：クラスコンパはいつにする？（班級聯誼要何時呢？）
　B：僕(ぼく)は土曜日(どようび)がいいんですけど。（我希望星期六比較好。）

❷ 「大通(おおどお)り沿(ぞ)い」的「沿い」是造語，接在河流、鐵路或建築物等名詞後面，表示沿著其邊緣一直的狀態，是「順著～；沿著～」的意思。

◉ 線路沿(せんろぞ)いの道(みち)を散歩(さんぽ)しましょう。（我們去沿著鐵路的道路散步吧！）

❸ 「ただ」用於給予整體概略的正面評價後，再表示另一方面仍有部分缺點和修正必要的狀態。是「只是～」的意思。

◉ A：この小説(しょうせつ)、おもしろいね。評判(ひょうばん)がいいみたいだよ。
（這本小說很有趣呢！好像評價不錯。）
　B：ただ、専門用語(せんもんようご)とかが多(おお)くて、ちょっと読(よ)むのに疲(つか)れるな。
（只是專業術語很多，讀起來很累人。）

❹ 這裡「～はいいですね」表示給予高度的評價，是「～不錯；～很好」的意思。

◉ A：機能（きのう）がちょっと足（た）りないけど、デザインはいいですね。
（雖然功能有些不夠，但設計倒是不錯呢！）

B：そうですね。（是啊！）

❺ 「まれに」是な形容詞「まれ」修飾動詞時的副詞形用法，是「稀少地；罕見地」的意思。

◉ この現象（げんしょう）はまれにしか起（お）こらない（這種現象很少見。）

❻ 「N＋にします」用於表示選擇的結果。是「決定～」的意思。

◉ A：旅行（りょこう）に行（い）く日（ひ）はいつにしますか。（去旅行的日期要選什麼時候呢？）

B：来月（らいげつ）の５日（か）にしましょう。（選在下個月５號吧！）

＊例２ 033

質問１

1. 北中通り
2. 大川通り
3. 上田通り
4. 山下通り

質問２

1. 北中通り
2. 大川通り
3. 上田通り
4. 山下通り

スクリプト

街の市民講座で、交通安全についての説明を聞いて、夫婦が話しています。

M1：今日は、町の交通安全について考えたいと思います。グループに分かれて問題になっている地域の現状を見に行き、そのあと、対策を話し合いますので、一つ選んでください。まず、北中通りです。駅前の大通りで、歩道に自転車が多く止められていて、歩きにくいと苦情が寄せられています。次は運動公園沿いの大川通りです。週末、公園の利用者の車が駐車場に入りきらず、通りに駐車するため問題になっています。次の上田通りは近くに小学校があり、児童が通学で利用しています。しかし、歩道が狭く、安全を心配する声が上がっています。最後の山下通りは商店街です。自転車の通行量が多く、歩行者が安心して買い物できる対策が求められています。

M2：どこにする？この前、公園の近くを歩いてたら、確かに道路に駐車している車が多かったな。

F：うん。でも、親としては、子どもが毎日登校や下校に使う道路の安全のほうが心配じゃない？

M2：そうだね。僕もそっちの方が心配だな。

F：じゃ、決まり。一緒に行こう。

M2：あ、でも僕、自転車の問題も気になってるんだ。通勤で急いているとき、迷惑なんだよ。

F：あ、商店街でしょ。私も自転車とぶつかりそうになったことあるよ。

M2：僕が言ってるのはそこじゃないよ。朝とか人通りが多いときに、歩道に置いてあると邪魔なんだよね。僕はそっちを見に行くよ。

F：分った。じゃ別々に見に行こう。

質問 1：女の人は、どこを見に行きますか。

質問 2：男の人は、どこを見に行きますか。

在街市的市民講座裡，夫妻兩人聽了交通安全說明，之後正在進行交談。

男 1：今天希望大家來思考街市的交通安全。大家分組審視產生問題的區域的現狀，然後針對對策進行討論，請各位選其中一組。首先是北中大道，這是車站前的大道，人行道上停了許多腳踏車，有人陳情表示行走困難。接下來是沿著運動公園的大川大道，週末想使用公園的車輛，因為無法進入停車場而停在馬路上，結果產生問題。接下來的上田大道在小學附近，學生上學時會使用此道路，但是因道路狹窄而有安全的疑慮的聲浪升高。最後的山下大道是商店街，這裡腳踏車通行量高，因此尋求讓行人可以安心購物的對策。

男 2：你要選哪裡？之前在公園附近散步，的確馬路上停了許多車輛。

女：嗯，身為父母親，會擔心孩子每天上下學時的道路安全吧？

男 2：也是，我也擔心那方面。

女：那就這麼決定，我們一起去吧！

男 2：啊！可是我還是在意腳踏車的問題。急著上班時，會覺得很困擾。

女：啊，商店街啊。我也曾差點撞上腳踏車。

男 2：我說的不是那裡，是早上人來人往人潮多的時候，擺放在人行道很阻礙通行。我想去那裡。

女：好吧，那就分開過去看吧！

問題 1：女人選擇去哪？

問題 2：男人選擇去哪？

答案 3,1

文法重點

❶ 「苦情が寄せられる」是「被投訴」的意思。因權益受損而表達不滿，或是對服務品質抱怨、提出申訴等內容稱為「苦情」。

◉ 住民は政府の措置に苦情を言った。（住民對政府的措施表達了不滿。）

❷ 「入りきらず」的「ず」表示否定，是「ない」的古語。「V~~ます~~＋きる」的句型可表示極其徹底、充分地做某動作，「入りきらず」即「入りきらない」，是「進不去；裝不下」的意思。

◉ たくさん買い物して冷蔵庫に入りきらない。（買了很多東西，冰箱都裝不下了。）

❸ 對話中「～たら…た」是表示「發現」的句型。當前項主語的某一動作發生時，發現後項另一主語的某動作或狀態已經發生。後項是說話者原本沒有預想到的事物，多帶有說話者驚訝的語氣。是「～之後；發現…」的意思。

◉ パソコンをつけたら、昨日作ったファイルが消えていた。
（一打開電腦，發現昨天作的檔案已經不見了。）

❹ 「N＋としては」的前項多接續表示人物或組織的名詞，敘述此人物或組織，對某事的態度或意見。此句型多用於表示此人物或組織與其他人物或組織的對比，因此常和對比的「は」共用，是「就～而言；以～立場來看」的意思。

◉ 他の人はどう思っているかわからないが、わたしとしてはこの案に賛成です。
（別人是怎麼想我不清楚，但我自己對這方案是贊成的。）

❺ 「V~~ます~~＋そうになる」表示說話者的意志無法控制的現象即將發生，多敘述過去的事情，是「險些～；差一點就～」的意思。

◉ 昨日遅くまで起きていたせいで、今朝は寝坊しそうになった。
（因為昨天到很晚還醒著，今天早上差點就睡過頭。）

1番 034

スクリプト

店の店長とアルバイトの学生が話しています。

F：あの、店長。来年、ここの公園東口店を改装するって聞いたんですけど、本当ですか。

M：うん、そうなんだよ。年が明けてすぐに工事始めるつもり。工事の間はここではアルバイトできなくなってしまうんで、かわりに3月まで、他の店舗の応援に回ってもらおうかと思ってる。

F：他の店舗というと…駅前店か、国道8号店ってことですか？

M：そう。どちらかで、ここと同じ販売の仕事をやってもらいたいんだけど、通勤がちょっと遠くなってしまうよね？

F：そうですね、でも駅前店なら電車降りてすぐなんで、そんなに不便ではないと思います。

M：そう？もし遠くて困るということであれば、ちょうどここも手が足りないから、店の整理を手伝ってくれてもいいし。

F：公園東口店の片づけと、改装後の開店準備、ってことですね。

M：うん、でもここだと、合わせても10日間ぐらいしか働けないから、お給料ちょっと下がっちゃうんだよね。もちろん、3月までお休みしたいってことであれば、それでもかまわないんだけど。

F：あの、学校も冬休み期間中だし、ぜひ働かせてください。がんばってお金も貯めたいですし。

M：そう？じゃ、駅前店には鈴木さんがいるけど、たしか、同じ学校だよね？

F：はい、友達です。前に、いつか一緒に働けたらいいねって、話していたんです。

M：そうだったんだ。じゃ、これまでと同じ、月曜日から土曜日まで、あっちに行ってもらえるかな？

F：はい、わかりました。ありがとうございます。

アルバイトの学生は、3月までどこで働くことになりましたか。

1. 駅前店
2. 国道 8 号店
3. 公園東口店
4. どこも選ばないで冬休みをとる

店長和工讀的學生正在講話。

女：欸…店長，我聽說明年這家公園東口店要重新裝潢，是真的嗎？

男：嗯，沒錯喔！打算年後馬上開始施工。施工期間這邊無法打工，所以到三月前想讓你到其他店鋪支援。

女：其他店鋪指的是站前店嗎？還是國道 8 號店呢？

男：是，不管哪家店，都是讓你從事和現在同樣的販賣工作，不過通勤變得有點遠吧？

女：對呀！不過站前店的話，下電車之後馬上就到了，我想也沒有那麼不方便。

男：是這樣嗎？如果距離遠造成困擾的話，剛好這邊也因為人手不足，幫忙整理店面也是可以。

女：公園東口店的整理，及重新裝潢後的開店準備，對吧？

男：嗯，不過這裡的話，總共也只能工作十天左右，所以薪水會減少一點喔！當然，如果你想休息到三月的話也沒有問題。

女：嗯…學校也在放寒假，請務必讓我工作。我想努力存錢。

男：這樣啊？那麼，站前店那邊有鈴木同學，我記得你們是同個學校吧？

女：是的，是朋友。之前才說到，如果有天能一起工作就好了呢！

男：這樣子啊！那麼就和目前為止一樣，週一到週六，你能去那邊嗎？

女：是，我知道了。謝謝您。

工讀的學生到三月前會在哪裡工作？

1. 站前店
2. 國道 8 號店
3. 公園東口店
4. 哪裡都不去，放寒假

答案 1

文法重點

❶ 「できなくなってしまうんで」的「んで」是「ので」的口語表現。

- 怒(おこ)られた理由(りゆう)がわからないんで、教(おし)えてくれ。
（我不知道為什麼生我的氣，拜託跟我說理由。）

❷ 「～かわりに」表示以做另一件事來做為某件事的代價，是「作為～的替代；取而代之的是～」的意思。

- 日曜日(にちようび)出勤(しゅっきん)するかわりに、明日(あした)は休(やす)ませてください。
（我星期天可以上班，但是明天請讓我休息。）

❸ 「～かと思う」用於當想要委婉表示「～と思う」時，會改用「～かと思う」婉轉將自己的想法傳達給對方，是「我覺得是不是～」的意思。「Vようかと思ってる」是「我在想是不是要～」的意思。

- 会社(かいしゃ)を辞(や)めようかと思(おも)っているんです。（我在想是不是要辭掉工作。）

❹ 「というと～ってことですか／のことですか」常用來確認詞語意義或定義等，多半是舉出前文中的詞語來詢問。口語中也可以用「って」來取代「というと」，是「～就是…吧」的意思。

- A：林(りん)さんはもう国(くに)へ帰(かえ)りました。（林同學回國了。）
  B：帰(かえ)ったというと、もう日本(にほん)には戻(もど)らないってことですか。
  （你剛才說的回國，意思是不再回來日本了嗎？）

❺ 這裡的副詞「すぐ」也可以表示距離很近的意思。

- コンビニはここから歩(ある)いてすぐです。（便利商店是從這裡走幾步路就會到。）
- うちは学校(がっこう)のすぐそばです。（我家就在學校旁邊。）

❻. 「N＋であれば」是「N＋である」再加上條件形「ば」形成的用法，是「如果～的話」的意思。

- 良質(りょうしつ)な陶器(とうき)であれば、何百年(なんひゃくねん)経(た)っても壊(こわ)れない。
（如果是品質好的陶器，放幾百年都不會壞。）

２番 035

スクリプト

ボランティアグループのメンバー３人が話しています。

F：我々が行っている地震被災地域への訪問ボランティアなんですが、今日は次回の活動内容について話し合いたいと思います。

M1：えっと、地域の子どもたちへの学習支援活動、これは今後も続けますよね。

F：はい、子どもたちの宿題や勉強を見てあげるこの活動は、地域の皆さんからとても好評なので、次回ももちろんやりたいですね。

M2：例えば子どもたちなんですが、勉強した後に、ちょっと体を動かしたりとかしてもいいんじゃないでしょうか。前回思ったのですが、避難所生活の影響で、みんな運動不足気味じゃないかなって気がしたもんですから。

F：なるほど。勉強した後にみんなで外で遊んだり、とかですか？

M2：はい、でも実際には広い場所があまりないので、縄跳びやラジオ体操など…。

F：サッカーやバスケットボールではなく、狭いところでもできる運動、ということですね。

M2：子供たち以外にも、参加したい人みんなでやるのもいいですね。そして、体を動かした後は、いつもの夕食の炊き出しですよね。

F：はい、これも毎回、地域の人たちに喜んでもらっていますが、献立は考え直す必要がありますね。

M1：たしかに。最近寒い日が続いていますから、食事の量も大切ですが、体が温まるメニューを中心に考えましょう。

F：あと、夕食後の活動ですが、やはり寒くなってきましたから、皆さん早く避難所の自宅に戻ってもらったほうがいいのではないでしょうか。

M1：そうですね。では、食後の DVD 観賞会は、今後はなしということで。

F：はい。しばらくそうしてみましょうか。

ボランティア活動について、次回から新しくやってみることは、何ですか。

1. 子供たちへの学習支援
2. 外で体を動かすこと
3. 地域の人との夕食
4. DVD 観賞会

志工團體成員三人正在講話。

女：關於我們進行的地震受災區域的訪視志工，今天想和你們討論下次的活動內容。

男：嗯…地區孩童的學習支援活動，今後也會持續下去吧？

女：是的。看照孩童們寫作業、讀書，這個活動區域居民評價非常高，當然下次也想要做吧！

男 2：例如孩子們在唸書後，是不是稍微活動一下身體也可以呢？上次我就在想，因為避難所生活的影響，大家都有點缺乏運動的感覺。

女：這樣啊！唸書後大家到戶外遊玩之類的嗎？

男 2：是的，不過實際上因為沒什麼寬廣的地方，跳繩啦廣播體操等等…。

女：你的意思是，不是足球或籃球，而是在狹小的地方也能做的運動對吧！

男 2：除了孩子們，其他想參與的人一起進行也不錯。而且運動過後就是義工們準備的晚餐了。

女：是的，這個也是每次都得到地區人們的喜愛。不過菜單需要重新考慮。

男 1：確實。最近因為天氣持續寒冷，飲食的份量也很重要，不過我們以讓身體溫暖的菜單為主來考慮吧！

女：還有，晚餐後的活動，因為還是會變冷，是不是應該讓大家早點回到自己的避難處比較好呢？

男 1：這個嘛…那麼飯後的 DVD 觀賞會今後就取消吧！

女：好的。我們就暫時這樣試試看吧！

關於志工活動，從下次開始的新的嘗試是什麼？

1. 孩童們的學習支援
2. 戶外活動身體
3. 和地區人們一起晚餐
4. DVD 觀賞會

答案 2

文法重點

❶ 「V~~ます~~／N＋気味」表示雖然程度不強，但已經呈現某種先兆、傾向。多用於不好的場合，是「稍微～；有點」的意思。

- 主人は仕事が忙しくて、最近少し疲れ気味のようだ。
  （我先生忙於工作，最近好像有點疲憊的樣子。）
- 今日はちょっと風邪気味なので、早めに帰らせてもらえませんか。
  （今天好像有點感冒，可以讓我提早回去嗎？）

❷ 「普通形＋もんですから」是「ものですから」的口語表達方式，多用來表明個人的解釋或辯解，含有不得已才導致這種情況的語意，是「因為～」的意思。

- A：どうして学校に遅刻したんですか。（為什麼上學遲到呢？）
  B：目覚まし時計が壊れていたものですから。（因為鬧鐘壞掉了。）

❸ 文中使用「普通形＋ということだ」是表示對前面的內容加以解釋，或根據前項得到某種結論，是「也就是說～；這就是～」的意思。

- 皆さん、ご意見がないということは、賛成ということですね。
  （各位，沒有意見就是表示贊成囉！）

❹ 「献立」是「菜單」的意思。用來表示套餐之類的餐點內容與順序，部分店家也會用來表示菜單。

- 毎日の献立を考えるのは大変ですね。（每天想菜單內容很辛苦呢！）

❺ 「Nを中心に」表示以某事物為中心，或當作最重要的來處理，是「以～為中心；圍繞著～」的意思。

- 皆がこのプロジェクトを中心に一生懸命働いている。
  （大家以這項計劃為中心，努力拼命地工作。）

❻. 文末的「ということで」表示談話結束，用於確認彼此間所討論的內容，並明確表示結束談話。

- A：もう少し安くしてもらえませんか。（可以再便宜一些嗎？）
  B：う～ん。じゃあ、今回だけ特別サービスということで。
  （嗯。那只有這次給你特別優惠喔！）

3番 036

質問1

1.「大空をください」　2.「ひとつの星」

3.「メモリーズ」　4.「雨」

質問2

1.「大空をください」　2.「ひとつの星」

3.「メモリーズ」　4.「雨」

スクリプト

先生が、合唱コンクールで歌う曲について説明しています。

F1：7月に行います合唱コンクールの自由曲は、次の4つの中から1つを、クラス全員で選びます。まず一曲目は、去年の課題曲で歌ったことがありますね、「大空をください」という歌です。覚えているでしょう？とてもきれいなメロディで毎年人気の高い曲です。次は「ひとつの星」という曲で、男性と女性が交互に歌うパートが特徴です。少し難しい曲ですが、クラス全員のまとまりが試されると言ってもいい曲ですね。3曲目は去年ある歌手が歌って大ヒットした「メモリーズ」という歌。これもとても明るくていい曲ですから、人気がありそうですね。他のクラスの選曲とも重なる可能性がありますよ。最後の曲は「雨」です。これは自分の妹が病気で亡くなってしまった悲しさを歌う、静かで落ち着いた感じの歌詞とメロディです。はい、以上の中から一曲選びますが、優勝を狙うにはどれがいいか、みんなよく考えて決めましょうね。

F2：せっかく歌うんだったら、元気で明るいのがいいかな。「雨」以外のがよさそうじゃない？

M：でも優勝を狙うなら、あえて他のクラスが選ばないものを、うちのクラスが歌うっていうのも一つの手だよ。

F2：他のクラスが歌わなかったからって、優勝できるとは限らないわよ。やっぱり上手かどうかが大切だし。「大空をください」は去年歌ったから、もう今年はいいや。この男子と女子が別パートで歌うの、うちのクラスには合わないね。だって、男子、6人しかいないし。…となると、これ、か。

M：同じ歌が何曲も続くより、全く違う雰囲気の曲をパッと聞かされた方が印象に残って、加点につながるはずだよ。だからぼくは、明るくなくてもいいと思うよ。

F2：うーん、私はみんなよく知らないより、知っている曲のほうがいいから、絶対これだと思うんだけどなぁ。

質問1　男の学生は、どの曲がいいと思っていますか。

質問2　女の学生は、どの曲がいいと思っていますか。

老師在說明有關在合唱比賽要唱的歌曲。

女 1：7 月的合唱比賽的自選曲目，從下面的 4 首歌曲中全班選出一首。首先第一首是去年的指定曲有唱過吧！「給我大天空」還記得吧！旋律很美的曲子，是每年很受歡迎的曲子。接著是「一顆星星」其特徵是男女交互混聲。有點難，可以說是在測試全班的整合度的曲子。第三首是去年某個歌手唱紅的「回憶」。這也是很開朗很好的曲子，看起來會很受歡迎，不過可能會和其他班級的選曲撞歌了。最後的曲子是「雨」。這首唱出自己的妹妹病亡的悲傷，讓人感覺到寂靜和沉穩的歌詞和旋律。從以上當中選出一首，想要優勝哪一首會比較好呢？大家好好的想一想再決定吧？

女 2：既然要唱，就要唱有精神開朗的才好。「雨」之外的好像比較好吧？

男：但是想要獲勝，選其他班級不會選的，只有我們班唱的，也是一種策略。

女 2：即使其他班級不唱也不一定會獲勝啊。還是唱得好不好才是重要的。「給我大天空」去年已經唱過了，今年就不要了。這首男女各自的合聲，不適合我們班，因為男生只有 6 個人，這樣一來，就只剩這個了……。

男：比起連續好幾首都是同樣的曲子，來個氣氛完全不一樣的曲子也會加深印象，應該是可以加分的。所以我認為即使不是開朗的曲子也沒關係。

女 2：嗯～，我認為與其是大家都不知道的曲子，反而是大家知道的曲子會比較好。我認為絕對是這個了。

問題 1 請問男學生認為哪一首曲子好呢？

1.「請給我天空」　2.「一顆星星」
3.「回憶」　4.「雨」

問題 2 請問女學生認為哪一首曲子好呢？

1.「請給我天空」　2.「一顆星星」
3.「回憶」　4.「雨」

答案 4,3

文法重點

❶ 「7月に行います合唱コンクール」裡的名詞修飾雖然不符合文法規則，但是在現實口語會話，屬於容許範圍內的表現。

❷ 副詞「せっかく」用於表示為了某種目的而特意做某動作，是「好不容易～；難得～」的意思。

- せっかくここまで来(き)たんですから、もっといろいろ見物(けんぶつ)して行(い)きましょう。
（因為是特地來了這裡，所以我們多參觀一些吧！）

❸ 副詞「あえて」表示在非必要做某動作之前提下，大膽或勉強地做該動作，是「敢於～；大膽地」的意思。若和特定否定句尾搭配，表示沒有必要勉強地做某動作。

- 難(むずか)しい計画(けいかく)だが、あえて実行(じっこう)することに決(き)めた。
（雖然是艱難的計畫，還是大膽地決定要付諸實行。）
- 話(はな)したくないことをあえて話(はな)すことはない。（沒有必要勉強地說出不想說的事。）

❹ 「普通形＋とは限らない」表示未必永遠是對的，有時也會有例外的情形。經常以「～からといって（からって）」導出本句型，整句是「雖說～未必…」的意思。

- 外国人(がいこくじん)だからといって、英語(えいご)が話(はな)せるとは限(かぎ)らない。
（雖說是外國人，但也未必會說英語。）

❺ 副詞「やっぱり」是「やはり」的口語說法，除了用來表示「和之前一樣」及「結果如預測相同」的用法之外，在本篇對話是表示對某種情況做出結論，是「還是～」的意思。

- A：さっきコーヒーをたのんだけど、やっぱりいい。自分(じぶん)で買(か)いに行(い)くから。
（剛才有拜託你買咖啡，不過還是算了。我自己去買就好了。）
B：あ、そう。わかった。（喔！這樣子啊！我知道了。）

❻ 這裡的「～はいい」用來表示不需要、不用的意思，經常用於拒絕對方的提議或協助時，是「不要～；不用～」的意思。在正式場合有時使用「いいです」、「いいんです」或是「けっこうです」這樣的表達方式。

- A：言(い)い訳(わけ)はいいから、早(はや)くやって。（別找藉口了，快點做吧！）
B：はい、すみません。（好的，對不起。）

❼ 「だって」是「だといっても」的省略用法。用於陳述理由，但由於加入了主觀意見，聽起來有撒嬌的語氣，因此不用於正式場合。是「因為～」的意思。

◉ A：30分(ぷん)も遅(おく)れるなんて、信(しん)じられない。（竟然遲到30分鐘，令人不敢置信。）
B：だって、道(みち)が混(こ)んでたんだもん。（因為路上塞車嘛！）

❽ 「となると」用在句首，表示「在那種事實的基礎上」的意思。前半句描述內容為說話者得知的新訊息或是別人發言的內容，後半句為根據前面的訊息從中引出說話人的判斷。是「如果那樣的話」的意思。

◉ A：部長(ぶちょう)は風邪(かぜ)で今日(きょう)会社(かいしゃ)に来(き)ません。（經理因為感冒今天不來公司了。）
B：となると、午後(ごご)の会議(かいぎ)は中止(ちゅうし)ということになりますね。
（那樣的話，下午的會議就取消是吧？）

❾ 「～より…ほう」用於就某事物的表現或判斷的方法加以比較時，是「與其～還不如…」的意思。

◉ 一人(ひとり)で食(た)べるより、みんなと一緒(いっしょ)に食(た)べるほうが楽(たの)しい。
（與其一個人吃飯，還不如跟大家一起吃飯更加開心。）

N2 Part 2

第一回 ～ 第六回

問題 1 • 課題理解

問題 2 • 重點理解

問題 3 • 概要理解

問題 4 • 即時應答

問題 5 • 統合理解

考題・第一回

問題(もんだい)1 037

問題(もんだい)1では、まず質問(しつもん)を聞(き)いてください。それから話(はなし)を聞(き)いて、問題用紙(もんだいようし)の1から4の中(なか)から、最(もっと)もよいものを一(ひと)つ選(えら)んでください。

1番 038

1. 現金(げんきん)をお札(さつ)と小銭(こぜに)に分(わ)ける
2. 他(ほか)のスタッフに確認(かくにん)する
3. レジにある現金(げんきん)を数(かぞ)える
4. クレジットカードの金額(きんがく)を加(くわ)える

2番 039

1. 洗濯機(せんたくき)をもらう人(ひと)を探(さが)す
2. 食器(しょっき)を先(さき)に車(くるま)に運(はこ)ぶ
3. 市役所(しやくしょ)で洗濯機回収(せんたくきかいしゅう)の手続(てつづ)きをする
4. 引越(ひっこ)し会社(がいしゃ)に問(と)い合(あ)わせる

3番 040

1. 工場(こうじょう)に連絡(れんらく)して、設備(せつび)を調(しら)べてもらう
2. 社長(しゃちょう)に問題(もんだい)の件(けん)を報告(ほうこく)しに行(い)く
3. 店(みせ)に電話(でんわ)して、他(ほか)の商品(しょうひん)の確認(かくにん)をする
4. 皆(みんな)に会議(かいぎ)のことを伝(つた)えてから、工場(こうじょう)へ行(い)く

4番 041

1. 申込書(もうしこみしょ)を市役所(しやくしょ)の窓口(まどぐち)に出(だ)す
2. 申込書(もうしこみしょ)を県庁(けんちょう)の窓口(まどぐち)に出(だ)す
3. 申込書(もうしこみしょ)をメールで送(おく)る
4. 申込書(もうしこみしょ)を郵便(ゆうびん)で送(おく)る

5番 042

1. 赤字(あかじ)をすぐに減(へ)らすべきだ

2. 社員全員(しゃいんぜんいん)の数(かず)を減(へ)らすべきだ

3. 研究開発(けんきゅうかいはつ)の社員(しゃいん)は減(へ)らすべきではない

4. 社員(しゃいん)を１人(ひとり)も減(へ)らすべきではない

問題2 043

問題2では、まず質問を聞いてください。そのあと、問題用紙のせんたくしを読んでください。読む時間があります。それから話を聞いて、問題用紙の1から4の中から、最もよいものを一つ選んでください。

1番 044

1. 大阪のメーカーさんと、できるだけ早く打ち合わせをしたいから
2. お客さんと事前にゆっくり話せるから
3. 飛行機だと交通費が高くつくから
4. 新幹線の駅から市内まで、移動するのに時間がかかるから

2番 045

1. 女の人が仕事を効率的にしないから
2. 女の人が無理な要求をしたから
3. 仕事の期限に遅れるから
4. 契約期間が切れるから

3番 046

1. 運動(うんどう)のあと10分(ぷん)休憩(きゅうけい)を取(と)ってから水(みず)や食事(しょくじ)をとる

2. 運動(うんどう)の前(まえ)はもちろん、運動中(うんどうちゅう)にも多少(たしょう)水分(すいぶん)をとる

3. 運動中(うんどうちゅう)に30分程度(ぷんていど)の休憩(きゅうけい)をとる

4. 食事前(しょくじまえ)の運動(うんどう)は胃(い)に負担(ふたん)をかけるので、食事後(しょくじご)が望(のぞ)ましい

4番 047

1. レトロ調(ちょう)のパッケージだから

2. 珍(めずら)しいパッケージだから

3. 懐(なつ)かしい味(あじ)だから

4. 新(あたら)しい味(あじ)だから

5番 048

1. 同僚(どうりょう)とうまく付(つ)き合(あ)えないから
2. 他(ほか)の会社(かいしゃ)に転職(てんしょく)することになったから
3. 他(ほか)に自分(じぶん)に合(あ)う仕事(しごと)がしたいから
4. デザインが勉強(べんきょう)できる学校(がっこう)を探(さが)したいから

6番 049

1. シャツはセール除外品(じょがいひん)だから
2. セール対象外(たいしょうがい)の商品(しょうひん)があることを知(し)らなかったから
3. 店員(てんいん)が200円割引(えんわりびき)するのを忘(わす)れていたから
4. スカートは赤(あか)いしるしがついていたから

問題３

問題３では、問題用紙に何もいんさつされていません。この問題は全体としてどんな内容かを聞く問題です。話の前に質問はありません。まず話を聞いてください。それから、質問とせんたくしを聞いて、１から４の中から、最もよいものを一つ選んでください。

ーメモー

１番

２番

３番

４番

５番

問題4 056

問題4では、問題用紙に何もいんさつされていません。まず文を聞いてください。それから、それに対する返事を聞いて、1から3の中から、最もよいものを一つ選んでください。

ーメモー

1番 057

2番 058

3番 059

4番 060

5番 061

6番 062

7番 063

8番 064

9番 065

10番 066

11番 067

問題５ 068

問題５では、長めの話を聞きます。この問題には練習はありません。問題用紙にメモをとってもかまいません。

１番、２番

問題用紙に何もいんさつされていません。まず話を聞いてください。それから、質問とせんたくしを聞いて、１から４の中から、最もよいものを一つ選んでください。

ーメモー

１番 069

２番 070

3番 071

まず話を聞いてください。それから、二つの質問を聞いて、それぞれ問題用紙の1から4の中から、最もよいものを一つ選んでください。

質問1

1. ホワイトクリームを3つ
2. ホワイトクリームを2つ
3. ホワイトクリームを1つと、ホワイトボトルクリームを1つ
4. ホワイトクリームを3つと、ホワイトボトルクリームを1つ

質問2

1. ホワイトクリームを3つ
2. ホワイトクリームを2つ
3. ホワイトクリームを1つと、ホワイトボトルクリームを1つ
4. ホワイトクリームを3つと、ホワイトボトルクリームを1つ

考題・第二回

問題1 072

問題1では、まず質問を聞いてください。それから話を聞いて、問題用紙の1から4の中から、最もよいものを一つ選んでください。

1番 073

1. 裾を2センチ短くする
2. 裾を4センチ短くする
3. 裾はリラックスできる長さにする
4. 裾の長さは変えない

2番 074

1. サービス案内所に行く
2. 掃除の人に連絡する
3. 忘れ物センターに行く
4. 忘れ物を届ける

3番 075

1. C → A → B → D
2. C → A → D → B
3. B → A → C → D
4. B → A → D → C

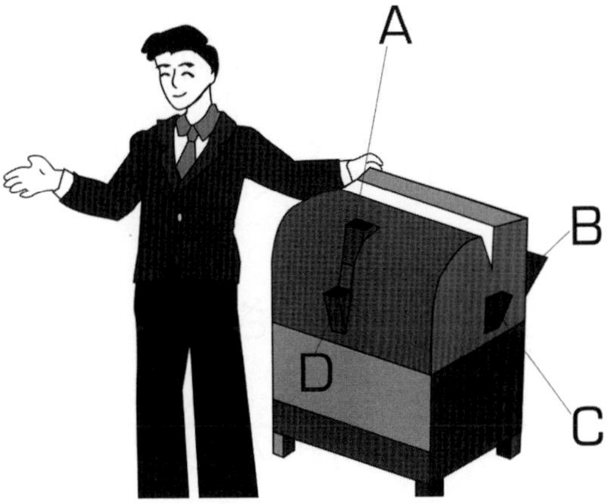

4番 076

1. 自転車(じてんしゃ)レンタル所(じょ)へ行(い)く
2. 会員登録(かいいんとうろく)を行(おこな)う
3. アプリで自転車(じてんしゃ)を予約(よやく)する
4. ホテルの周辺(しゅうへん)を自転車(じてんしゃ)で回(まわ)る

5番 077

1. 書類の翻訳を頼む
2. 客への資料を翻訳する
3. 佐藤さんと客の会社へ行く
4. 問題の内容を佐藤さんに通訳してもらう

問題2 078

問題2では、まず質問を聞いてください。そのあと、問題用紙のせんたくしを読んでください。読む時間があります。それから話を聞いて、問題用紙の1から4の中から、最もよいものを一つ選んでください。

1番 079

1. 部下に仕事を教えるから
2. 自分で仕事を片付けたいから
3. 電話やメールが気になるから
4. ついでに妻が病院へ行くから

2番 080

1. 鉄筋コンクリート造の物件
2. 新築の物件
3. 駅の北側の物件
4. 住宅地の物件

3番 081

1. スタッフの数がそろっていないから
2. 土木作業の工事が間に合わないから
3. 配線業者が決まっていないから
4. 施工管理ができていないから

4番 082

1. 学生と一緒に生き生き輝いたい
2. 動物たちのように歌ったり踊ったりしたい
3. 森でパーティーしたい
4. 丸い月の夜、妖精になりたい

5番 083

1. ファンから引退を望む声が多くなったから
2. 年で稽古ができなくなったから
3. けがを気力でカバーできなくなったから
4. けがで土俵に立てなくなったから

6番 084

1. 修理しても直らないから
2. 新しいのを買ったほうが安いから
3. 別のブランド物が欲しいから
4. リサイクル品を使いたくないから

問題3 085

問題3では、問題用紙に何もいんさつされていません。この問題は全体としてどんな内容かを聞く問題です。話の前に質問はありません。まず話を聞いてください。それから、質問とせんたくしを聞いて、1から4の中から、最もよいものを一つ選んでください。

ーメモー

1番 086

2番 087

3番 088

4番 089

5番 090

問題(もんだい)4 091

問題4では、問題用紙に何もいんさつされていません。まず文を聞いてください。それから、それに対する返事を聞いて、1から3の中から、最もよいものを一つ選んでください。

ーメモー

1番 092

2番 093

3番 094

4番 095

5番 096

6番 097

7番 098

8番 099

9番 100

10番 101

11番 102

問題 5 103

問題 5 では、長めの話を聞きます。この問題には練習はありません。問題用紙にメモをとってもかまいません。

1番、2番

問題用紙に何もいんさつされていません。まず話を聞いてください。それから、質問とせんたくしを聞いて、1 から 4 の中から、最もよいものを一つ選んでください。

ーメモー

1番 104

2番 105

3番 106

まず話(はなし)を聞(き)いてください。それから、二(ふた)つの質問(しつもん)を聞(き)いて、それぞれ問題用紙(もんだいようし)の1から4の中(なか)から、最(もっと)もよいものを一(ひと)つ選(えら)んでください。

質問1

1. 今週(こんしゅう)の火曜日(かようび)
2. 今週(こんしゅう)の水曜日(すいようび)
3. 来週(らいしゅう)の火曜日(かようび)
4. 来週(らいしゅう)の水曜日(すいようび)

質問2

1. 来週(らいしゅう)の日曜日(にちようび)
2. 来週(らいしゅう)の月曜日(げつようび)
3. 来週(らいしゅう)の火曜日(かようび)
4. 来週(らいしゅう)の水曜日(すいようび)

考題・第三回

問題１ 107

問題１では、まず質問を聞いてください。それから話を聞いて、問題用紙の１から４の中から、最もよいものを一つ選んでください。

１番 108

1. レポートをもっと詳しく書く
2. 調査対象者の数を増やす
3. 結果の見せ方を変える
4. 分析方法を追加する

２番 109

1. 桜出版の人と会議をする
2. 市場調査をする
3. 上司とデザインの方向性について話し合う
4. 打ち合わせの報告書を作成する

3番 110

1. できるだけたくさん資料を集める
2. 不用な資料を捨てる
3. 特に必要な資料だけを集める
4. 古くなった資料を早く捨てる

4番 111

1. 自分で税務署に行って申し込む
2. 郵便で申し込む
3. 代理の人に申し込みをたのむ
4. インターネットで申し込む

5番 112

1. アンケート結果を分析する
2. 指定された本を読む
3. 体験学習についての疑問点を質問する
4. 体験学習プログラムの企画書を書く

問題２

問題２では、まず質問を聞いてください。そのあと、問題用紙のせんたくしを読んでください。読む時間があります。それから話を聞いて、問題用紙の１から４の中から、最もよいものを一つ選んでください。

１番

1. 一日の勤務時間が長すぎるから
2. 朝早く起きなければいけないから
3. 残業をしても残業手当がつかないから
4. 同僚とうまく付き合えないから

２番

1. 書道の講座
2. 写真撮影の講座
3. ファッションの講座
4. 語学の講座

3番 116

1. 技術力(ぎじゅつりょく)
2. 能力主義(のうりょくしゅぎ)
3. 社会貢献度(しゃかいこうけんど)
4. 将来性(しょうらいせい)

4番 117

1. 太陽(たいよう)が出(で)ないから
2. 海(うみ)から北風(きたかぜ)が吹(ふ)くから
3. 流氷(りゅうひょう)が沿岸(えんがん)に近(ちか)づくから
4. 防寒対策(ぼうかんたいさく)が不十分(ふじゅうぶん)だから

5番 118

1. 年会費をもう一度払いたくないから
2. 会員カードの期限が過ぎたから
3. その店をあまり利用しないから
4. 家族も同じ会員カードを持っているから

6番 119

1. 契約期間が長すぎるから
2. 契約期限が来月以降更新できないと言われたから
3. 契約料が他の会社より高いから
4. 契約再更新する理由が特にないから

問題３

問題３では、問題用紙に何もいんさつされていません。この問題は全体としてどんな内容かを聞く問題です。話の前に質問はありません。まず話を聞いてください。それから、質問とせんたくしを聞いて、１から４の中から、最もよいものを一つ選んでください。

ーメモー

1番

2番

3番

4番

5番

問題4 (126)

問題4では、問題用紙に何もいんさつされていません。まず文を聞いてください。それから、それに対する返事を聞いて、1から3の中から、最もよいものを一つ選んでください。

ーメモー

1番 (127)

2番 (128)

3番 (129)

4番 (130)

5番 (131)

6番 (132)

7番 (133)

8番 (134)

9番 (135)

10番 (136)

11番 (137)

問題５ 138

問題５では、長めの話を聞きます。この問題には練習はありません。問題用紙にメモをとってもかまいません。

１番、２番

問題用紙に何もいんさつされていません。まず話を聞いてください。それから、質問とせんたくしを聞いて、１から４の中から、最もよいものを一つ選んでください。

ーメモー

１番 139

２番 140

3番 141

まず話を聞いてください。それから、二つの質問を聞いて、それぞれ問題用紙の1から4の中から、最もよいものを一つ選んでください。

質問1

1. 博物館内を見学する
2. 博物館の外へ行く
3. 買い物をしに行く
4. トイレへ行く

質問2

1. 今いる場所
2. 博物館の外
3. 2階のトイレ
4. バス乗り場

考題・第四回

問題 1 142

問題１では、まず質問を聞いてください。それから話を聞いて、問題用紙の１から４の中から、最もよいものを一つ選んでください。

1 番 143

1. 配布資料をコピーする
2. 参加人数を確認する
3. 会議室を予約する
4. 資料の内容を確認する

2 番 144

1. チラシの字体をパソコンで直す
2. オフィスに行って、同僚にサンプルを見せる
3. 印刷会社にクレームの電話をする
4. 同僚の残業を手伝う

3番 145

1. ゴミを分(わ)ける

2. ゴミを再利用(さいりよう)する

3. ゴミを少(すく)なくする

4. ゴミ処理場(しょりじょう)を積極的(せっきょくてき)に作(つく)る

4番 146

1. スポーツクラブの入会書(にゅうかいしょ)に記入(きにゅう)する

2. ヨガクラスを見学(けんがく)する

3. 更衣室(こういしつ)で服(ふく)を着替(きか)える

4. マットとゴムバンドを購入(こうにゅう)する

5番 147

1. バッテリーの在庫(ざいこ)を確認(かくにん)する

2. そのまま何(なに)も交換(こうかん)しない

3. 換気扇(かんきせん)とバッテリーを交換(こうかん)する

4. 換気扇(かんきせん)の値段(ねだん)を確認(かくにん)する

問題 2 148

問題 2 では、まず質問を聞いてください。そのあと、問題用紙のせんたくしを読んでください。読む時間があります。それから話を聞いて、問題用紙の 1 から 4 の中から、最もよいものを一つ選んでください。

1 番 149

1. 緊張しすぎていたこと
2. 話す内容を忘れてしまったこと
3. 研究について話す順序
4. 質問に答えるときの工夫

2 番 150

1. パンの味が上品だから
2. フランスでしか売っていないパンだから
3. 割引券でかなり安く買えるから
4. 見栄を張りたいから

3番 151

1. 異文化(いぶんか)が理解(りかい)できるようになること

2. 自分自身(じぶんじしん)のことがよりわかるようになること

3. 外国語(がいこくご)が習得(しゅうとく)できること

4. 国際的(こくさいてき)なネットワークが作(つく)れること

4番 152

1. この会社(かいしゃ)しか受(う)からなかったから

2. 知名度(ちめいど)が高(たか)いから

3. 残業(ざんぎょう)や休日出勤(きゅうじつしゅっきん)が少(すく)ないから

4. やりがいのある仕事(しごと)ができるから

5番 153

1. 本日のミーティング予定の変更をお願いするため
2. 本日のミーティング内容を伝えるため
3. 契約状況を変更するため
4. 契約内容の希望をうかがうため

6番 154

1. 食べ物のごみだけでいっぱいになっているから
2. 女の人はごみの分別が面倒だから
3. 飲み終わった後、片づけない人がいるから
4. 休憩中に飲み物を飲んではいけないことになっているから

問題3 155

問題3では、問題用紙に何もいんさつされていません。この問題は全体としてどんな内容かを聞く問題です。話の前に質問はありません。まず話を聞いてください。それから、質問とせんたくしを聞いて、1から4の中から、最もよいものを一つ選んでください。

ーメモー

1番 156

2番 157

3番 158

4番 159

5番 160

問題(もんだい)4 161

問題(もんだい)4では、問題用紙(もんだいようし)に何(なに)もいんさつされていません。まず文(ぶん)を聞(き)いてください。それから、それに対(たい)する返事(へんじ)を聞(き)いて、1から3の中(なか)から、最(もっと)もよいものを一(ひと)つ選(えら)んでください。

ーメモー

1番 162

2番 163

3番 164

4番 165

5番 166

6番 167

7番 168

8番 169

9番 170

10番 171

11番 172

問題5 173

問題5では、長めの話を聞きます。この問題には練習はありません。問題用紙にメモをとってもかまいません。

1番、2番

問題用紙に何もいんさつされていません。まず話を聞いてください。それから、質問とせんたくしを聞いて、1から4の中から、最もよいものを一つ選んでください。

ーメモー

1番 174

2番 175

3番 176

まず話を聞いてください。それから、二つの質問を聞いて、それぞれ問題用紙の1から4の中から、最もよいものを一つ選んでください。

質問1

1. チキンコンソメ風味
2. コーンクリーム風味
3. 海藻わかめ風味
4. ちりこしょう風味

質問2

1. チキンコンソメ風味
2. コーンクリーム風味
3. 海藻わかめ風味
4. ちりこしょう風味

考題・第五回

問題1

問題1では、まず質問を聞いてください。それから話を聞いて、問題用紙の1から4の中から、最もよいものを一つ選んでください。

1番

1. お客様のレポートを英語に翻訳する
2. 会議の内容を日本語でレポートにまとめる
3. 英語をほかの社員に教える
4. 会議で英語の同時通訳をする

2番

1. 健康診断書と保険証のコピーを提出する
2. 長袖、長ズボン、長靴を買っておく
3. 説明会に参加する
4. 手袋と長靴とTシャツを買いに行く

3番 180

1. 資料を会議室に運ぶ
2. 手伝ってくれる人をさがす
3. 招待客の席を準備する
4. 弁当を注文する

4番 181

1. 資料を修正する
2. 修正してある資料を送る
3. 制作の日程を決める
4. 資料について相談する

5番 182

1. 味噌（みそ）
2. 大豆（だいず）と塩（しお）
3. 容器（ようき）
4. 味噌汁（みそしる）の具材（ぐざい）

問題 2 183

問題 2 では、まず質問を聞いてください。そのあと、問題用紙のせんたくしを読んでください。読む時間があります。それから話を聞いて、問題用紙の 1 から 4 の中から、最もよいものを一つ選んでください。

1 番 184

1. やっと予約が取れたから
2. 高級料理の割に値段が安いから
3. 人気のある店だから
4. 店員のサービス態度が一流だから

2 番 185

1. 家庭的な人
2. 経済力がある人
3. 思いやりがある人
4. 条件面で合意できる人

3番 186

1. 食事を運ぶこと
2. 歌を歌うこと
3. ドアを開けること
4. 掃除をすること

4番 187

1. この詩人が最近なくなったこと
2. コマーシャルで使ったこと
3. 詩人の間で急に評価が高まったこと
4. 彼が 31 歳という若い詩人だから

5番 188

1. 家に食べ物を残したくないから
2. 一人では食べたくないから
3. 気を使って遠慮しているから
4. 自分で料理できないから

6番 189

1. 天気も気温も安定し、全国的に晴れの一日になる
2. 気温はしだいに高くなり、洗濯するのは午後のほうがいい
3. 午後台風は日本列島に上陸し、雲が広がり一時雨になる
4. 台風の発生に伴い、午後からしだいに天気が悪くなる

問題3

問題3では、問題用紙に何もいんさつされていません。この問題は全体としてどんな内容かを聞く問題です。話の前に質問はありません。まず話を聞いてください。それから、質問とせんたくしを聞いて、1から4の中から、最もよいものを一つ選んでください。

ーメモー

1番

2番

3番

4番

5番

問題４ 196

問題４では、問題用紙に何もいんさつされていません。まず文を聞いてください。それから、それに対する返事を聞いて、１から３の中から、最もよいものを一つ選んでください。

ーメモー

１番 197

２番 198

３番 199

４番 200

５番 201

６番 202

７番 203

８番 204

９番 205

10番 206

11番 207

問題5 208

問題5では、長めの話を聞きます。この問題には練習はありません。問題用紙にメモをとってもかまいません。

1番、2番

問題用紙に何もいんさつされていません。まず話を聞いてください。それから、質問とせんたくしを聞いて、1から4の中から、最もよいものを一つ選んでください。

ーメモー

1番 209

2番 210

3番 211

まず話を聞いてください。それから、二つの質問を聞いて、それぞれ問題用紙の1から4の中から、最もよいものを一つ選んでください。

質問1

1. この教室 → 隣の教室 → 食堂
2. 食堂 → 3階の教室 → この教室
3. 3階の教室 → 体育館 → 食堂
4. 食堂 → 体育館 → この教室

質問2

1. この教室 → 隣の教室 → 体育館
2. 体育館 → 3階の教室 → この教室
3. 3階の教室 → 体育館 → 食堂
4. 食堂 → 体育館 → この教室

考題・第六回

問題1 212

問題1では、まず質問を聞いてください。それから話を聞いて、問題用紙の1から4の中から、最もよいものを一つ選んでください。

1番 213

1. 飛行機の乗り遅れを部長に報告する
2. 新しいチケットを手配する
3. ミーティングの時間変更をメンバーに伝える。
4. 予定変更のことを部長に謝る

2番 214

1. インタビューの練習をする
2. アンケート用紙を作成する
3. 街頭に出て、質問する
4. 質問内容を作り直す

3番 (215)

1. 職場(しょくば)の同僚(どうりょう)たちに挨拶(あいさつ)をする
2. パソコンの設定(せってい)をする
3. 報告書(ほうこくしょ)を書(か)く
4. 会議(かいぎ)の資料(しりょう)をコピーする

4番 (216)

1. 報告書(ほうこくしょ)を印刷(いんさつ)する
2. 関連資料(かんれんしりょう)をファイルする
3. 課長(かちょう)のメモを修正(しゅうせい)する
4. 報告書(ほうこくしょ)の数字(すうじ)を修正(しゅうせい)する

5番 217

1. グループのリーダーを決(き)める

2. 自己紹介(じこしょうかい)をする

3. 話(はな)し合(あ)う課題(かだい)を決(き)める

4. アイデアや提案(ていあん)を発表(はっぴょう)する

問題２ (218)

問題２では、まず質問を聞いてください。そのあと、問題用紙のせんたくしを読んでください。読む時間があります。それから話を聞いて、問題用紙の１から４の中から、最もよいものを一つ選んでください。

１番 (219)

1. 風邪で体調が悪いから
2. 提出したアイデアがよくなかったから
3. 緊張しているから
4. チームのメンバーから外されたから

２番 (220)

1. よく吠えているから
2. 犬のえさなどでお金がかかるから
3. 女の人のマンションは犬が飼えないから
4. 大家さんが譲ってほしいと言っているから

3番 221

1. つい遅刻を気にしてしまうから
2. アポイントをしていないから
3. 早すぎると、取り次いでくれない可能性があるから
4. 相手に負担をかけるかもしれないから

4番 222

1. 中国の人に、日本の伝統文化を紹介するイベント
2. 中国の物や文化を、多くの人に知ってもらうためのイベント
3. 中国への留学生を集めるためのイベント
4. 中国のお茶について学習するためのイベント

5番 (223)

1. 金曜日の 8,000 円のツアー
2. 金曜日の 10,000 円のツアー
3. 土曜日の 8,000 円のツアー
4. 土曜日の 10,000 円のツアー

6番 (224)

1. 大雪及び猛吹雪で通行止めだから
2. 今夜大雨が予想されるから
3. 連休が始まったから
4. 車を一車線に誘導しているから

問題3 225

問題3では、問題用紙に何もいんさつされていません。この問題は全体としてどんな内容かを聞く問題です。話の前に質問はありません。まず話を聞いてください。それから、質問とせんたくしを聞いて、1から4の中から、最もよいものを一つ選んでください。

ーメモー

1番 226

2番 227

3番 228

4番 229

5番 230

問題4 231

問題4では、問題用紙に何もいんさつされていません。まず文を聞いてください。それから、それに対する返事を聞いて、1から3の中から、最もよいものを一つ選んでください。

ーメモー

1番 232

2番 233

3番 234

4番 235

5番 236

6番 237

7番 238

8番 239

9番 240

10番 241

11番 242

問題5

問題5では、長めの話を聞きます。この問題には練習はありません。問題用紙にメモをとってもかまいません。

1番、2番

問題用紙に何もいんさつされていません。まず話を聞いてください。それから、質問とせんたくしを聞いて、1から4の中から、最もよいものを一つ選んでください。

ーメモー

1番

2番

3番

まず話を聞いてください。それから、二つの質問を聞いて、それぞれ問題用紙の1から4の中から、最もよいものを一つ選んでください。

質問1

1. カーリングをする
2. 温泉に入る
3. ビールを飲む
4. アイススケートをする

質問2

1. カーリングをする
2. 温泉に入る
3. ビールを飲む
4. アイススケートをする

スクリプト

第一回 ～ 第六回

問題 1 • 課題理解

問題 2 • 重點理解

問題 3 • 概要理解

問題 4 • 即時應答

問題 5 • 統合理解

第一回

問題1 課題理解

1番 038 P. 94

店長の女性とアルバイトの男性が話しています。男性はこのあとすぐ、何をしますか。

M：お疲れさまでしたー。あれ、店長、どうしたんですか。
F：うーん、レジがね、合わないのよ。何回も見てるんだけど…。
M：売上金額と現金がってことですか？
F：ええ、クレジットカードご利用分はちゃんと含めてあるし…。あ、もしかして、誰かレジに打ち忘れている分があるのかもしれないわね。
M：あ、その可能性もありますね。それに、現金って何回数えても間違ってしまうこと、ありますし。
F：そうね、じゃあ、帰ろうとしているところ悪いんだけど、ちょっと代わってやってみてくれない？私、スタッフに聞いてくるから。えっと、これね。お札と小銭、分けといたから。
M：はい、わかりました。

男性はこのあとすぐ、何をしますか。

1. 現金をお札と小銭に分ける
2. 他のスタッフに確認する
3. レジにある現金を数える
4. クレジットカードの金額を加える

女店長正在和男工讀生談話。請問男人之後要做什麼事呢？

男：您辛苦了。咦，店長怎麼啦？
女：嗯，收銀機的金額不合。算了好幾次了。
男：是指銷售的金額和現金嗎？
女：對啊，信用卡的也包含在內……。或許有人忘了打入收銀機了。
男：啊，有這個可能。而且現金常是數好幾次都會不對的。
女：是啊，不好意思你正要回家，但是可以幫我算看看嗎？我去問其他的員工。這個，我已經把紙鈔和銅板分開了。
男：好的，我知道了。

請問男人之後要做什麼事？

1. 把紙鈔和銅板分開
2. 向其他員工確認
3. 數收銀機的錢
4. 加入信用卡的金額

2番 039 P. 94

男の人と女の人が引っ越しの荷物について話しています。女の人はこのあと、何をしますか。

M：荷物はどのように箱にまとめようか。
F：引っ越してからすぐに使うものはここに分けといたから、それだけで1箱作って。本は全部一緒にして1つにまとめよう。
M：うん、分かった。あとは、食器だね。
F：あ、食器はかさばるから先に車に運んでおいた。あとは衣類と靴だけど、数はあまりないから、箱1つでいいよ。
M：うん、分かった。それじゃあ、今使ってる洗濯機は？
F：ああ、あれは、もういらないんで、もらってくれる人を探してるんだけど、誰か知らない？
M：うん…ちょっと心当たりないなあ。
F：そっか。どうしよう。じゃあ、粗大ごみとして出すしかないか。
M：確か、市の条例で、いらなくなった家電製品を出す時は、手続きをすることになってるよな。
F：そうなんだ。手続きって、どこでするの。
M：市役所に連絡してもいいけど、引越し会社によっては、事前に言っとけば、代わりにやってくれるらしいよ。引越し当日、いらない家電を回収してくれて、手続きなんかも全部してくれるって聞いたことあるよ。
F：えっ。そうなんだ。じゃ、早速引越し会社に聞いてみる。
M：そうだね。そのほうが簡単だし。

女の人はこのあと、何をしますか。

1. 洗濯機をもらう人を探す
2. 食器を先に車に運ぶ
3. 市役所で洗濯機回収の手続きをする
4. 引越し会社に問い合わせる

男人與女人正在討論搬家的行李。女人之後要做什麼？

男：行李要怎麼裝箱？
女：搬家後馬上會用到的東西我先分到這邊，這個裝成一箱。書的話全部整理成一箱。
男：嗯，好。還有餐具。
女：啊，餐具佔空間，我先拿上車了，還有衣服還有鞋子，數量不多就裝一箱。
男：嗯，好。那，現在還在用的洗衣機呢？
女：那個我不要了。我在找有沒有人要承接，你知道有誰要嗎？
男：嗯……，想不出來耶。
女：這樣啊，怎麼辦？那，只好當大型垃圾丟了。
男：我記得市政府條例規定不要的家電要丟棄時需要辦一些手續。

女：這樣啊，手續要在哪裡辦？
男：連絡市公所也可以，或是有的搬家公司，如果你事前通知他們，他們好像會幫你處理。聽說搬家當天會幫忙回收不要的家電，手續也會全部幫你辦。
女：喔！這樣子啊，那我馬上問一下搬家公司。
男：對啊，那樣的話比較簡單。

女人之後要做什麼？

1. 找承接洗衣機的人
2. 把餐具先拿到車上
3. 在市公所辦理回收洗衣機的手續
4. 詢問搬家公司

3番 040 P. 95

会社で男の人と女の人が話しています。女の人は、これから何をしなければなりませんか。

M：明日、会議を開くから、皆に伝えてくれ。商品に問題が出たらしい。

F：え、そうなんですか。いったい何が？

M：水だよ。ミネラルウォーターの商品に何か小さいゴミのようなもの浮いていたらしい。お客様センターに何件か苦情の電話が掛かってきているそうだ。

F：そうですか。

M：お客様が水を買った店とはもう電話で確認が取れていて、店にある他の商品には、特に問題ないことも確認したよ。ただ、数人のお客様それぞれ買った時期や商品の生産時期も違うみたいなんだ。

F：そうなんですか。とにかく、今の状況と明日の会議の件、皆に伝えます。

M：それから、鈴木課長と君とで第一工場へ行って、地下水と設備を確認してきてほしいんだ。今日中に頼む。工場へはこの件、すでに連絡してあるけど、品質管理部としていちおう、私たち自身も確認しておく必要もあるしな。

F：はい、分かりました。

M：私はこれから社長に報告しに行ってくるよ。場合によっては、回収が必要になるから、相談しておかないとな…。

女の人は、これから何をしなければなりませんか。

1. 工場に連絡して、設備を調べてもらう
2. 社長に問題の件を報告しに行く

3. 店に電話して、他の商品の確認をする
4. 皆に会議のことを伝えてから、工場へ行く

男人和女人正在公司交談。女人之後必須做什麼？

男：你去通知大家，明天要開會。產品好像出問題了。
女：啊？這樣子啊。到底是什麼問題？
男：就是水！好像有什麼小垃圾漂浮在礦泉水產品裡，聽說有好幾通客訴電話打到客服中心。
女：這樣子啊！
男：已經與顧客買水的商店取得連繫，確認店內其他產品並沒有問題。但是這些顧客其購買時間以及產品出廠時期似乎均不同。
女：這樣子啊。總而言之，我會將今天的狀況以及明天開會的事傳達給大家。
男：還有今天之內鈴木課長還有你去第一工場確認地下水及設備，這個我已經先跟工場連絡好了。就品質管理部門而言，我們還是有必要親自確認才行。
女：好的，我知道了。
男：我現在去向總經理報告，依情況而定也許需要回收產品，我得先跟社長商量。

女人之後必須做什麼？

1. 連絡工場，請其調查設備。
2. 去向總經理報告問題
3. 打電話到店裡確認其他產品
4. 向大家傳達會議訊息後趕赴工場

4番 041 P. 95

大学で、男の学生と女の学生が話しています。男の学生はセミナーにどうやって申し込みますか？

M：おはよう。ねえ、今年の国際交流セミナー、申し込もうと思ってるんだけど、山田さんはどうするの？
F：私はもうとっくに申し込んだよ。締め切り、たしか明日じゃない？だいじょうぶ？
M：だいじょうぶだよ。だって、市役所の窓口に直接持って行けばいいんでしょう？
F：違うよ。先生も言ってたし、申込書にも書いてあったけど、今年から県内の他の市町村と共同で開催することになって、規模も大きくなったの。で、混乱を避けるために、県庁の国際交流課が一括で管理するんだって。
M：え、じゃ、県庁の窓口まで持って行かなくちゃいけないのか。
F：持っていくんじゃなくて、郵送に限るって書いてあったよ。
M：ええっ。なんだよ、それ。相変わらず、メールもダメなんだろ？じゃ、もっと不便になっちゃったってことじゃないか。

F：私に怒っても仕方ないわよ。とにかく、午前中にしといた方がいいよ。

M：わかった。今から出しに行ってくるよ。じゃ、またあとで。

男の学生はセミナーにどうやって申し込みますか？

1. 申込書を市役所の窓口に出す
2. 申込書を県庁の窓口に出す
3. 申込書をメールで送る
4. 申込書を郵便で送る

男學生與女學生在大學裡交談。男學生要如何申請研究專題？

男：早安。嗯～，我想申請今年的國際交流研究專題，山田同學你呢？

女：我早就申請好了。截止日我記得是明天，你沒問題吧？！

男：沒問題！就直接到市公所窗口就可以了對吧？

女：不是喔！老師也有說，申請書裡也有寫，從今年開始與縣內的其他市鄉鎮共同舉辦，規模變大。為了避免混亂，所以由縣政府的國際交流課統一辦理。

男：喔，那麼我得帶去縣政府的窗口辦理嗎？

女：不是帶去辦理，上面有寫著「僅限郵寄」。

男：啊？什麼嘛！還是不能用電子郵件申請對吧？那麼不就是變得更不方便了？

女：你對我生氣也沒有用啊！總之最好在今天中午之前處理完成。

男：我知道了。我現在就去寄，待會兒見。

男學生要如何申請研究專題？

1. 向市公所窗口提出申請
2. 向縣政府窗口提出申請
3. 以電子郵件寄申請書
4. 郵寄申請書

5番 042 P. 96

男の人が話しています。これからどうするべきだと言っていますか。

M：現在のわが社の状況はですね、かなり厳しいというほどではありませんが、改革のためには今がいい機会だと思うべきです。しかし、現在の赤字を解消することだけを考えていると、われわれは今後、必ず時代の流れに取り残されてしまいます。社員を全体的に減らせば経費が節約できることはもちろん事実です。でも、優れた研究開発ができなければ、将来この会社は生き残れないんです。人員削減は仕方がない。しかし、どこを減らしてどこを残すか、何がわれわれにとってもっとも大事かということを、今よく考えて決めなければなりません。

これからどうするべきだと言っていますか。

1. 赤字をすぐに減らすべきだ
2. 社員全員の数を減らすべきだ

3. 研究開発の社員は減らすべきではない
4. 社員を１人も減らすべきではない

男人正在講話。他主張應該如何做？

男：現在本公司的狀況雖然還不到極為嚴峻的狀況，但我想這是改革的好機會，如果只打算打消現在的赤字，我們將在時代的洪流下位居落後。如果整體性裁減員工的話當然可以降低費用，這是事實，但如果無法進行卓越的研發開發，未來這間公司將無法存活下來。削減員工是無可奈何的，但是何者該減少，何者該留存，什麼對我們來說是最重要的，我們需仔細思考並決定。

他主張應該如何做？

1. 應該馬上減少赤字
2. 應該馬上減少全體員工人數
3. 不應該減少研發員工的人數
4. 一個員工都不應該減少

問題２ 重點理解

１番 044 P. 97

ある出張について、男の人と女の人が話しています。男の人は、どうして新幹線で行くことにしましたか。

M：大島さん、先日お願いしていた大阪出張の手配だけどね、やっぱり新幹線で行こうか、と思っているんだよ。

F：え、飛行機じゃなくてもよろしいんですか？移動時間を短縮されたい、ということでしたけど…。

M：うん、最初はそう思っていたんだけどね、今回、お客さんといっしょに行くだろ？あっちがそうしたいって、言っているんだ。

F：交通費をできるだけ抑えたい、ということでしたら、仕方ないですね。

M：そういうわけじゃなさそうなんだよ。飛行機って、乗るときに空港の中を行ったり来たり、乗ったら乗ったで飲み物やら食事が次々運ばれてくるだろ？着いたら着いたで、また市内まで移動したりと、ゆっくり話しながらってわけに行かないんだ。やっぱり大阪のメーカーさんのところに着くまでに、いろいろ打ち合わせしておきたいこともあるしさ。

F：ああ、新幹線なら、乗ってすぐ２時間はゆっくり話す時間が取れますからね。

M：そうなんだよ。じゃ、そういうことでよろしく頼むよ。

男の人は、どうして新幹線で行くことにしましたか。

1. 大阪(おおさか)のメーカーさんと、できるだけ早(はや)く打(う)ち合(あ)わせをしたいから
2. お客(きゃく)さんと事前(じぜん)にゆっくり話(はな)せるから
3. 飛行機(ひこうき)だと交通費(こうつうひ)が高(たか)くつくから
4. 新幹線(しんかんせん)の駅(えき)から市内(しない)まで、移動(どう)するのに時間(じかん)がかかるから

男人和女人正針對某次出差的事在交談。男人為什麼要搭新幹線前往呢？

男：大島小姐，先前曾拜託過你（幫我）處理大阪出差的事，我想還是搭新幹線去好了。

女：咦？不搭飛機也可以嗎？（我記得）你想要縮短移動的時間吧？

男：嗯，一開始是這麼想的沒錯。但這次我要和客人一起去，對吧？（客人）說他想這麼做。

女：如果是想要盡可能省下交通費用的話，那也沒辦法呢！

男：好像不是那樣。因為搭飛機的時候要在機場走來走去，搭上了之後又會一直送飲料和食物上來不是嗎？抵達之後又要在市區內到處移動，這樣雙方就沒辦法好好的說上話。到大阪製造商之前，有很多事情想要先進行討論啊！

女：哦！所以如果搭新幹線的話，馬上就有2小時的時間可以好好地討論對吧！

男：沒錯，就是這樣，麻煩你了。

男人為什麼要搭新幹線前往呢？

1. 因為想要跟大阪的製造商盡早商談
2. 因為想和客人事先好好地談談
3. 因為搭飛機的費用會太貴
4. 因為從新幹線車站移動到市區內需要花很多時間

2番 045 P. 97

男(おとこ)と女(おんな)の人(ひと)が話(はな)しています。男(おとこ)の人(ひと)は、どうして女(おんな)の人(ひと)が仕事(しごと)をやめたいと思(おも)っているはずだと考(かんが)えたのですか。

M：要(よう)するに、この仕事(しごと)をやめたいということでしょう。

F：違(ちが)いますよ。やめるとは一言(ひとこと)も言(い)ってないじゃないですか。

M：言(い)ってなくたって、あなたの要求内容(ようきゅうないよう)を考(かんが)えるとそうなりますよ。

F：要求(ようきゅう)じゃなくて、もっと仕事(しごと)を効率的(こうりつてき)にするための提案(ていあん)ですよ。

M：でもね、それはもう変(か)えようがないんです。最初(さいしょ)の契約(けいやく)で、すべての指示(しじ)はこちらから出(だ)すことになっているんですよ。今(いま)からそれを変(か)えろと言(い)われても無理(むり)です。

F：でも、このままじゃ仕事(しごと)が進(すす)まないんですよ。結果(けっか)として完成(かんせい)の期限(きげん)に遅(おく)れることになるわけですよ。

M：いや、そういうこともすべて納得(なっとく)して、あなたとは契約(けいやく)したはずですよ。それを変(か)えろ

ということは、もうこの仕事はしたくないということになるんですよ。

男の人は、どうして女の人が仕事をやめたいと思っているはずだと考えたのですか。

1. 女の人が仕事を効率的にしないから
2. 女の人が無理な要求をしたから
3. 仕事の期限に遅れるから
4. 契約期間が切れるから

男人與女人正在交談。男人為什麼覺得女人應該想要辭職？

男：總之，你就是想要辭職對吧。
女：沒有。我都沒提到任何關於辭職的事吧？
男：就算沒說，只要稍微想一下你要求的東西，其實就是那樣吧。
女：不是要求，是為了提升工作效率的提議。
男：可是這是無法改變的。在一開始的契約裡就規定所有的指示都是由我指揮。就算你現在說要改也已經沒辦法改了。
女：可是這樣下去工作是無法進行的。結果是會趕不上完成工作的期限喔。
男：不，應該是所有的事情全盤了解之後才跟你訂的契約。如果想改的話，就是表示你已經不想做這份工作了。

男人為什麼覺得女人應該想要辭職？

1. 因為女人工作沒效率
2. 因為女人做出無理的要求
3. 因為會耽誤到工作的期限
4. 因為契約期限快過期了

3番 046 P. 98

男の人が運動について説明しています。健康のためにいいのはどれですか。

M：今日は私が実践している健康維持ということを考えた運動についてご説明いたしましょう。まず、運動の前に多少水分を補給しておいてください。それに、胃に負担をかけますから、食後の運動は避けたほうがいいでしょう。ただし、体重を減らしたいという場合には、食事のあとの運動が有効です。エネルギーを燃やすという意味がありますから。それから運動は、ゆっくりと、苦しすぎないペースで30分程度行うのが理想的です。その30分間ですが、効果が薄れてしまいますから、できれば途中で休憩はしないでください。マラソン選手のように途中で水分を取るのもよくありません。継続した運動の後休息を取り、必ずよく休んで呼吸が落ち着いてから水分補給を行ってください。

また、食事をする場合は、そうしたあとになさることが望ましいでしょう。

健康のためにいいのはどれですか。

1. 運動のあと 10 分休憩を取ってから水や食事をとる
2. 運動の前はもちろん、運動中にも多少水分をとる
3. 運動中に 30 分程度の休憩をとる
4. 食事前の運動は胃に負担をかけるので、食事後が望ましい

男人正在說明運動的方式。何者對健康有益？

男：今天來說明一下我一直以來實行的維持健康的運動。首先，在運動之前請補充一些水分。飯後運動最好避免，因為會對胃造成負擔。但是，在想要減重的情況下，飯後運動會有不錯的效果，亦即燃燒熱量。然後運動的理想的狀況應是在緩慢的、不會感到過度不適的速度下進行約 30 分鐘。這 30 分鐘期間不要半途休息。因為這樣的話運動效果會減弱。像馬拉松選手那樣途中攝取水分也不太好。持續運動之後請稍做休息，請務必好好休息待呼吸恢復平穩之後補充水分。另外，建議在此之後再進食為佳。

何者對健康有益？

1. 運動後休息 10 分鐘再喝水進食。
2. 運動中要多少攝取水分，運動前更是。
3. 運動中要休息 30 分鐘左右。
4. 餐前的運動會對胃產生負擔，最好在餐後為佳。

4番 047 P. 98

男の人と女の人が、ある飲み物について話しています。女の人は、この飲み物がお年寄りに人気がある理由は何だ、と言っていますか。

M：鈴木君、君が企画した商品、大ヒットしてるらしいじゃないか、おめでとう。

F：あ、はい。おかげさまで、ありがとうございます。特に 10 代の若者層に人気があるようなんですが、実は 70 代以上のお年寄りの方もよく飲んでくださっているみたいで、うれしい限りです。

M：へぇ、10 代と 70 代に。珍しい現象だなぁ。若者には新しく、お年寄りには懐かしく感じるってことかな。

F：ええ、昔ながらの味だってことで、喜んでいただいています。

M：おもしろい反応だね。じゃあ。この際、次はパッケージデザインも復刻版にして、レトロ調にしてみるか。

F：ああ、それもいいですね。

女の人は、この飲み物がお年寄りに人気がある理由は何だ、と言っていますか。

1. レトロ調のパッケージだから
2. 珍しいパッケージだから
3. 懐かしい味だから
4. 新しい味だから

男人和女人正在談論某種飲料。女人說這個飲料受老人家喜愛的理由是什麼呢？

男：鈴木小姐，你企劃的商品好像大受歡迎。恭喜你。
女：啊，部長，託您的福。謝謝您。特別是似乎很受 10 幾歲的年輕人歡迎，但是 70 幾歲的老人家好像也有很多人在喝。真是太高興了。
男：咦，10 多歲和 70 多歲。很罕見的現象。這是對年輕人而言是新鮮，對老人家而言是懷念的意思嗎？
女：是啊，說是很有古早味，喝得很開心。
男：很有趣的反應。那趁著這機會接下來包裝的設計也用復刻版，用古早味的調調。
女：啊，這個也不錯。

女人說這個飲料受老人家喜愛的理由是什麼呢？

1. 因為是古早味調調的包裝
2. 因為是很罕見的包裝
3. 因為是令人懷念的口味
4. 因為是新的口味

5番 048 P. 99

男の人と女の人が話しています。女の人が会社を辞める理由は、何だと言っていますか。

M：内田さん、さっき同僚から聞いたんだけど、今月末で会社、退職するんだって？
F：あ、はい。今まで先輩には社会人のイロハからいろいろ教えていただき、本当にありがとうございました。
M：で、これからは？あ、もしかして転職先、もう決まっているとか？それとも結婚退職？
F：いえ、まさか。いまどき結婚を機に仕事を辞める人なんて、少数ですよ。しばらくゆっくり休んで、自分のやりたいことを見つけるつもりです。
M：やりたいことって？
F：うーん、それがいまいち、自分でもまだよくわからないんですよね。
M：顧客が喜んでくれる広告を作ったり、デザインを考えたりする今の仕事、けっこう君にあってるんじゃないかなって思ってたんだけどね。
F：はい、もちろん今のお仕事は楽しくて、いい勉強になったのは確かなんです。でも…。

M：なるほど、まあ、自分探しってわけね。

女の人が会社を辞める理由は、何だと言っていますか。

1. 同僚とうまく付き合えないから
2. 他の会社に転職することになったから
3. 他に自分に合う仕事がしたいから
4. デザインが勉強できる学校を探したいから

男人和女人正在談話。女人說辭職的理由是什麼呢？

男：內田，剛才聽同事說，你到這個月底就要辭職了？

女：啊，是的。非常感謝前輩從頭教我各種當社會人的訣竅，謝謝您。

男：那以後呢？是不是已經決定好新的工作了？或是為了結婚才辭職的？

女：不，哪可能！現在很少人結婚就辭掉工作了。我想休息一陣子後找自己想做的工作。

男：想做的工作？

女：嗯，這個嘛，我自己現在也不知道。

男：現在這個工作，製作客人喜歡的廣告，或是想一些設計，我覺得還蠻適合你的啊。

女：是的，當然現在的工作的確很快樂，也學了很多。但是……

男：原來如此，啊，也就是說要尋找自我了！

女人說辭職的理由是什麼呢？

1. 和同事處的不好
2. 要換到其他公司
3. 想做其他適合自己的工作
4. 想要找可以學設計的學校

6番 049 P. 99

店のレジで、店員と客が話しています。客は、どうして合計金額が間違っていると思ったのですか。

M：ありがとうございます。お会計は全部で 5,600 円になります。

F：あれ？今日は商品半額って聞いたんですが…。

M：あ、はい、こちらのシャツ 2 枚は半額にさせていただいていますが、こちらのスカートはセール除外品となっておりまして。

F：え？そんなの書いてあったかしら？

M：説明不足で申し訳ありません。こちらの値札に赤いしるしのある物のみが半額対象商品となっておりまして、この場合、こちらのシャツのみの割引となっております。

F：…そうですか。

M：しかし今週に限り、合計 5,000 円以上お買い上げの場合、200 円割引させていただいているのですが、こちらは全商品が対象となっております。お客様の場合、合計5,800円でございますので、200円引きさせていただき、こちらのお支払金額ということになります。

F：なるほど、それならスカートも少しは安く買えたってことになるわね。

客は、どうして合計金額が間違っていると思ったのですか。

1. シャツはセール除外品だから
2. セール対象外の商品があることを知らなかったから
3. 店員が200円割引するのを忘れていたから
4. スカートは赤いしるしがついていたから

在店的收銀台，店員和客人正在談話。客人為什麼認為總計的金額不對呢？

男：謝謝你。總共是5,600日圓。

女：咦？我聽說今天商品是半價。

男：啊，是的。這二件襯衫是半價。但是這件裙子不是折扣的商品。

女：咦？這個有寫嗎？

男：不好意思，是我們說明不足。這裡的標籤有紅色記號的才是半價商品。因此只有襯衫才有折扣。

女：是這樣啊。

男：但是只有本週，合計買5,000日圓以上的話，就折價200日圓。這是所有的商品都可以的。這位客人你的情況是合計5,800日圓，因此折價200日圓，就是這個要支付的金額了。

女：原來如此。如果是這樣的話買這裙子就有便宜一點了。

客人為什麼認為總計的金額不對呢？

1. 因為襯衫不是折扣商品
2. 因為不知道有非折扣的商品
3. 因為店員忘記折扣200日圓
4. 因為裙子有紅色的記號

問題３ 概要理解

１番 051 P. 100

会社で女の人と男の人が話しています。

F：最近、家族のお弁当を作ってるんだって？

M：ああ、そうだよ。やってみたら、けっこう面白くてね。どうしたら子供を喜ばせられるかとか考え始めると、時間が経つのも忘れちゃうんだよ。

F：へえ。じゃ、お子さんだけじゃなくて、奥さんも喜んでるでしょう？

M：いやあ、それがねえ、僕の予想通りに喜んでくれるとは限らないんだ。

F：え、どうして？まずいの？

M：いや、おいしいとは言ってくれるよ。でも、いつも言われるのが「量が多過ぎる」それから「もっと節約しろ」。なかなか難しいよ。

F：ははは。ねえ、ネットを見てみたら？節約料理とかアイデア弁当とか、たくさん見つかると思うよ。

M：そうだね。できるだけ、そういうの、参考にしなくちゃね。

男の人は家族のために作る弁当についてどう言っていますか。

1. 家族は喜んでいるが、弁当を作るのはとてもたいへんだ。
2. 子供はおいしいと言ってくれるが、妻にはまずいと言われる。
3. 弁当を作るのは楽しいが、難しさもある。
4. 自分で作った弁当をインターネットで紹介したい。

女人和男人正在公司裡交談。

女：聽說你最近都幫家人做便當？
男：嗯嗯，是啊！做了之後發現蠻有趣的。想著要怎麼樣能讓小孩子喜歡，想著想著都忘了時間呢！
女：嗯嗯。那麼不只小朋友喜歡，太太也很高興吧？
男：沒有，那個嘛……太太並不一定如我預期的喜歡呢。
女：欸，為什麼？不好吃嗎？
男：也不是，她說好吃。不過她總是跟我說「分量太多了」，還有「節省一點」。太困難了啊！
女：哈哈哈！那你上網查查看如何？我想可以找到很多省錢料理、創意便當之類的。
男：說的對。也是要盡可能參考一下那種資料。

關於為家人做的便當，男人怎麼說？

1. 家人雖然喜歡，但做便當太累了。
2. 小孩子說好吃，但太太覺得難吃。
3. 做便當雖然有樂趣，但也有困難之處。
4. 想在網路上介紹自己做的便當。

2番 052 P. 100

大学の就職説明会で卒業生が話しています。

F：実は、私は既に二度も転職をして、今、三回目の職場で、やっと落ち着いて働いています。最初は憧れのテレビ番組の制作会社、その次は有名で給料もいい外資系の銀行で働きました。しかし考えていたより、きつくて大変でした。それで、人間関係の難しさもあり辞めることにしました。確かに、もっと努力して改善できたかもしれませんが、そういう気持ちが湧いてこなかったんです。結局、私は介護福祉士の資格を取って、今は介護施設で働いています。つまり、お年寄りの世話をする仕事です。とても大変な仕事です。でも、毎日楽しいんです。皆に喜んでもらえるし同僚(どうりょう)もいい人(ひと)たちだし、頑(がん)張(ば)ろうと思(おも)えるんです。皆(みな)さん、自分(じぶん)が頑張(がんば)れる仕事(しごと)かどうかという視点(してん)を大切(たいせつ)にしてください。

卒業生(そつぎょうせい)は何(なに)について話(はな)していますか。

1. いろいろな仕事(しごと)を経験(けいけん)した方(ほう)がいい
2. 努力(どりょく)を続(つづ)けられる仕事(しごと)かどうか考(かんが)えるべきだ
3. 人間関係(にんげんかんけい)が難(むずか)しいので会社(かいしゃ)に入(はい)るより独立(どくりつ)した方(ほう)がいい
4. 夢(ゆめ)と給料(きゅうりょう)、どちらも大切(たいせつ)だ

大學就業說明會中畢業生正在講話。

女：老實說我現在已經歷經二度轉職，現在在第三個職場上終於穩定地下來。一開始是我所憧憬的電視節目製作公司，接著是在有名且待遇不錯的外資銀行工作。不過比起想像中的還要不容易，再加上人際關係上也有困難之處，所以最後決定辭職了。確實，再努力一點也許能夠改善，不過那樣的心情並沒有湧上來。最後，我取得照顧服務員的資格，目前在養護機構工作。換言之，照顧老年人是我的工作，這是份非常辛勞的工作，不過每天都很愉快。既能讓大家開心，同事也都是好人，會讓我想要努力。各位，是否是能讓自己願意努力的工作，這樣的觀點，請你們要重視。

畢業生正在說什麼？

1. 有各種工作經驗比較好
2. 應該思考是否是能讓自己持續努力的工作
3. 因為人際關係很困難，與其進入公司不如自立創業
4. 夢想與薪水兩者皆重要

3番 053 P. 100

テレビでアナウンサーが話(はな)しています。

F：ここ数年(すうねん)、消費(しょうひ)の傾向(けいこう)が大(おお)きく変化(へんか)しているそうです。これまでは「もの」から「こと」へ、つまり、「良(よ)い物(もの)を持(も)つ」から「特別(とくべつ)なことを体験(たいけん)する」という消費傾向(しょうひけいこう)の変化(へんか)でしたが、最近(さいきん)では「環境(きょう)や社会(しゃかい)への貢献(こうけん)や支援(しえん)」という意味(いみ)が感(かん)じられる消費(しょうひ)が増(ふ)えているのです。例(たと)えば、自分(じぶん)たちの地域(ちいき)の農産物(のうさんぶつ)を積極的(せっきょくてき)に使(つか)ったり、原材料(げんざいりょう)を輸入(ゆにゅう)している国(くに)の教育(きょういく)に寄付(きふ)をしている会社(かいしゃ)の製品(せいひん)を買(か)ったりと、単(たん)に品質(ひんしつ)がいいとかおいしいというだけではない意味(いみ)を求(もと)めた消費(しょうひ)が増(ふ)えているそうです。

アナウンサーは何(なに)について話(はな)していますか。

1. 消費者(しょうひしゃ)はおいしくて安(やす)いものを求(もと)めている
2. 最近(さいきん)の消費傾向(しょうひけいこう)の問題点(もんだいてん)
3. 消費者(しょうひしゃ)は自分(じぶん)で特別(とくべつ)な体験(たいけん)をすることを求(もと)めている

4. 消費者は社会的な意味を感じる物事を求めている

主播正在電視上講話。

女：這幾年消費傾向似乎有很大的變化。截至目前為止的消費傾向是從「東西」到「事情」，也就是說從「良好物品的持有」到「特別事物的體驗」這樣的變化。不過最近可以感受到「對環境社會的貢獻與支援」意義的消費變多了。例如，積極地使用在地農產品、購買捐款給進口原材料國之教育用途的公司商品，不單純是追求品質優良或美味意義的消費增加了。

主播正在談論什麼？

1. 消費者追求好吃又便宜的東西
2. 最近消費傾向的問題點
3. 消費者追求自身特殊體驗
4. 消費者追求有社會意義的事物

4番 054 P. 100

テレビでレポーターが話しています。

M：最近、山林の売買が増えています。しかも、山林とは関係のなさそうな都会に住む人が個人で買うらしいのです。今まで山林は管理できる人が少なくなって荒れてしまい、それが原因で野生動物による農産物や人への被害、そして、山が崩れるなどの災害が増えていました。ところが、最近のキャンプ人気やスローライフ、田舎暮らしに注目が集まったりしたことで山林を買う個人が増え、企業や組織も保養や研修のために買うことが多くなっているそうです。

レポーターは何について話していますか。

1. 山林の売買が盛んになってきていること
2. 山林が荒れないように都会の人が管理していること
3. 山崩れなどの災害が起きやすくなっていること
4. 野生動物による被害が増えていること

記者正在電視上講話。

男：近來山林的買賣增加了，而且是看似與山林無關係的，住在都市的個人購買。至今為止山林因為能夠管理的人漸少而逐漸荒蕪，而造成野生動物對農作物或人的危害，且山崩等的災害也增加。然而，因為最近露營、慢活、田野生活受到關注，購買山林的個人戶，及為了養生、進修等目的而購買的企業組織都變多了。

記者正在說什麼？

1. 山林買賣愈來愈興盛
2. 為了讓山林不荒蕪雜亂，要都市人來管理
3. 山崩等災害變得越來越容易發生
4. 野生動物導致的災害增加

5番 055 P. 100

ラジオで男の人が話しています。

M：日本人の食事が大きく西洋化したのは第二次世界大戦の後です。今では伝統的な食事もかなり減っています。確かに、栄養が豊富な食事のおかげで日本人の体も大きくなり平均寿命も延びました。ところが、以前はほとんどなかった病気がものすごく増えました。癌や糖尿病などの生活習慣病です。車や電車など交通手段の発達やコンピューターの普及で体を使わなくなったのに食事のカロリーはどんどん増えています。農薬や化学肥料を問題にする前に、自分で食事を制限したり運動をする習慣をつけなければ体に問題が出て当然なんです。

男の人が伝えたいことはなんですか。

1. 自分で食事や生活の習慣を見直すことが重要だ
2. 農薬や化学肥料の問題
3. 日本の伝統的な食事に戻すべきだ
4. 不健康な人はもっと運動をするべきだ

廣播裡男人正在講話。

男：日本人飲食大幅西化是在二次世界大戰之後，現在傳統飲食也大幅減少。確實，託營養豐富的飲食之福，日本人的體格也變得壯碩，平均壽命延長。然而，從前幾乎沒有的疾病急遽增加，就是癌症、糖尿病等生活習慣病。因汽車、電車等交通工作發達、電腦普及，身體的使用漸少，但飲食中的卡路里卻越來越多。在檢討農藥及化肥問題之前，自己不控制飲食，養成運動習慣的話，身體出問題也是當然的了。

男人想傳達的是什麼？

1. 重新檢視自身的飲食及生活習慣是重要的
2. 農藥、化學肥料的問題。
3. 應該回歸日本傳統飲食
4. 不健康的人應該多運動

問題4 即時應答

1番 057 P. 101

M：君のレポート興味深く読ませてもらったよ。

F：1. ありがとうございます。何かご意見いただければうれしいです。
2. よろしければ、ぜひ一度、ごらんになってみてください。
3. すみません、すぐに書き直してまいります。

男：你的報告我讀過了，很有意思喔！
女：1. 謝謝您。若您能給些意見我會很高興的。
2. 您方便的話，請務必讀一遍看看。
3. 抱歉，我馬上重新修改。

2番 058 P. 101

F：あ、その本(ほん)、読(よ)みかけだから、そこに置(お)いといて。

M：1. へえ、もう読(よ)んだんだ。
2. じゃ、そのままにしとくね。
3. うん、じゃあもう片付(かたづ)けるね。

女：啊！那本書，我看到一半，先放那邊。
男：1. 欸……你已經看了啊！
2. 那就先擺著囉！
3. 嗯，那就收拾起來囉！

3番 059 P. 101

M：あのう、この資料(しりょう)コピーしてもらえるとありがたいんだけど。

F：1. いいえ、どういたしまして。
2. はい、わかりました。
3. へえ、それはよかったですね。

男：那個……這份資料你能幫我影印一下的話就太感激了。
女：1. 不客氣。
2. 是，我知道了。
3. 欸……那真是太好了呢！

4番 060 P. 101

F：山田(やまだ)さんてさぁ、以前(いぜん)アメリカに留学(りゅうがく)したことあるんだって？

M：1. うん、でも三(さん)か月(げつ)だけだったんだけどね。
2. そうだったんだ、いい経験(けいけん)になるといいね。
3. うん、ありがとう。がんばってくるよ。

女：山田啊，聽說你以前去美國留學過？
男：1. 嗯，不過只有三個月。
2. 原來是這樣啊！能成為不錯的經驗就好了。
3. 嗯，謝謝。我會努力的。

5番 061 P. 101

F：あさって泊(と)まるホテルだけど、今(いま)のうちに連絡(れんらく)しとかないと予約(よやく)取(と)れなくなっちゃうよ。

M：1. そうでしたか。予約(よやく)してくださって助(たす)かりました。

2. いいえ、連絡がまだ来ないんです。
3. はい、すぐに電話しておきます。

女：後天要住的飯店，不趁現在先聯絡的話會訂不到喔。

男：1. 是這樣啊！您幫我預約幫大忙了。
2. 沒有，還沒有打來。
3. 是，我馬上就先打電話。

6番 062 P. 101

M：そんなに大きな荷物持って、村田さんって体が細いわりには力持ちだね。

F：1. はい、たしかに私の荷物です。
2. これくらい大したことないですよ。
3. 体が細いほうが、持ちやすいんですよ。

男：你拿這麼大的行李，村田這麼瘦卻意外很有力氣呢！

女：1. 是，確實是我的行李。
2. 這麼點東西沒什麼大不了啦！
3. 身形瘦削才容易拿喔！

7番 063 P. 101

M：久しぶりにプールへ行ったら、25メートルも泳ぎきれなかったよ。

F：1. どうして全然泳げないの？
2. へえ、25メートルも泳げるなんてすごいよ。
3. そうなの？昔は簡単に泳げたのにね。

男：我去了久違的游泳池，結果連25公尺都游不完耶！

女：1. 為什麼完全沒辦法游呢？
2. 欸……可以游25公尺好厲害呀！
3. 這樣啊？明明以前可以輕輕鬆鬆就游完呢！

8番 064 P. 101

F：中田さん、アメリカへ留学するのを思いとどまったんですって。

M：1. もしかして、家族に何か言われたのかな。
2. よかった、アメリカで頑張ってほしいよね。
3. へえ、留学してから考えるのかな。

女：聽說中田他暫緩去美國留學了。

男：1. 會不會是家人對他說了什麼？
2. 太好了！希望他在美國好好努力。
3. 欸……留學回來之後再考慮嗎？

9番 065 P. 101

F：親戚(しんせき)の結婚式(けっこんしき)、忙(いそが)しいなら行(い)くのやめればよかったのに。

M：1. うん、やめてよかったよ。
2. たぶん行(い)かないと思(おも)うよ。
3. そういうわけにはいかないよ。

女：親戚的結婚典禮，你忙的話沒去也沒關係呀。

男：1. 嗯，不去是對的。
2. 我想大概不會去。
3. 不能不去啦！

10番 066 P. 101

M：木村(きむら)さんって、いつも会議(かいぎ)で意見(いけん)言(い)うとき全然(ぜんぜん)緊張(きんちょう)していないですよね。堂々(どうどう)としているなぁ。

F：1. 実(じつ)はね、すごく緊張(きんちょう)してるんですよ。
2. 本当(ほんとう)はとても堂々(どうどう)としてるんですよ。
3. あまり意見(いけん)は言(い)うべきじゃないですよ。

男：木村你在會議上發表意見時，總是完全不緊張呢！大大方方的。

女：1. 其實我緊張得不得了啊！
2. 其實我是非常大方的喔！
3. 應該不要發表太多意見喔！

11番 067 P. 101

M：あの人(ひと)には好(す)きな人(ひと)がいるから、告白(こくはく)しても、きっとふられるに決(き)まってるよ。

F：1. いつになったら告白(こくはく)してもらえるかな。
2. そんなこと、言(い)ってみないとわからないじゃない。
3. まさか、ふられるとは思(おも)わなかったな。

男：那個人有喜歡的人了，所以即使告白也一定會被拒絕喔。

女：1. 要到什麼時候才能夠讓他向我告白呢？
2. 那種事，不試看看的話也說不準吧！
3. 沒想到竟然會被拒絕呢！

問題5 統合理解

1番 069 P. 102

学校で、先生と大学生が話しています。

M：コウさん、交換留学の申し込みですが、どの学校にするか、決めましたか。

F：あ、先生。実はまだ迷っています。やっぱり、あこがれの北山大学にしたいんですが…。

M：北山大学ね…。とても人気があるから、校内での競争が激しいんですよ、毎年。

F；はい。そこで、もし選ばれなかったら、交換留学そのものにも行けなくなっちゃいますから。

M：東都大学や南部大学じゃ、だめなの？

F：東都大学は期間が1年じゃなくて、半年だけの留学なんです。でも私は日本に1年間、行きたいですから。それに、南部大学は女子大学だし…。

M：できれば共学がいいんだね。

F：はい。

M：西谷大学は？ここは国立だから、とてもいい学校だと思うんだけど、やっぱりコウさんは、首都圏の学校に行きたいの？

F：はい、そうですね。地方都市には、地方ならではのいいところもあるとはわかっているんですが…。

M：そうだよ。それに、北山大学も、どちらかと言えばキャンパスは郊外にあるんだよ。都心から電車で1時間以上もかかるし、冬には雪もちらつくらしいから、かなり山のふもとだって聞いたけど。その点、東都大学は都心の真ん中にあって、留学生にとっては、とても便利な環境らしいよ。

F：そうですか。でもやっぱり、都心じゃなくても、東京の大学だって言えますし、1年で共学だと…ここなんですよね。

M：そうか…。まあ、競争率高くなるけど、チャレンジしてみる気持ちも大切だからね。

女の学生は、どの大学へ申し込むことにしましたか。

1. 北山大学
2. 東都大学
3. 南部大学
4. 西谷大学

學校裡，老師正在和大學生講話。

男：黃同學，交換留學要申請哪間學校，決定好了嗎？

女：啊，老師，我實在還很猶豫。我還是想申請夢想中的北山大學……。

男：北山大學啊……。這非常搶手，所以每年校內競爭都很激烈喔。

女：是的。所以如果沒有被選上，就連交換留學都無法去了。

男：東都大學或南部大學的話，不行嗎？

女：東都大學的留學期間不是一年，只有半年而已。但是我想在日本待上一年。而且南部大學是女子大學……。

男：希望盡可能是男女合校吧？

女：是的。

男：西谷大學呢？這間是國立大學，我認為是很棒的學校。不過黃同學應該還是想去首都圈的學校吧？

女：是的沒錯。地方都市也有地方才有的優點，這我是知道的……。

男：沒錯！而且說起來北山大學的校園也位在相當郊外的地方喔。從市中心搭電車要花1個小時以上的時間，冬天聽說也是大雪紛飛，聽說在相當深山的山腳下！這一點來看，東都大學位在都心的正中心，對於留學生來說是非常方便的環境喔！

女：這樣啊！不過即使不是都心，也還算是東京的大學，一年期間的男女合校學習的話，還是這裡吧！

男：這樣啊……。嗯，雖然競爭率高，你想挑戰看看的心情也是很重要的對吧。

女學生決定申請哪一所大學？

1. 北山大學　2. 東都大學
3. 南部大學　4. 西谷大學

2番 070 P. 102

女の人が、会社の先輩二人に今年の忘年会の計画について相談しています。

F1：今年も12月に、社内の忘年会を行いたいと考えています。内容はいつも通り、レストランを貸し切っての会食がいいかと思うのですが、何かご意見、ご希望などあればお願いします。

M：レストランって、去年と同じレストラン？いつもあそこだよね。

F1：もちろん、違うところにすることも可能です。おすすめのレストランなどあれば、ぜひお聞かせください。

F2：じゃあ、ホテルとかでもいいってこと？予算的に厳しい？

F1：いえいえ、予算は気にしないでください。ホテルでするアイデアも問題ありません。

M：じゃあ、ホテルのバイキング式レストランとかは？好きな料理がたくさん楽しめるし、食べる量も自分で調節できるし、いいじゃない？

F2：そういうのはだめよ。みんな、食べることに忙しくて、なんか忘年会って感じじゃないよ。

F1：バイキングですか…。そうですね、社員同士の交流や、意見交換なんかの意味合いから考えると、ちょっと…。

M：僕が言いたいのは、堅苦しい雰囲気じゃないのがいいんだ。

F1：気軽な食事会がいいってことでしたら、いつもと違うレストランにしてみませんか。最近会社の近くにできたカジュアルなレストランなんですけど、雰囲気がおしゃれだって、けっこう評判なんですよ。

M：うん、楽しく、いろんな話をしながら、おいしいものを食べる、そんな感じ。ホテルだとほら、なんか緊張感があるじゃない？

F2：そうね…。あのさ、毎年、レストランも貸し切りだけど、これもちょっとかしこまってるんだよね。

M：だったらそこ、貸し切らずにさ、他のお客さんもいてもいいんじゃない？

F2：そうよ。それならホテルじゃなくても、いつもと違う感じで忘年会できるんじゃない？

F1：たしかにそうですね。じゃ、今年はそうしてみましょうか。

今年の忘年会は、どこですることになりましたか。

1. 貸し切りのレストラン
2. バイキング形式のレストラン
3. ホテルのレストラン
4. 会社の近くの新しいレストラン

女人正在和公司的兩位前輩商量今年尾牙的計畫。

女 1：我考慮今年也是在 12 月時舉行公司內部的尾牙。內容我想如同往常，包下餐廳舉行餐宴，不過前輩若有什麼意見或期待的話，麻煩請告訴我。

男　：你說的餐廳，是和去年同一家嗎？我們一直是在那裡對吧？

女 1：當然，不同地點也是可行的。如您有推薦的餐廳，請務必告訴我。

女 2：那在飯店之類的也可以囉？預算會不會不夠？

女 1：不會不會，請不用在意預算。在飯店舉辦的想法沒有問題。

男　：那麼在飯店的自助式餐廳呢？可以盡情享用自己喜歡的料理，吃的分量也可以自己調整，不錯吧？

女 2：那樣的話不行啦！大家忙著吃，沒有尾牙的感覺啊！

女 1：自助式啊……。說的也是，從同事間交流、意見交換的角度來看就有點……。

男　：我想說的是，不希望是嚴肅刻板的氣氛。

女 1：想要輕鬆的餐會的話，那就試試在和往常不同的餐廳如何？最近公司附近有間

　　剛開幕的休閒餐廳，聽說氣氛很時尚，評價很不錯喔！

男　：嗯，愉快地聊各式各樣的話題，吃著美食那樣的感覺。如果在飯店的話，總覺得有緊張感對吧？

女２：是啊……。那個，每年雖然餐廳都是包場，不過這樣也是有點拘束對吧？

男　：那這樣的話，就不要包場，讓其他客人在場也沒關係吧。

女２：對啊！那樣的話即使不是飯店，也可以和往年的尾牙感覺不同吧？

女１：確實是這樣。那麼今年就試試看這樣吧！

今年的尾牙在那裡舉行？

1. 包場的餐廳
2. 自助式的餐廳
3. 飯店的餐廳
4. 公司附近的新餐廳

３番 071 P. 103

土産店の女の人が、商品について説明しています。

F1：冬は肌の乾燥に悩まされる時期ですよね。家事などの水仕事で手がガサガサ、なんて人も多いと思いますが、そんな皆さんにお勧めしたいのがこちら、ホワイトクリーム、1つ350円。濡れた手の水分を十分にふき取った後、このくらいの量を、ちょっと手の甲にとって、ササッとのばすだけ。べたつきもなく、しっとりした使い心地が大好評なんです。さらにこのクリーム、手だけでなく腕やひじ、ひざなど、全身に使いたいというかたのために、大容量のホワイトボトルクリームもご用意。ご家族皆さまでお使いいただく際にもとても便利ですね。お値段も、容量が2倍にもかかわらず、おひとつ500円。大変お得になっています。この地域特産のハーブエキスが入ったこのクリーム、ご自分用に、お土産用に、ぜひ旅の記念にどうぞ。

F2：この地域特産のハーブエキスが入ってるんですって。お土産にいいわね。

M：うん、これ珍しいし、こういうのって女性へのプレゼントにいいかも。

F2：あら？田中さん、プレゼントしたい女性でもいるの？

M：違うよ、何言ってんだよ。会社の、ほら、部下たちにだよ。何ていうか、そういう心遣いって、一緒に仕事やっていく上で大切じゃないか。えっと、3人だから、小さいの３つでいいかな。

F2：ふーん、そう。私は家で使う、大きいのを1つ。子どもたちも使うし。あ、おばあちゃんにもう1つ買っていこうか。おばあちゃんのは小さいのにしよう。

質問1
女の人は何を買いますか。

1. ホワイトクリームを3つ
2. ホワイトクリームを2つ
3. ホワイトクリームを1つと、ホワイトボトルクリームを1つ
4. ホワイトクリームを3つと、ホワイトボトルクリームを1つ

質問2
男の人は何を買いますか。

1. ホワイトクリームを3つ。
2. ホワイトクリームを2つ。
3. ホワイトクリームを1つと、ホワイトボトルクリームを1つ
4. ホワイトクリームを3つと、ホワイトボトルクリームを1つ

伴手禮店的女人，正在針對商品做說明。

女1：冬天是煩惱肌膚乾燥季節，很多人認為做家事碰水會讓手粗糙。對這種人我想要推薦這個美白乳液，1瓶350日圓。將濕的手充分地擦乾後，用大約這樣的量，擦在手背上快速的擦勻可以了，因為用起來滋潤不黏手而深受好評。而且對於想用在手、手肘、膝蓋或全身的人，我們準備了大容量的包裝，讓全家都很方便使用。價格上，即使容量多了一倍，但一大瓶只有500日圓，非常划算。這個添加本地區特產的香草精，不論是自用或買來當伴手禮或是當旅行的紀念品都很適合。

女2：說有添加本地區特產的香草精。用來當伴手禮不錯啊。

男　：嗯，這個還蠻罕見的，這種的送給女性當禮物可能不錯。

女2：咦？田中先生有想送禮物的女性對象？

男　：沒有啦！你在說什麼啊？是公司的部下們。怎麼說呢？這種用心，對於一起工作的人很重要的不是嗎？嗯，有3個人，所以3瓶小的就可以了。

女2：嗯～，是啊。我是在家裡用，一瓶大的。小孩們也要用。啊，也送奶奶一瓶吧。送奶奶的就買小的。

問題1 請問女人要買什麼呢？

1. 美白乳液3小瓶。
2. 美白乳液2小瓶。
3. 美白乳液1小瓶和美白乳液1大瓶。
4. 美白乳液3小瓶和美白乳液1大瓶。

問題2 請問男人要買什麼呢？

1. 美白乳液3小瓶。
2. 美白乳液2小瓶。
3. 美白乳液1小瓶和美白乳液1大瓶。
4. 美白乳液3小瓶和美白乳液1大瓶。

第二回

問題 1　課題理解

1 番 073 P. 104

デパートの洋服売り場で、店の人と男の人が話しています。店の人はズボンの裾をどのように仕上げますか。

F：お客様、おズボンの寸法、いかがですか。

M：ええ、色もいいし、穿きやすくていいですね。裾が長くて踏んでしまうんで、少し短くしてもらえますか。

F：かしこまりました。では、どのくらい短くするか寸法を採りますので、確認していただけますか。…このくらいで、いかがでしょう？2センチくらいですが。

M：そうですね、もうちょっと…4センチくらい短くするとどんな感じですか。

F：…こんな感じです。あの、このおズボン、お仕事でも履かれますか。

M：ええ、できれば、仕事でも穿きたいんですけど。

F：じゃ、あまり短くし過ぎない方がいいかもしれません。短いとリラックスした感じが出すぎてしまいますから。

M：そうですね。じゃ、最初の寸法くらいで。

F：承知しました。。

店の人はズボンの裾をどのように仕上げますか。

1. 裾を2センチ短くする
2. 裾を4センチ短くする
3. 裾はリラックスできる長さにする
4. 裾の長さは変えない

在百貨公司的西裝賣場裡，店員與男人正在交談。店員要將褲腳改為如何？

女：客人您的褲子尺寸有沒有問題？
男：嗯，顏色也不錯，也好穿。褲腳太長會踩到，可以幫我改短一點嗎？
女：好的。那麼我量一下確認要改多短。這樣子可以嗎？大約 2 公分左右。
男：嗯～，如果再短一點，4 公分左右的話，大概是如何？
女：像這個樣子。這件褲子您是上班時穿嗎？
男：是的，可以的話希望上班也可以穿。
女：那麼最好不要太短，如果太短會顯得過於放鬆。
男：也是。那麼就用原來的尺寸。
女：好的。

店員要將褲腳改為如何？

1. 褲腳改短 2 公分
2. 褲腳改短 4 公分
3. 褲腳改為可以放鬆的長度
4. 褲腳長度不變

２番 074 P. 104

遊園地で男の人と係りの人が話しています。男の人はこの後まず、何をしますか。

M：あの、すみません。黒い上着の忘れ物なかったでしょうか。ジェットコースターあたりのベンチに忘れたと思って探してみたんですが、ないんです。1時間ぐらい前なんですけど…。

F：黒い上着ですか。さっきまで掃除の人がいましたけどね。ちょっと聞いてみますので、少々お待ちください。……掃除の人は心当たりがないって言ってたんですが…。

M：そうですか。

F：忘れ物を見つけた場合は、しばらくサービス案内所でお預かりすることになっているんですが、一度そちらに行って聞いてみてください。入口のすぐそばです。

M：そうですか、ありがとうございます。

F：でも、もしサービス案内所になかったら、遊園地の忘れ物センターに聞いてみてもいいかもしれませんね。まれに拾った方がそちらにお届けになることもありますから。

M：わかりました。

男の人はこの後まず何をしますか。

1. サービス案内所に行く
2. 掃除の人に連絡する
3. 忘れ物センターに行く
4. 忘れ物を届ける

男人與工作人員在遊樂園交談。男人之後首先要做什麼？

男：不好意思，請問有沒有黑色外套的遺失物？我覺得自己是忘在雲霄飛車附近的戶外椅上了，雖然我找過了但是沒找到。大概是1小時之前的事了。

女：黑色外套嗎？剛才之前有清潔人員在那，我問問，請您稍等。……清潔人員說沒有印象。

男：這樣子啊。

女：如果有發現遺失物，一般是暫時由服務中心保管，你先去那邊問問看。就在一進入口處旁邊。

男：好的，謝謝。

女：不過，要是服務中心沒有的話，也可以問一下遊樂園遺失中心，雖然這種情況很少，但是有時候撿到的人會送到那裡去。

男：我知道了。

男人之後首先要做什麼？

1. 去服務中心
2. 連絡清潔人員
3. 去遺失物中心
4. 提交遺失物

3番 075 P. 105

男の人が機械の説明をしています。どの順番でスイッチを押さなければなりませんか。

M：この機械は、お米などの農産物の保冷庫として設計されています。肉や海鮮などの食材は入れないようにしてください。では、これから、この機械の使い方について説明します。この機械にはたくさんのスイッチがあります。それぞれ関連があり、順序を間違えると、機械が動かなくなりますので、注意してください。ええ、まず、側面のスイッチを入れます。そして次は、前面、上のスイッチ。そして同じく、前面、下のスイッチ。そして最後に、後ろのこのスイッチです。

どの順番でスイッチを押さなければなりませんか。

1. C → A → B → D
2. C → A → D → B
3. B → A → C → D
4. B → A → D → C

男人正在進行機器的講解。是照何種順序按下開關？

男：這台機器是設計做為稻米等等農作物的冷藏庫，肉品、海鮮等等食材請勿放入。那麼接下來我來說明這台機器的使用方法。這台機器有很多的電源開關，並且各自有其相關連性，順序弄錯的話，機器會動不了，這點請多加注意。嗯……，那首先打開側面的開關。接下來是前方上面的開關，然後同樣是前方下面的開關，最後是後面的開關。

是照何種順序按下開關？

1. C → A → B → D
2. C → A → D → B
3. B → A → C → D
4. B → A → D → C

4番 076 P. 105

ホテルの受付で女の人と男の人が話しています。女の人はまず何をしますか。

F：すみません。自転車の貸し出しってしていただけますか？ホテルの周辺をちょっと回りたいんですけど。

M：申し訳ございません。貸し出しはしていないんですが。

F：そうですか…。あの、この近くに自転車をレンタルできるところとかって、ないでしょうか。

M：でしたら、駅の南口から3分ほど歩いたところに、自転車レンタル所がございます。

たしか、会員登録すれば、その後すぐに無料で自転車のご利用ができたかと思います。スマホのアプリから、いつでも自転車の予約やステーションの検索が簡単に行えるって、別のお客さんがおっしゃっていましたよ。

F：へぇ、いいですね。ちょっと歩きたいし、まずはそこまで行ってみます。どうもありがとう。

女の人はまず何をしますか

1. 自転車レンタル所へ行く
2. 会員登録を行う
3. アプリで自転車を予約する
4. ホテルの周辺を自転車で回る

女人與男人在飯店櫃枱交談。女人首先要做什麼？

女：不好意思，請問你們有出借腳踏車嗎？我想在飯店周邊繞繞。

男：很抱歉，我們沒有出借腳踏車。

女：這樣啊，那麼這附近有可以租借腳踏車的地方嗎？

男：從車站南口走約 3 分鐘處有腳踏車租借處。我記得只要登錄會員隨即可以免費使用腳踏車。有別的客人說，利用智慧型手機隨時可以簡單地預約腳踏車以及檢索腳踏車站喔。

女：喔，不錯耶！我也想走走，那我就走去那邊看看吧！謝謝。

女人首先要做什麼？

1. 去腳踏車租借處
2. 登錄會員
3. 利用 APP 預約腳踏車
4. 騎腳踏車在飯店周邊繞繞

5番 077 P. 106

電話で、男の人と女の人が話しています。女の人は、明日何をしますか。

M：もしもし、リョウさん？佐藤です。こんな時間にすみませんね。

F：ああ、佐藤さん。いつもお世話になっております。

M：えっと、急で申し訳ないんだがね、明日 10 時に社のほうへ来て、手伝ってもらうことはできるかな？

F：あ、はい。大丈夫ですが、何かあったんですか？

M：うん…。ちょっとトラブルがあってね、この前の資料で。

F：もしかして、私の翻訳した書類、何かまちがいがありましたでしょうか？

M：いえいえ、翻訳の部分じゃなくて、内容に問題があってね。明日客のほうに出向いて、詳細を説明しなければいけなくなったんだよ。

F：内容…ですか。

M：うん、それで一緒に同行して、通訳をお願いしたいんだけど、いいかな。

F：はい、前回の書類に関する内容でしたら、私も多少は覚えているので、お手伝いできると思います。

M：そうか、悪いね。じゃ、明日、会社で合流して、そこから一緒に先方へ向かうことにしましょう。

F：わかりました、明日朝10時ですね。

女の人は、明日何をしますか

1. 書類の翻訳を頼む
2. 客への資料を翻訳する
3. 佐藤さんと客の会社へ行く
4. 問題の内容を佐藤さんに通訳してもらう

男人和女人正在講電話。女人明天做什麼？

男：喂，劉小姐？我是佐藤。抱歉這個時間打電話。
女：啊，佐藤先生，經常在受您照顧。
男：啊，抱歉很突然的，明天 10 點可以來公司幫忙嗎？
女：啊，好的，沒有問題。發生了什麼事呢？
男：嗯，之前的資料出了點問題。
女：是不是我翻譯的文件，有哪裡弄錯了嗎？
男：不，不，不是翻譯的部份，是內容有問題，明天一定要去客戶那裡做詳細的說明。
女：內容……嗎？
男：嗯，所以想請你一起去。麻煩你口譯，可以嗎？
女：好的，有關上一次的文件的內容，我還記得一些，我想應該是可以幫忙的。
男：是嗎，不好意思。那明天在公司會合，之後一起去客戶那裡吧。
女：我知道了，明天早上 10 點。

女人明天做什麼？

1. 拜託翻譯文件
2. 翻譯給客戶的資料
3. 要和佐藤去客戶那裡
4. 請佐藤翻譯有問題的內容

問題 2 重點理解

1 番 079 P. 107

ある夫婦が家で話しています。夫はどうして会社へ行こうとしているのですか。

M：ちょっと今から会社へいってくるよ。

F：今から？熱もまだ下がってないって言うのに、何をおっしゃってるんですか。

M：部下に今週中に片付けなきゃならない仕事の指示だけしたら、すぐ戻るから。

F：そんなの、電話やメールで済むじゃない。しかももうこんな時間、誰もオフィスに残ってないでしょう？

M：うん、でもやっぱり気になってさ、落ち着いて寝てられないよ。

F：あなた、自分で残業しに行くつもりなんでしょ。

M：…ああ、うん、まあね…。

F：もう、仕方がないわね。じゃあ私が運転するわ。会社まで連れて行ってあげるけど、無理しないでよ。

M：ああ、助かるよ、悪いね。

夫はどうして会社へ行こうとしているのですか。

1. 部下に仕事を教えるから
2. 自分で仕事を片付けたいから
3. 電話やメールが気になるから
4. ついでに妻が病院へ行くから

某一對夫妻正在家中交談。請問先生為什麼打算去公司呢？

男：我現在去公司一下就回來。
女：現在嗎？不是說還沒有退燒，你在說什麼呀？
男：去指示部下做這星期非完成不可的工作，馬上就回來。
女：這種事用電話或 Mail 不就可以了，而且這個時間都沒有人在公司吧。
男：啊，但是很在意，不能安心的睡覺。
女：你打算自己去加班吧？
男：啊，嗯。
女：真是拿你沒辦法，我開車送你去公司，你不要太勉強了。
男：啊，真是太好了，不好意思。

請問先生為什麼打算去公司呢？

1. 因為要教部下工作
2. 因為自己想把工作做完
3. 因為在意電話或電子郵件
4. 因為太太順便要去醫院

2番 080 P. 107

不動産屋で、男の人と女の人が話しています。女の人は、どの物件を気に入りましたか。

M：この家はどうでしょう？周りも静かですし、一人暮らしには最適ですよ。それに何より新築の家ですから、今が最高の状態だと言えるんです。

F：そうですか。窓も大きくて光がよく入りますね。でも、ここ、駅からはだいぶ離れているようですね。私、夜遅く帰ってくることが多いから、ちょっとなあ…。

M：では、こちらの家はどうですか。線路沿いですから、駅から距離も近いし、価格も住宅街にある物件より意外に安い場合が多いんですよ。

F：ここって、ちょっと歩けば、森山駅ですよね。近い！でも線路沿いは、電車の音が気になります。

M：そうですか。では、もう一つのは駅の北側で、こちらも線路沿いなんですけど、防音ガラスが使われていて、二重窓にもなっているんです。窓を閉めていると、外の音はさほど聞こえなくなりますよ。

F：でも電車が通ったときには、振動も感じるかも…。

M：そうですか、では、実は、その物件の隣に、もう一つあるんです。そこは鉄筋コンクリート造で、防音性や耐震性に優れているんです。それにここなら、Wi-Fiが無料で使えるんです。しかし問題点として、お客様の予算より2,000円高くなってしまうんです。

F：私、家でも夜遅くまで仕事していることが多いから、防音はとても気になることなんです。それに、毎月のインターネット料金も1万円近くかかっていたので、Wi-Fi無料はとても助かります。じゃ、ここを見せてもらいましょう。

M：分りました。ではこちらをご案内させていただきます。

女の人は、どの物件を気に入りましたか。

1. 鉄筋コンクリート造の物件
2. 新築の物件
3. 駅の北側の物件
4. 住宅地の物件

男人與女人在房屋仲介公司交談。女人喜歡哪一個物件？

M：這間房子如何？周遭安靜，很適合一個人住喔！再加上更重要的是這間是新成屋，目前屋況可說是最好的。

F：嗯，窗戶很大光線充足，但是這裡離車站似乎相當遠。我晚歸的機會很多，這個有點……。

M：那這間如何？在鐵路沿線，所以離車站近，大部分價格也比意外地比住宅區還要便宜。

F：這間走一下就是森山車站了耶，好近！但是鐵路沿線，我會擔心電車的聲音。

M：這樣子啊。這樣的話，這裡還有一間是在車站北邊，這邊也是鐵路沿線但是使用隔音玻璃，而且是兩層窗，窗戶關起來就幾乎聽不到外面的聲音。

F：但是電車通過時也許會感受到振動。

M：這樣子啊。那其實這間房的附近還有另一間，那邊是鋼筋水泥建築，在隔音、耐震等等方面相對的較為優良。那一間可以使用免費 Wi-Fi，但是問題是比您的預算多 2,000。

F：我在家時也常會工作到很晚，所以很在意隔音，加上我每個月的上網費快要 10,000 日圓，Wi-Fi 免費的話就太好了！那麼，請讓我參觀那間。

M：好的，那我帶你去。

女人喜歡哪一個物件？

1・鋼筋水泥的物件
2・新成屋
3・車站北邊的物件
4・區宅區的物件

3番 081 P. 108

男の人と女の人が話しています。男の人はどうして工事を延期することにしましたか。

F：前田さん、ビルの整備工事7月仕上げるんだよね、どう、順調？

M：うーん、作業員募集してるんだけど、必要人数に達してなくて、土日勤務できる人が必要なんだけどねえ。先月までは土木作業の工事がずいぶん遅れてて心配したんだけど、そっちは何とか間に合ったのに。そういうわけで結局仕上げは12月ごろになるんだ。

F：ええ？本当？でも、まあ、焦って作業して工事の質を落とすより、延期してでもちゃんと施行するほうがいいよ。あ、配線業者は決まった？前に、どの会社やってもらおうか悩んでたでしょう？

M：うん、無事決まった。あそこなら施工管理も信頼できるし、低コストでやってくれるから、安心できると思う。

F：よかったじゃない！工事完成、楽しみにしてるよ。

男の人はどうして工事を延期することにしましたか。

1. スタッフの数がそろっていないから
2. 土木作業の工事が間に合わないから
3. 配線業者が決まっていないから
4. 施工管理ができていないから

男人與女人正在交談。男人為什麼決定延後工程？

女：前田先生，大樓的整頓工程是在七月完工對吧？進行得如何？順利嗎？

男：嗯～，我在找週六、週日可以工作的工人，是還找不齊。雖然到上個月為止土木作業工程進度相當落後，我很擔心，但是那邊總算是有趕上。總之完工會在 12 月左右。

女：喔？真的嗎？嗯，但是與其趕工導致工程品質下降，倒不如延期確實施工來的好。配線業者決定好了嗎？你之前一直煩惱要找哪一家公司來做對吧？

男：嗯，順利決定了。那間的話施工管理也值得信賴，而且還低成本幫我做，我可以安心。

女：這真是太好了！真期等工程順利完工。

男人為什麼決定延後工程？

1. 因為工作人員找不齊
2. 因為土木工程作業來不及
3. 因為無法決定配線業者
4. 因為施工管理不完善

4番 082 P. 108

ラジオでアナウンサーが話しています。アナウンサーは画家がこの絵でどんなことを表現していると言っていますか。

F：先週、森川美智子氏のウサギというタイトルの絵を見に行ってきました。まん丸い月の夜に森でかわいい女の子が、森の動物たちとパーティーしていて、みんなで歌ったり踊ったりしている絵です。この作品、森川さんのこれまでの静かな生活の一瞬を切り取るような絵とは違い、強く生き生きと躍動するダイナミックな作品です。絵の中の女の子はご自身で、森の動物たちは学生たちなのだそうです。そういったお話を直接森川さんから直々に伺い、森川さんは森の妖精にあこがれているのかと、つい思ってしまったのですが、実際のところは、いつも生き生き輝いている学生たちとともに過ごしたい、そういうメッセージが込められているのだそうです。

アナウンサーは画家がこの絵でどんなことを表現していると言っていますか。

1. 学生と一緒に生き生き輝いたい
2. 動物たちのように歌ったり踊ったりしたい
3. 森でパーティーしたい
4. 丸い月の夜、妖精になりたい

收音機裡主持人在談話，主持人表示畫家的畫呈現如何？

女：上週我去參觀了森川美智子的「兔子」的畫。那是一幅月圓夜晚的森林中有位可愛的女孩與動物在舉行派對，大家一同載歌載舞的畫。這幅作品與森川女士一直以來的作品不同，一直以來是截取寧靜生活中的一部分，但是這張畫是生氣蓬勃的動態作品。據說畫中的女孩就是森川她本身，而森林裡的動物們就是她的學生。親耳聽到森川女士這麼說，可能會不由得認為森川女士是嚮往森林裡的妖精，但是實際上畫裡是包含了她希望與她的學生們一起生動璀燦地生活的訊息。

主持人表示畫家的畫呈現如何？

1. 希望與學生一起生動璀燦地生活
2. 希望如同動物們一般載歌載舞
3. 希望在森林裡開派對
4. 希望在月圓夜晚變身為妖精

5番 083 P. 109

相撲の力士が、テレビのインタビューで答えています。この力士は、現役引退を決意した理由は何だと言っていますか。

F：このたび、今場所限りで現役引退を表明されました、嵐山関にお話をおうかがいいたします。嵐山関、惜しむ声が多い中での引退発表でしたけど…。

M：はい、ファンの皆様の温かい声援の中、ここまで相撲を取れたことに、まず感謝しています。

F：現役生活12年ということで、「まだ早い」「もう少しいけるのでは」との期待があったのですが、体力的な面を心配する声もありました。

M：まあ、それについてはね、年と共に落ちてくるのは当たり前のことですから。そこをカバーして、稽古でいかに力に変えるか、それがプロですから。

F：けがもありました。

M：まあ、ここ1～2年、膝があまり良くなかったのは事実ですが、そういった体力を補う気力が落ちてきたのは、自分でも辛かったです。

F：それで、決意を？

M：そうですね。プロの気迫が見せられないのでは土俵には立てないと思いました。

F：そうですか。

この力士は、現役引退を決意した理由は何だと言っていますか。

1. ファンから引退を望む声が多くなったから
2. 年で稽古ができなくなったから
3. けがを気力でカバーできなくなったから
4. けがで土俵に立てなくなったから

相撲的力士正在回答電視的採訪。力士說決定現在就要引退的理由是什麼呢？

女：我們有請發表了這場比賽結束後就要引退了的嵐山關談話。嵐山關你在眾多的婉惜聲中發表了引退。

男：是的。首先要感謝在粉絲們溫馨的聲援中讓我能從事相撲的比賽。

女：12 年的相撲生涯，有很多「還早嘛」、「還可以再繼續一陣子啊」的期待。但是也有人擔心你的體力。

男：啊，關於這一點，隨著年齡的增長會衰退是理所當然的。但是要彌補這一點，專業的人知道要如何練習將它轉變成自己的力量。

女：你也曾受傷過。

男：這 1 ～ 2 年膝蓋不太好是事實。像這樣已沒有氣力去彌補體力，自己也覺得很不好受。

女：所以，下定決心？

男：是啊，如果無法表現出專業的氣魄是無法站在土俵上的。

女：這樣子啊。

力士說決定現在就要引退的理由是什麼呢？

1. 因為很多粉絲都期望他引退
2. 因為年紀而無去再練習了
3. 因為無法用氣力去彌補受傷
4. 因為受傷無法站到土俵上

6番 084 P. 109

男の人と女の人が話しています。男の人が、電子レンジを修理しない理由は何ですか。

M：うちの電子レンジ、昨日壊れちゃったみたいでさぁ。もうだめなんだ。それで新しいのを買おうと思うんだけど、おすすめの店、教えてよ。

F：本当に故障？何度も試した？

M：本当だよ、全然動かないもん。

F：まずは修理に出してみたら？直るかもしれないし。

M：いや、もう十分古かったしね。最近はメーカーにこだわらなければ、修理代よりずっと安いのが売ってるし。

F：でも、環境のことを考えると、ごみを増やすのはよくないよ。

M：それはそうだけど、ごみもリサイクルされるはずだよ。

F：そういう意味じゃなくて、もっと物を大切にしなさいってことよ。

M：大切に使ってないわけではないけど、故障したんじゃ、しょうがないじゃない。

F：はいはい、じゃあどうぞお好きに。

男の人が、電子レンジを修理しない理由は何ですか。

1. 修理しても直らないから
2. 新しいのを買ったほうが安いから
3. 別のブランド物がほしいから
4. リサイクル品を使いたくないから

男人和女人正在談話。請問男人不修理微波爐的理由是什麼呢？

男：我家的微波爐昨天壞掉了。已經不行了。所以打算買新的，請你告訴我推薦的店。
女：真的是故障嗎？試過很多次了嗎？
男：當然囉。已經都不動了。
女：首先先送修吧。可能能夠修理也說不定。
男：不用了，已經很舊了。最近如果不要求品牌的話，賣的比修理費都還要便宜很多呢。
女：但是考慮到環境的話，增加垃圾是不好的哦。
男：是這樣沒錯，但是垃圾也應該是可以回收的。
女：不是這個意思，是說要更珍惜東西。
男：並不是沒有好好的在用，而是故障，這也是沒有辦法的。
女：好，好，你高興就好！

請問男人不修理微波爐的理由是什麼呢？

1. 因為送修也修不好
2. 因為買新的比較便宜
3. 因為想要別的品牌的
4. 因為不想用回收品

問題３ 概要理解

１番 086 P. 110

テレビでレポーターがある映画館について話しています。

F：今、私は谷川町の桜館という映画館に来ています。この桜館ができたのはちょうど百年前の大正時代。当時最新の娯楽だった映画と西洋風のモダンなデザインの建物を融合したこちら、当時は毎日たくさんの人が来てにぎやかだったそうです。しかし時代の波には逆らえず、今日を最後に、ついに営業を終えます。今日は朝から昔を懐かしむ映画ファンが集まっています。桜館は今日深夜12時でその歴史に幕を下ろします。桜館に思い出のある方、お近くにお住いの方など、ぜひお越しになってみてはいかがでしょうか。

レポーターは桜館の何について話していますか。

1. 昔と今の違い
2. 集まった人々の様子
3. 時代の変化
4. 営業最終日の様子

電視上記者正在談論某家電影院。

女：現在我人來到谷川町的櫻花館這座電影院。這座櫻花館建立時正好是百年前的大正時代。它融合了當時最新娛樂的電影及西洋風格的現代設計建築，據說當時每天都有相當多的人前來，非常熱鬧。但最終仍不敵時代的潮流，今日將是最後的營業日了。今天早上開始就聚集了許多懷念昔日風景的影迷。櫻花館於今日深夜 12 點會降下歷史布幕。對櫻花館懷有回憶的各位，及附近的居民請務必前來看看。

記者正在談論櫻花館的什麼？

1. 今昔的差異
2. 聚集人潮的様子
3. 時代的變化
4. 最終營業日的樣子

2番 087 P. 110

テレビでアナウンサーがある会社の社長にインタビューしています。

F：今日は今話題の作業服専門メーカー・コーボーの社長、渡辺隆さんにお話を伺います。渡辺社長、今着ていらっしゃるのが実際の製品ですか。

M：ええ、新商品です。今までの製品より寒さに対応できるよう、風や雨に強くなっています。

F：冬の屋外での作業用にぴったりということですね。でも、さすがですね。作業服という感じがしません。色もきれいだしデザインもかっこいいですね。

M：作業服にとって機能性は一番重要なものですが、更にデザイン性を加えることで、一般の方もうちの作業服を買ってくださるようになったんです。

F：なるほど。これなら家にいる時や遊びに行く時でも着られますね。ちょっとおしゃれで、気候の変化に強いというのは魅力的ですね。しかも、安い。どうして、こんなにお安くできるんでしょうか。

M：安くなくては作業服ではありません。高級な作業服なんて誰も着ませんからね。安く抑えるために、材料は工場が暇な時期にたくさん注文したりと、いろんな工夫をしています。

F：なるほど。ところで、先日は新たに女性専門の店もオープンして話題になっていますね。

M：ええ。最近、女性たちに山登りやキャンプが流行っているおかげで、たくさんの方に来ていただいています。

男の人は何について話していますか。

1. 機能や価格よりデザイン性が大事だということ
2. 機能や価格に加えてデザイン性を取り入れたということ
3. 女性のための高級でおしゃれな作業服を作ったということ
4. 山登りやキャンプのための服がよく売れているということ

電視上主播正在採訪某公司的總經理。

女：今日要訪問目前引起討論的工作服專門製造商 cooboo 的渡邊隆總經理。渡邊總經理，您現在穿著的是實際的產品嗎？

男：是的，是新商品。為了比以往的商品能夠禦寒，擋風防水的機能變的更好。

女：也就是說非常適合於冬天戶外工作用對吧。不過，真不愧是 cooboo，這並沒有給人工作服的感覺，顏色美觀，設計也很帥氣呢！

男：對於工作服來說機能性雖然是最重要的，不過透過再加上設計感，一般民眾也開始購買我們的工作服了。

女：原來如此。這件的話在家裡或出遊時都可以穿呢！一點點的時尚感，應對氣候變化機能佳，這一點很有魅力。而且也很便宜！為什麼能夠這樣便宜呢？

男：不便宜的話就不是工作服了。因為沒有人會穿著高級的工作服吧？為了壓低價格，我們在原料工廠淡季時大量訂購等，下了各種工夫。

女：這樣啊。對了，前些日子女性專門店也開幕了，正熱門呢！

男：是的。託近來女性間流行登山及露營的福，有許多客人來光顧。

男人正在說什麼？

1. 比起機能及價格，設計感更重要
2. 產品包含機能、價格加上設計感
3. 為了女性製作高級且時尚的工作服
4. 登山及露營專用服飾賣得很好

3番 088 P. 110

ラジオでアナウンサーが話しています。

F：こんばんは。皆さん、いかがお過ごしでしょうか。今日も一日、寒かったですね。今朝は通勤途中で、道の水たまりが凍っているのを見かけました。今週になって寒さが厳しくなり、本格的な冬という感じになりました。北部の山では頂上付近で既に樹氷も見られているそうです。樹氷とは、水蒸気や水滴がマイナス5度以下に冷えて木に吹き付けられ、凍ってできるものです。そしてこの樹氷、今年はいつもの年より十日ほど早くでき始めているとのことです。また、長期予報によれば、この冬の寒さは過去十年でいちばんの寒さになるそうです。皆さんもしっかりと冬の支度をして、お体に気を付けてお過ごしください。では、明日の天気です。明日、午前中は…

アナウンサーは何について話していますか。

1. 過去十年の天気の変化
2. 冬山の厳しい天気
3. 今年の冬の状況と予測
4. 今朝の通勤の様子

廣播中主持人正在講話。

女：各位晚安。今天過得如何呢？今天也是寒冷的一天呢！今早在通勤途中，發現道路上的水窪結凍了。這週開始變得更寒冷，有冬天來臨的感覺了。北部的山頂上聽說已經開始能看到樹冰。所謂樹冰，是水蒸氣或水滴冷卻至攝氏負五度以下，被風吹到樹枝上附著結凍而形成。而且今年的樹冰，比往年早了十天左右開始。另外，根據長期天氣預報，今年的冬天將會是過去十年間最冷冽的。大家要為禦寒做足準備，注意身體健康。接下來是明天的天氣，明天上午是……。

主持人正在說什麼？

1. 過去十年間的天氣變化
2. 冬天山上嚴峻的氣候
3. 今年冬天的狀況及預測
4. 今早通勤時的狀況

4番 089 P. 110

テレビでアナウンサーが話しています。

M：ご覧ください。大きな岩でしょう。ここがどこか分かりますか。竹田町の大岩神社です。この大きな岩は神社の境内に祀られているものですが、遠い昔、悪い鬼が人々を苦しめているのを見た神様が、この大きな岩を鬼に投げつけたという伝説があります。そしてこの話、今日本だけでなく海外でも大人気のアニメ『降魔の剣』と深いつながりがあり、実はこの岩や神社に伝わる神話を基に作られたんだそうです。以前は、近くの住民がたまに寄るだけの場所でしたが、今では日本中から、時には外国からもわざわざここへ訪ねて来るアニメファンが増えているそうです。ご覧のように、今日も、岩の近くで写真を撮っている人がいます。

アナウンサーは何について話していますか。

1. たくさんの人がここに来る理由
2. このアニメが話題になった理由
3. この町に神社と大きな岩がある理由
4. このアニメが人気になった理由

電視上主持人正在講話。

男：各位請看，這是顆碩大的岩石對吧！知道這裡是哪裡嗎？是竹田町的大岩神社。這塊大石是在神社境內被祭拜之物，傳說古老以前神明見惡鬼肆虐，所以朝惡鬼投擲了這塊大石。現在這個傳說與日本海內外大受歡迎的動漫『降魔之劍』有深切的關連，這故事就是以這塊岩石及這座神社流傳下來的神話為原型創作出來的。這裡以前只是附近的居民偶爾會過來的場所，但是現在從全日本、偶爾也有從外國特地前來拜訪的動漫迷都變多了。如畫面所見，今天也是有人正在岩石附近拍照。

主持人正在說什麼？

1. 許多人來這裡的理由
2. 這部動漫成為話題的理由
3. 這座城鎮有神社及大石的理由
4. 這部動漫受歡迎的理由

5番 090 P. 110

市の議会で議員が話しています。

M：現在、この桜山市の人口の25パーセント、4人に1人は外国人で、その国籍は既に100か国近くに達しています。しかし、桜山市はさまざまな面で、こうした国際化に追い付いていないのではないでしょうか。まずは、市民へのサービスを英語だけでなく、より多くの言語で行ない、窓口での複雑な手続きももっと簡単にするべきです。既に発生しているトラブルの主な原因は、彼らに生活面での情報がきちんと伝わっていないことです。もっと正確に丁寧に伝える必要があります。トラブルが大きくならない内に、対策を取るべきだと思います。

議員が言いたいことは何ですか。

1. 国際化によってトラブルが発生している
2. 外国人が来ないようにするべきだ
3. 外国人にもきちんと理解できる市民サービスをするべきだ
4. 役所の窓口では英語で対応できるようにしなければならない

市議會裡議員正在講話。

男：現在櫻山市人口的 25%，也就是 4 人當中有 1 人是外國人，其國籍已將近一百個不同國家，但是櫻山市在諸多方面都追趕不上這樣的國際化狀況。首先是市民服務不應僅提供英語服務，應有更多語言；同時窗口的複雜手續也應簡化。已發生問題的主要原因是他們在生活方面的情報沒有確實傳達，我們有必要更正確、確實地傳達（這些情報）。我認為應趁著問題尚未變大之前採取對策。

議員想說的是什麼？

1. 因國際化帶來問題
2. 應該不要讓外國人來
3. 應該提供讓外國人也能確實理解的市民服務
4. 市政府的窗口應使用英語應對

問題 4 即時應答

1番 092 P. 111

F：田辺課長、今日の会議で部長にはっきり言ってくれて、ちょっと見直しちゃったよね？

M：1. 本当、そういうの困るんだよね。
　　2. うん、私たちのこと守ってくれて、助かったよね。
　　3. そうだったっけ？じゃあ、もう一度ちょっと見てこようか。

女：田邊課長在今天的會議中，替我們向經理清楚地表明，有點對他改觀了呢！

男：1. 真的，那樣子我們很困擾耶！
　　2. 嗯，謝謝他替我們發聲呢！
　　3. 是這樣嗎？那要再來看一次嗎？

2番 093 P. 111

M：野田さんが風邪じゃ、旅行の日程は変更するしかないね。

F：1. これくらいの雨なら、行けるんじゃない？
　　2. 本当、予定変更しなくてもよかったね。

3. うん、じゃあもう一度調整するしかないね。

男：野田感冒，只好變更旅行的日期了。

女：1. 這點小雨還是能去吧？
2. 真的，即使不改變預定也很好。
3. 嗯，那麼只好再調整一次了。

3番 094 P. 111

M：オリンピック代表選手になった以上は、金メダルを目指します。

F：1. ぜったい代表に選ばれるよう、応援するからね。
2. どうせなら、君に目指してほしかったな。
3. 頼んだよ。期待してるからね。

男：既然成為了奧運代表選手，就要以金牌為目標。

女：1. 我們會為你加油，希望你一定被選為代表選手。
2. 既然這樣的話，我還是希望你以之為目標！
3. 拜託囉！期待你的表現。

4番 095 P. 111

F：おめでとう、努力してきた甲斐がありましたね。

M：1. はい、合格できて安心しました。
2. はい、頑張りましたが、無駄でした。
3. はい、もう少し努力すればよかったですね。

女：恭喜！努力有回報了！

男：1. 是，能夠合格就安心了。
2. 是，雖然努力過了，但還是沒有用。
3. 是，再多努力一點就好了呢！

5番 096 P. 111

F：会長、出席者全員、部屋にお揃いになりました。

M：1. そう、来てないのは、あと何人だね？
2. おかしいなぁ、全員来るって言ってたんだけど
3. わかりました。私もすぐ行きます。

女：會長，所有出席者都到齊在房間了。

男：1. 是，還沒有來的有幾位呢？
2. 真奇怪耶！明明所有人都說會來。
3. 知道了。我也馬上過去。

6番 097 P. 111

M：今回の企画、田中さんに任せるべきじゃない？

F：1. やっぱり、彼に任せて良かったね。

2. うん、彼ならちゃんとやってくれると思うよ。
3. わかった、じゃあ、田中さんには今回の企画は降りてもらおう。

男：這次的企劃，不是應該交給田中嗎？
女：1. 果然交給他就對了！
2. 嗯，他的話我想他會做得很好喔！
3. 我知道了。那麼就讓田中退出這次的企劃。

7番 098 P. 111

F：豊田さん、3時からの会議、わたし抜きで進めといてくれる？

M：1. じゃあ、いつがいいでしょうか。
2. 会議、中止になったんですね。
3. えっ、参加されないんですか。

女：豐田，3點鐘開始的會議，可否在我不在的狀況下進行？
男：1. 那麼，什麼時間比較好呢？
2. 會議不開了是吧？
3. 欸？您不參加嗎？

8番 099 P.

M：このホテル、値段が高いうえに、スタッフの態度も最悪だよ。

F：1. 値段も態度も、なかなか悪くなかったよね。
2. 値段が安くなればなるほど、態度もよくなるよね。
3. 態度さえよければ、値段は少しぐらい我慢できるのにね。

男：這家飯店，不僅價格高昂，員工的態度也很差。
女：1. 價格和態度都不差對吧？
2. 價格越是便宜，態度也越來越好呢！
3. 要是至少態度好一點，價格貴就還能稍微忍受！

9番 100 P. 111

M：今回の試合、三沢さんの応援なしには勝てなかったよ。

F：1. 試合に勝てなくて、すみませんでした。
2. 応援できなくて、申し訳ありません。
3. そう言ってもらえて嬉しいです。

男：這次的比賽，沒有三澤的支援就沒法獲勝喔。
女：1. 抱歉沒能贏得比賽。
　　2. 沒能前往加油真是萬分抱歉。
　　3. 你能這樣說我很高興。

10番 101 P. 111

M：この会議室、エアコンくらいあってもいいのになあ。

F：1. 本当。何でつけてくれないんだろうね。
　　2. スイッチ、つけておこうか？
　　3. うん、エアコンあって、本当に良かったよね。

男：要是這間會議室有個冷氣之類的多好呢！
女：1. 真的。為什麼不裝啊！
　　2. 開關要先打開嗎？
　　3. 嗯，有了冷氣真是太好了呢！

11番 102 P. 111

F：朝から、外が騒がしいですね。

M：1. 本当、物音ひとつ、聞こえないね。
　　2. うん、何かあったのかな。
　　3. ああ、たぶんそうだろうね。

女：從早上開始外面就一直很吵呢。
男：1. 真的，一點聲響都聽不見耶。
　　2. 嗯，是發生什麼事了嗎？
　　3. 啊……大概是那樣吧！

問題5 統合理解

1番 104 P. 112

スポーツクラブで、男の人と受付の人が話しています。

M：あのう、こちらのスポーツクラブの会員は、地下の温泉施設も使えるって聞いたんですが。

F：はい、プラチナ会員とダイアモンド会員の方でしたら、温泉施設を無料でお使いいただけます。お客様の会員プランは、どのようになっていらっしゃいますか。

M：えっと、カードにはゴールド会員って、書いてあるんですが。

F：トレーニングジム平日ご利用のゴールド会員様ですね。それでしたら年会費にプラス5,000円でプラチナ会員へ変更できます。

M：じゃあプラチナ会員は、週末以外ってことですか？

F：はい、土日祝日の温泉ご利用の場合は、別途毎回入浴料をお支払いいただくか、ゴールド会員に 12,000 円を追加して、ダイアモンド会員に変更していただくことになります。

M：ダイアモンド会員なら、いつでも利用できるってこと？

F：はい、1 年間 365 日通して、トレーニングジムと温泉を、何度でもご利用いただけます。

M：1 万 2000 円か…。週末に温泉入りたいな、と思ってたんですが、温泉入浴って、1 回いくらですか

F：1 回のご利用は、平日週末ともに 950 円となっております。

M：週末って、温泉客、多いですか。

F：そうですね、はやり平日よりは多少込み合っておりますね。

M：やっぱりそうだよな。

F：平日のジムのご利用のかたも、温泉をよくご利用いただいておりますが、とても好評なんです。

M：そうですか。まあ、とにかく今日、一度温泉に入ってみてからどうするか考えてみようかな。

F：はい、ありがとうございます。温泉のみでしたら、土日も平日料金でご入浴いただけますので。

M：じゃ、お願いします。

男の人は今回、会員プランをどのようにすることにしましたか。

1. プラチナ会員に変更する。
2. ダイアモンド会員に変更する。
3. ゴールド会員に変更する。
4. 今のプランのままにする。

運動會館裡，男人正在和櫃檯人員說話。

男：那個，我聽說這裡的運動會館會員也可以使用地下室的溫泉設施。

女：是的。白金會員和鑽石會員可以免費使用溫泉設施。您的會員方案是哪一種呢？

男：嗯……卡片上是寫著黃金會員。

女：您是平日使用訓練館的會員吧？那樣的話，年會費再加 5,000 日圓就能升級成白金會員。

男：那麼白金會員是指週末以外嗎？

女：是的，六日及國定假日使用溫泉的話，看您是要每次另外付泡湯費呢，或是以黃金會員再追加 12,000 日圓成為鑽石會員。

男：鑽石會員的話，是不論什麼時段都可以使用的意思嗎？

女：是的，全年 365 天訓練館及溫泉都可以無限次數使用。

男：12,000 啊……。我是想在週末時泡泡溫泉，不過泡溫泉一次是多少錢呢？

女：一次使用，不分平日週末都是 950 日圓。

男：週末溫泉客多嗎？
女：這個嘛，比起平日還是多少會比較擁擠。
男：果然是這樣啊。
女：平日使用健身房的客戶，也經常使用溫泉，很受好評呢！
男：這樣啊！那總之今天我先泡一次看看再決定好了。
女：好的，謝謝您。因為如果只泡溫泉的話，六日也是支付平日費用就可以使用。
男：那就麻煩你了。

男人這次決定將會員方案怎麼做？

1. 變更為白金會員。
2. 變更為鑽石會員。
3. 變更為黃金會員。
4. 維持原方案。

2番 105 P.112

図書館のスタッフ3人が話しています。

F1：近頃の少子高齢化に伴って、図書館利用者の年齢層や利用目的も変わってきています。そこで、少し館内の配置や本の種類など、変えていこうと思っています。今日お二人には、日頃思っていることや、思いついたアイデアなんか、何かあれば教えてほしいんですよね。

M：そうですね…。たしかに朝いちばんに図書館にいらっしゃって、新聞をずっと読んでるお年寄りの方とか、増えていますよね。

F1：ええ、たぶん、朝の散歩のついでに、こちらによってらっしゃるんだと思います。そういうご利用者さんのためにも、新聞の種類、もっと増やしたほうがいいかなぁ。

M：それもいいかもしれませんが、できれば本にも興味持っていただきたいですよね。そういう方たちなら、そうですね…、歴史小説やノンフィクションの本など、お好きかもしれません。新聞コーナーの近くにでも、並べて置いてみてはどうでしょうか。

F2：ああ、それはいいアイデアですね。小説の本棚は、ちょっと奥にあるので、入り口近くの新聞・雑誌コーナーからは離れていて、なかなか小説の置いてあるところまで行く機会はないでしょうから。

F1：館内の書籍配置案内の看板がちょっと小さいから、そういう本があるっていうの、あまりご存じなかったかもしれませんね。

F2：では、ところどころに本の紹介コーナーを設けてみるのはどうでしょうか。例えば新聞の近くには歴史小説など、年配の男性がお好きなジャンルの本、ファッション雑誌の近くには、女性に人気のあるエッセイストの本、などです。

F1：じゃ、そこに本を一緒に置いておくのではなく、簡単な紹介とちょっとした内容の一部をカードやポスターに書いて、飾っておくんです。

F2：あと、お探しの本は、スタッフにお尋ねくださいって書いておけば、利用者さんが探す手間も省けますよね。

F1：いいわね。じゃあ、さっそく取り掛かりましょう。

3人は図書館を、どのように変えることにしましたか。

1. 新聞コーナーにある新聞の種類を増やす。
2. 書籍配置案内の看板を大きくする。
3. 書籍の案内コーナーをつくる。
4. スタッフが利用者に、カードやポスターを配る。

圖書館的三位員工正在講話。

女1：最近伴隨著少子高齡化，使用圖書館的年齡層及使用目的也逐漸改變。因此我想要稍微改變一下館內的配置及書籍種類等。今天兩位若有平常想到的事項或想法等的話請告訴我。

男　：這個嘛……。確實一早就來圖書館，一直閱讀報紙的年長著增加了。

女1：我想可能是早晨散步順道來這裡。為了這些使用者也應該增加報紙的種類比較好吧？

男　：那樣也許也不錯，不過也盡可能希望他們也對書籍有興趣！若是那樣的人，我想想……也許會喜歡歷史小說、紀實作品的書等等吧。試著在報紙區附近擺看看怎麼樣？

女2：啊！這個點子不錯耶！因為小說的書架在稍微裡面一點的地方，離入口附近的報章雜誌區有點距離，不太有機會走到放小說的地方呢。

女1：因為館內的書籍配置指引看板有點小，可能也不太知道有那些書吧？

女2：那麼我們在各處設置書籍介紹區怎麼樣？例如報紙的附近有歷史小說，年長的男性喜愛的種類的書、時尚雜誌附近介紹受女性歡迎的隨筆散文等。

女1：那麼，那邊就不把書放在一起，而是裝飾一些寫上簡單介紹及書籍內容一部分的卡片或海報。

女2：還有，如果寫上「您要找的書請詢問館內人員」，使用者也可以省去找書的時間吧？

女1：這樣好！那麼我們就馬上來進行吧！

三人決定將圖書館做什麼改變？

1. 增加報紙區的報紙種類。
2. 將書籍配置指引看板放大。
3. 製作書籍指引區。
4. 員工發放卡片或海報給使用者。

3番 106 P. 113

女の人が、美容院について話しています。

F1：いつもビューティーサロン・アオイをご利用いただき、ありがとうございます。当店はお客様一人ひとりの髪のお悩みカウンセリングを大切にしていますので、完全予約制とさせていただいております。定休日は毎週火曜日と、第2、第3水曜日の、月6日。営業時間は朝10時から午後7時までとなっております。ご予約専用電話番号は…

F2：ああ、火曜日と水曜日がお休みなんだ。せっかく今週の水曜日、仕事の休みがとれたから行こうかなって思ってたのに。

M：え、今週だったら行けるんじゃない？第2、第3水曜日って言ってたから。

F2：あ、そうか。今週は3月の第4週目…ってことは、来週の水曜日でもいいってこと、よね？

M：そうだけど、また先延ばしにすると、せっかくのチャンスを逃しちゃうことになるかもしれないから、早いうちに行っておいたら？子どもはぼくが見ておくよ。

F2：うん、じゃあそうしようかな。あ、あなたも髪、切りたいって言ってたわよね？私が美容院から戻ってきたあと、交代で行ってくる？

M：ぼくはちょっと切ればいいだけだから、来週でいいよ。土日は混むだろうから、その次の日にでも…。

F2：でも定休日の前日も混んでるかもしれないわよ。

M：まあ、今から予約しておけば大丈夫だろ。

F2：そうね、じゃあ私とあなたの分、予約するわね。

質問1

女の人は、いつ美容院へ行きますか。

1. 今週の火曜日
2. 今週の水曜日
3. 来週の火曜日
4. 来週の水曜日

質問2

男の人は、いつ美容院へ行くつもりですか。

1. 来週の日曜日
2. 来週の月曜日
3. 来週の火曜日
4. 来週の水曜日

女人正在談有關美容院的事。

女1：謝謝大家經常光顧葵美容院。本店重視每一位客人的頭髮煩惱問題諮商，因此採取完全的預約制。公休日是每週二和第二週，以及第三週的星期三，一個月共有6天。營業時間是早上10點到晚上7點為止。預約專線是……。

女2：啊，週二和週三休息。難得今天週三請了休假，本來想去呢！

男　：這星期的話不是可以去嗎？因為是說第二，三週的星期三。

女2：啊，對喔！這星期是三月的第四週，所以說下星期三也可以囉？

男　：是這樣沒錯啦，但是再拖下去的話，可會讓難得的機會跑走了也說不定哦，早一點去比較好吧！小孩我來照顧。

女2：嗯，好吧，就這麼辦吧！你不是也說想剪頭髮。我從美容院回來後換你去吧？

男　：我只要剪一下就可以了，下週再剪。星期六、日人會很多吧，再隔一天也可以……。

女2：但是公休日的前一天，人可能很多。

男　：啊，現在預約的話應該沒問題吧！

女2：這樣啊，那就預約我的和你的囉。

問題1　請問女人哪時候要去美容院呢？

1. 本週二　　2. 本週三
3. 下週二　　4. 下週三

問題2　請問男人打算哪時候去美容院呢？

1. 下週日　　2. 下週一
3. 下週二　　4. 下週三

第三回

問題1　課題理解

1番　108　P. 114

男の学生と女の学生が話しています。男の学生は、レポートを提出する前に、何をしますか。

F：ねえ、金曜日までのレポート、もう先生に出した？

M：いちおう完成したにはしたんですけど、これでちゃんと書けてるかなぁ。先輩、ちょっと見てもらえますか。

F：いいよ。…ああ、すごく細かく書いたんだね。この分析方法、面白いね。今度私も使ってみようかな。

M：ありがとうございます。でも、もうちょっと調査対象の数を増やした方がいいかな、と思って…。

F：そうだね。内容については先生が判断することだから、私にはわからないけど。でも、観察対象を増やすことは結果の信頼性につながるし、説得力ももっと増すんじゃないかな？

M：うん、やる価値があるかも。いますぐやれば、そんなに時間がかからないだろうし。他は大丈夫でしょうか。

F：あとは、そうね…。じゃあ、せっかくだから、結果の示し方をもう少し工夫してみたら？表やグラフも、もうちょっと見やすくしたほうがいいかも。

M：あ、そうですね。さっそく修正してみます。

F：うん、でもそれは、追加の調査データの結果が出てから、合わせてすればいいのよ。

M：そうですね、わかりました、ありがとうございます。

男の学生は、宿題を提出する前に、まず何をしますか。

1. レポートをもっと詳しく書く
2. 調査対象者の数を増やす
3. 結果の見せ方を変える
4. 分析方法を追加する

男同學和女同學在談話，請問男同學在繳報告之前要先做什麼事呢？

女：禮拜五前要交的報告已經繳給老師了嗎？
男：大致上寫是已經寫好了，但是這樣可以嗎？學姐你可以幫我看一下嗎？
女：好啊！嗯，寫的很詳細呀！這個分析方法很有意思，下次我也來試試。
男：謝謝。不過，我是不是要再增加調查對象比較好啊？
女：這個嘛！內容方面由老師判斷，我不清楚，但是增加觀察對象與結果的信賴性有關連，也可以增加說服力吧。
女：嗯，也許有做的價值。現在馬上做的話也許不需要花那麼多時間。其他的沒有問題嗎？
女：還有，你都特地做了，結果的表現方式可以再下點功夫，最好把圖表、柱狀圖之類弄得容易閱讀些。
男：好的，謝謝。我馬上修改。
女：那個你加追的調查資料出來後再一起處理就好了啦。
男：說的也是，我知道了。謝謝。

請問男同學在繳報告之前要先做什麼事呢？

1. 報告再寫詳細一些
2. 增加調查對象的數量
3. 改變結果表現的方法
4. 追加分析方法

2番 109 P. 114

会社で女の人と男の人が話しています。女の人はまず何をしなければなりませんか。

M：鈴木君、桜出版からのシステム開発依頼の件、君が担当だったよね。提案をいくつか考えて、今週提出するって言ってたけど、その後、どうなった。

F：ええ、さっき、あちらの担当の方と打ち合わせしてまいりました。

M：そう、どうでしたか。うまく進みそう？

F：いえ、それがなかなか難しくて…。まず、こちらが提示したデザインの方向性と、あちらの希望に違いがあることが一番の問題でしょうか。それと、あちらが納品を希望している日とこちらのスケジュールも今のところ合っていません。

M：方向性と日程ですか。それは大きな問題ですね。日程については明日以降会議を開いた上で調整してみましょう。デザインの方向性については部長とも相談する必要がありますから、とりあえずすぐに今日の話し合いの報告書を作ってください。細かい話はその後にしましょう。

F：はい、わかりました。あ、でも、市場調査の時間短縮提案については、あちらの担当の方も反応は良かったと思います。

M：そう、それはよかった。

女の人はまず何をしなければなりませんか。

1. 桜出版の人と会議をする
2. 市場調査をする
3. 上司とデザインの方向性について話し合う
4. 打ち合わせの報告書を作成する

女人與男人在公司交談。女人首先得做什麼？

男：鈴木小姐，櫻花出版社委託的系統開發案子，是由你負責的對吧？之前提到請你想幾個提案，在這個禮拜提出來，這事後來怎麼樣了？

女：是的，剛才我才跟對方的案子負責人開會討論回來。

男：這樣啊，結果如何？可以順利進行嗎？

女：不，有點困難……。首先最大的問題是我們提示的設計方向性與對方的希望不同，還有對方要求的完成時間與我們安排的日程對不上。

男：方向性跟日程啊？這可是嚴重問題。日程問題我們明天之後開會進行調整，設計方向性上需要跟經理討論，所以你隨即先將今天討論的內容整理成報告書。細部內容之後再處理。

女：好的，我知道了。啊！對了，對方對我們的縮短市場調查時間的提案反應不錯。

男：這樣啊，這太好了！

女人首先得做什麼？

1. 與櫻花出版社的人開會
2. 做市場調查
3. 與上司討論設計的方向性
4. 製作會議討論的報告書

3番 110 P. 115

女の人が資料について話しています。女の人はどのように資料をまとめるべきだと言っていますか。

F：資料は一方ではできるだけたくさん集めながら、他方では不用な物を思い切って捨てることが必要です。これは、一見矛盾したような行為ですが、そうしなければ、資料の山に埋もれてしまうことになります。このうち「捨てる」ほうが難しいことはすでに多くの人が経験済みでしょう。そこで資料を最初から減らす工夫です。古くなった物を捨てていくことも必要でしょうが、何よりも重要なのは収集段階で厳しく選択しておくことなのです。

女の人はどのように資料をまとめるべきだと言っていますか。

1. できるだけたくさん資料を集める
2. 不用な資料を捨てる
3. 特に必要な資料だけを集める
4. 古くなった資料を早く捨てる

女人正在談論資料。女人說要如何蒐集整理資料？

女：一方面盡可能大量蒐集資料，同時另一方面需要斷然地捨棄不需要的資料。 這種乍看之下彷彿是矛盾的行為，但如果不這樣做的話，就會淹沒在堆積如山的資料中。在這當中，許多人已經體會到「捨棄」是比較困難的。因此，我們一開始就必須努力地減少資料。當然舊了的資料要丟，更重要的是在蒐集資料階段就嚴加篩選。

女人說要如何蒐集整理資料？

1. 盡可能大量的收集資料
2. 捨棄不需要的資料
3. 僅蒐集特別需要的資料
4. 捨棄變陳舊的資料

4番 111 P. 115

市役所で係りの人と男の人が話しています。男の人はどのように納税証明書を申請しますか。

F：はい、桜区税務署です。

M：あのう、外国人なんですが、納税証明書を取りたい場合、どうすればいいですか。

F：はい。納税証明書でしたら、税務署に来て申請していただければ、その日にお渡しできます。その際は、ご本人であることが確認できるものをお持ちになってお越しください。

M：あの、実は今、海外に住んでいて、ちょっと取りには行けないんですが。

F：そうですか、それならオンラインでの申請も受け付けております。委任状があれば、代理人による証明書受取が可能です。その場合、ご本人との関係を確認するための書類や委任状が必要となります。

M：そうですか。代理人ですか…、ちょっと大変ですね。あの、納税証明書を郵送で受け取ることはできないんでしょうか。

F：それでは e-Tax ソフトをご利用なさってみてはいかがでしょうか。詳しい手続きは e-Tax のホームページをご覧いただければと思います。

M：そうですか。わかりました。じゃあ、そうしてみます。

男の人はどのように証明書を申請しますか。

1. 自分で税務署に行って申し込む
2. 郵便で申し込む
3. 代理の人に申し込みをたのむ
4. インターネットで申し込む

工作人員與男人在市公所交談。男人要如何申請納稅證明書？

女：您好，這裡是櫻花稅務署。

男：您好，我是外國人，我要申請納稅證明書，請問要怎麼做？

女：如果是納稅證明書的話，請來稅務署申請，當天就可以給您。來的時候請攜帶可以證明是本人的資料過來。

男：是這樣的，目前我本人住在海外，沒有辦法前往辦理。

女：這樣子啊，如果那樣的話，我們接受網路申請，只要有委任書，代理人也可以代為申領取證明書。這種情況的話，需要可以證明與本人關係的證明文件及委任書。

男：這樣子啊，代理人啊？！這有點麻煩。請問納稅證明書可以利用郵件領取嗎？

女：這樣的話，請利用 e-Tax 軟體申請如何？詳細的手續請參照 e-Tax 網站。

男：這樣子啊，我知道了。我試試看。

男人要如何申請納稅證明書？

1. 自己前往稅務署申請
2. 以郵件申請
3. 委託代理人代為申請
4. 利用網路申請

5番 112 P. 116

博物館で男の人と女の人が話しています。女の人はこの後、まず何をしなければなりませんか。

M：鈴木君、来月行われる、子どもの体験学習プログラムの研修、受けるよね。さっき研修の担当者が来たんだけど、鈴木君、席外してたから、資料を預かっておいたよ。

F：あ、すみません。ありがとうございます。

M：それで、この資料さ、去年のプログラムに参加した子どもたちのアンケート調査の結果なんだって。今週までにこのデータ結果を見て、参加者の意見をまとめておくようにって言ってたよ。今仕事も大変だと思うけど、なんとか時間作ってさ、がんばってよ。

F：はい、わかりました。

M：あと、課題図書も出ていたよね。あれはもう読んだの？

F：はい。あの本を読んでみたところ、体験学習について、疑問点や知りたい点がいろいろ出てきました。

M：そうか。じゃあ、研修ではたくさん質問したりして、しっかり議論してくるといいよ。

F：はい、そうします。

M：この研修では体験項目の企画書を書くところまでするだろう。うまくいけば実際のプログラムで採用されることもあるらしいから、いい企画書書けるよう、頑張って。君にとって、きっといい経験になるから。

F：はい、わかりました。ありがとうございます。

女の人はこの後、まず何をしなければなりませんか。

1. アンケート結果を分析する
2. 指定された本を読む
3. 体験学習についての疑問点を質問する
4. 体験学習プログラムの企画書を書く

男人與女人在博物館交談。女人之後首先得做什麼？

男：鈴木小姐，下個月舉行的兒童體驗學習計劃的研修你會參加對吧？剛才負責人過來時，你不在位子上，我先幫你把資料收下來了。

女：啊，不好意思，謝謝。

男：然後他說這份資料是去年參加計劃的小朋友的問卷調查結果，他請你在本週之前看完資料結果，然後將參加者的意見整理出來。我知道你現在的工作很麻煩，但是還是請你找出時間來做。加油！

女：好的，我知道了。

男：還有，有列主題書單對吧？那個你已經讀過了嗎？

女：讀了。我試讀了那本書，針對體驗學習列出了問題點以及想了解的地方。

男：這樣啊，那麼在研修時多多提出疑問，確實進行討論喔。

女：好的。

男：這個研修會進行到寫企劃書的階段對吧？順利的話就會在實際的計劃中被採用，所以你要加油寫出好企劃書喔。對你來說，一定會是個好經驗的。

女：好的，我知道了。謝謝。

女人之後首先得做什麼？

1. 分析問卷結果
2. 閱讀指定書籍
3. 針對體驗學習提出疑問點
4. 撰寫體驗學習計劃的企劃書

問題2 重點理解

1番 114 P. 117

男の人と女の人が、仕事について話しています。男の人は、今の仕事の何が嫌だと言っていますか。

F：転職したいらしいって聞いたんだけど、本当？

M：うん…まあ、そろそろかなって。

F：そうかぁ、まあ朝早くて辛そうだったし、そんな生活を2年以上も続けていたらね。

M：早起きに関しては、もう慣れちゃったからいいんだけどね。その分少しでも早く終わらせてくれればいいのになぁって、ずっと思ってて。

F：そういうことか。結局みんなと一緒に残業までしていたら、毎日12時間以上会社にいる、ってことだもんね。

M：何ていうか、残業手当をもらえばいいって話じゃないんだよな。

F：うんうん、いくら好きな仕事とはいえ、友達と会って気分転換もできない毎日は、ちょっとね。

M：同僚もいいやつばかりなんだけど、やっぱり仕事以外の人ともたまには会って、飲みながら話したりしたいしなあ。

男の人は、今の仕事の何が嫌だと言っていますか。

1. 一日の勤務時間が長すぎるから
2. 朝早く起きなければいけないから
3. 残業をしても残業手当がつかないから
4. 同僚とうまく付き合えないから

男人和女人正在談到有關工作的事情。男人說不喜歡現在的工作的哪一點？

女：聽說你想換工作，真的嗎？

男：嗯……差不多了。

女：是嗎？早上早起很辛苦吧。那樣的生活也持續了2年了。

男：早起我已經習慣了，是沒關係。但是我總是想，如果能因為這樣就讓我早點結束工作的話就好了。

女：是這樣子啊，結果還要和大家一起加班的話，每天在公司就待12小時以上了。

男：怎麼說呢 ？也不是有領加班費就好了。

女：嗯嗯，雖說是喜歡的工作，但是每天無法和朋友見面轉換一下心情，是有點……。

男：雖然同事都不錯，但是有時候也想和工作之外的人喝一杯邊聊天。

男人說不喜歡現在的工作的哪一點？

1. 一天的工作時間太長了
2. 早上必須要早起
3. 加班也沒有加班費
4. 和同事處的不好

2番 115 P. 117

文化センターで、男の人と女の人が話しています。男の人はどんな講座を申し込みますか。

F：この文化センターはいろんな講座があって選択の幅が広いわ。今は運動がしたくてダンスを学んでいるんだけど、先月の生け花の講座も面白かったわ。

M：へぇ、そうなんだ。僕も何か学びたいな。

F：何か最近、興味があることってないの？

M：僕、字が下手だし、字が上手になる講座とかあればいいなあって思ってたんだけど。

F：でもさ、今って、なんでも携帯とかパソコンで書くでしょう。たいして役に立たないかもしれないよ。

M：まあ、そうだね。リカさんはどう？何かよさそうなのあった？来年留学するって言ってたから、語学の講座なんて、どう？

F：いや、それより私は、おしゃれについて学べるのがいいかなあって。ファッションの色使いとか、服、靴、かばんの上手な組み合わせとか。そういうのを学んで、ファッション感覚を磨くの。

M：ファッションか、僕は興味ないな。あっ、たしか写真講座もあったよね。僕は最近写真撮影と旅行に興味があるんだ。

F：ああ、これ？この前ちょっと講座内容について聞いてみたんだけど、この講座は、毎回郊外に出かけるらしいよ。みんなで歩き回りながら写真を撮るんだって。

M：へえ、いいな。じゃ、それにしよう。

男の人はどんな講座を申し込みますか。

1. 書道の講座
2. 写真撮影の講座
3. ファッションの講座
4. 語学の講座

男人與女人在文化中心交談。男人要申請什麼課程？

女：這間文化中心有各式課程選擇性好多喔！我目前想運動，選了舞蹈，上個月選的插花也很有意思。

男：喔，這樣啊。我也來學個什麼吧！

女：你最近有什麼感興趣的？

男：我字寫得不好，我想要是有讓字寫得漂亮的課程的話（我感興趣）。

女：但是，現在什麼都是利用手機啦、電腦啦，可能派不上什麼用場。

男：啊，也是。莉香你呢？有什麼覺得不錯的？明年你要留學，是否想學個什麼語文課程？

女：沒有。比起那個，我想學時尚課程——學習時尚的色彩運用啦、衣服鞋子包包的有型搭配啦等等，培養出時尚感。

男：時尚啊？這個我是沒興趣。啊，我記得好像有攝影課？我最近對攝影、旅行很感興趣。

女：喔？這個？我之前聽了課程內容說明，這個課程好像每次都會去郊外大家一起四處走走拍照。

男：喔，不錯喔！那我選這個！

男人要申請什麼課程？

1. 書法的課程
2. 攝影的課程
3. 時尚的課程
4. 語學的課程

3番 116 P. 118

アナウンサーが大学生の就職に関する調査ついて話しています。今年の大学生は、企業の何を重視して、就職する会社を選んでいる人が増えたと言っていますか。

F：皆さんは今、大学生が就職活動をするときに何を基準に会社を選んでいるかご存知ですか。今年の夏におこなわれた調査によりますと、昨年同様、技術力、将来性、社会への貢献度などの点が重視されているという結果が得られたそうです。また、新しい傾向としましては、人の役に立つイメージがあるとして、福祉関連といった、社会への貢献を意識した企業を希望する学生が急速に増えてきたことです。このため、技術力と能力主義で昨年まで人気第一位だった家電メーカーが、福祉関連の企業数社に抜かれる、という結果となりました。

今年の大学生は、企業の何を重視して、就職する会社を選んでいる人が増えたと言っていますか。

1. 技術力
2. 能力主義
3. 社会貢献度
4. 将来性

播報員正在談論關於大學生的求職調查。今年大學生選公司時重視企業關注的哪一點的人增多了？

女：大家知道現在大學生求職時是以何者為基準選公司嗎？根據今年夏天的調查得到的結果是與去年相同，重視技術能力、發展性、對社會的貢獻程度等等的方面。另外，今年的新趨勢則是，因為加惠他人的形象，所以想要進入關注社會貢獻的社會福利相關企業的學生急速增加。因此，截至去年為止因技術力、能力主義而居第一名的家電公司，被數間與社會福利相關的企業超越了。

今年大學生選公司時重視企業關注的哪一點的人增多了？

1. 技術能力
2. 能力主義
3. 社會貢獻程度
4. 發展性

4番 117 P. 118

天気予報で女の人が、明日の天気について話しています。どうして明日は寒くなる、と言っていますか。

F：それでは明日のお天気です。明日は久しぶりに太陽が顔を出す、いいお天気に恵まれるでしょう。しかし気温は思ったよりも上がらないようです。通常この季節、海からくる北風の影響で山間部以外は比較的寒さが和らぎます。これは陸地より海面温度のほうが1～2度高いおかげで、温かく湿った空気が内陸に入ってくるからです。しかし今年はこの現象、少し違うようです。例年より早く、シベリア沿岸からくる流氷がこの付近にまで到着することから、海の温暖な空気がこちらへ流れてこなくなる、というわけなのです。明日はぜひ、防寒対策を十分なさってお出かけください。

どうして明日は寒くなる、と言っていますか。

1. 太陽が出ないから
2. 海から北風が吹くから
3. 流氷が沿岸に近づくから
4. 防寒対策が不十分だから

女人在氣象報告裡播報明天的天氣。為什麼明天會變冷呢？

女：接下來是明天的天氣。明天久違的太陽會露臉，是個晴朗的好天氣。但是氣溫並沒有如預期的上升。平時這個季節受到從海面吹來的北風的影響，除了山區之外寒冷度相對比較緩和，這是因為海面上的溫度要比陸地的溫度高上１～２度，暖和且潮濕的空氣吹到內陸的緣故。但是今年氣象有異，從西伯利亞沿岸漂來的流冰比往年還要提早漂到附近，導致海面上的溫暖空氣無法吹到這邊。明日請大家外出時一定要做好防寒的準備。

為什麼明天會變冷呢？

1. 因為太陽不出來
2. 因為從海上吹來了北風
3. 因為流冰靠近沿岸了
4. 因為防寒對策不確實

5番 118 P. 119

電話で、男の人と女の人が話しています。女の人は、どうして会員カードを取り消したいと言っていますか。

F：もしもし、あの私、そちらの会員カードを持っているんですが、カードをキャンセルしたいんです。それで、期限途中でキャンセルする場合、年会費を返してもらえる、と聞いたのですが…。

M：あ、はい。半年以上期限が残っている方は、年会費のすべてを返金させていただいております。

F：そうですか。そちらのカード、あまり使う機会がないので、ちょっと退会を考えておりますもので…。

M：そうですか。でもこちらのカード、ご本人様以外に、ご家族の方でもご利用いただくことができるようになっておりますが。

F：あ、私、一人暮らしなんです。

M：そうでございましたか、失礼いたしました。それでは返金に際しましては、再度こちらの店舗のほうへお越しいただき、カードの取り消しと退会手続きの書類にご記入いただく必要がありまして…。

F：あ、電話だけじゃだめなんですか？

M：はい、お手数でまことに申し訳ございませんが…。

F：そうですか、わかりました。

女の人は、どうして会員カードを取り消したいと言っていますか。

1. 年会費をもう一度払いたくないから
2. 会員カードの期限が過ぎたから
3. その店をあまり利用しないから
4. 家族も同じ会員カードを持っているから

男人和女人正在講電話。請問女人為什麼想取消會員卡呢？

女：喂，我有你們那裡的會員卡，我想要退卡。聽說在期限內的話，可以退會費……。

男：啊，是的，如果還有半年以上的期限的話就會退還全部的會費。

女：這樣子啊，因為你們的卡不太有機會用到，所以我在想退出。

男：這樣子啊，但是我們的卡除了本人之外家人也可以使用。

女：啊，我是一個人住。

男：是這樣子嗎？失禮了。要退費時必須請你要再來本店填寫取消會員卡及退會的手續資料。

女：啊，用電話不可以嗎？

男：是的，不好意思要麻煩你。

女：這樣啊，我知道了。

請問女人為什麼想取消會員卡呢？

1. 因為不想再付一次年費
2. 因為會員卡已經到期了
3. 因為不太使用這家店
4. 因為家人也有同樣的會員卡

6番 119 P.119

会社で、男の人と女の人が話しています。男の人がA社との顧問契約を打ち切ろうとしているいちばんの理由は、何ですか。

M：うーん、実はね、コンサルタントとして顧問をお願いしていたA社、契約を来月で打ち切ろうと思っているんだよ。

F：あ、そうなんですか？けっこう長い間お世話になっていたところですよね。

M：うん、10年以上になるかな？

F：顧問料の問題ですか？

M：うーん、まあ他とそんなに差はないと思うんだ、はっきりとは分からないけど。何ていうか、長い付き合いの割には特にメリットが感じられないんだよね。今まで何も考えずに契約更新していたけど、今回の契約期限を機にこの際見直そう、ということ。それで、忙しいところ悪いんだけどさ、他のコンサルタント会社のこと、ちょっと調べておいてくれない？

F：はい、わかりました。

男の人がA社との顧問契約を打ち切ろうとしているいちばんの理由は、何ですか。

1. 契約期間が長すぎるから
2. 契約期限が来月以降更新できないと言われたから
3. 契約料が他の会社より高いから
4. 契約再更新する理由が特にないから

男人和女人正在公司談話。請問男人想和A公司終止顧問合約的最大理由是什麼呢？

男：嗯～，事實上我想下個月終止我委託諮詢顧問的A公司的合約。

女：啊，這樣子啊？是你和他們合作很長的一段時間的地方吧？

男：嗯，有10年以上了吧？

女：是顧問費的問題嗎？

男：嗯，雖然我不是很確定，但我想和其他地方差異不大。但是怎麼說呢，我們往來很長一段時間，但是相對的卻沒有讓我感覺到有特別的價值。到目前為止我都沒有多想，期限一到就再續約，但是這次合約到期我想藉此機會重新考量。你在百忙之中不好意思，可以麻煩你幫我查一下其他的顧問公司的情況好嗎？

女：好的，知道了。

請問男人想和A公司終止顧問合約的最大理由是什麼呢？

1. 因為合約期間太長了
2. 因為被告知下個月開始無法續約
3. 因為合約費用比其他公司高
4. 因為沒有再續約的理由

問題3 概要理解

1番 121 P. 120

講演会で、女の人が話しています。

F：最近、若い人を中心に食事の栄養バランスが悪い人が増えています。現代の日本では、昔のような栄養不足はなくなりましたが、別の問題が出ています。つまり、栄養のかたよりです。野菜不足だとはよく言われますが、実は魚でその栄養を補うこともできるのです。ところが、最近は野菜も魚も食べない人もいて、特に女性は痩せている人が増えています。最近の赤ちゃんの体重が低下傾向にある事実と関係していることから、とても心配しています。

女の人は何について話していますか。

1. 野菜を食べることの大切さ
2. 魚を食べることの大切さ
3. ダイエットの問題が増えていること
4. 栄養がかたよった人が増えていること

女人正在演講會上講話。

女：近來以年輕人為主的飲食營養失衡的人數正在增加。現代日本像過去那般營養不足的情況雖然消失了，但出現其他的問題，也就是營養攝取的偏頗。常有人說是蔬菜攝取不足，不過其實魚類也可以補充其營養。然而最近有些人連蔬菜和魚都不吃，尤其是偏瘦的女性增多。這和最近嬰兒體重有偏低傾向的事實有關，所以特別令人擔心。

女人正在說什麼？

1. 吃蔬菜的重要性
2. 吃魚的重要性
3. 減肥問題正在增加
4. 偏食的人正在增加

2番 122 P. 120

テレビで女の人が話しています。

F：近年、「自由」という言葉や考えが広まって、「会社に縛られたくない」「自由に生きたい」という人が増えています。一人の人間として、それは自然な思いです。確かに、もっと効率的に仕事をして自由な時間を作ることは重要です。ただ、最近は「自由に遊んで暮らす」「楽をして儲ける」と言って努力を否定するような人も目立ってきています。社会や人間関係の中で生きるのが私たち人間なのですから、それはとても自分勝手な考えだと思うんです。その中でいかに自分らしく生きていくか、それが大切なことなんじゃないでしょうか。

女の人が伝えたいことはなんですか。

1. これからは自分勝手に自由に生きていく時代だ
2. 努力を否定して自由ばかり求めるのは自分勝手だ
3. 自分の自由よりも努力して社会に貢献するべきだ
4. 会社に縛られるより遊んで暮らすべきだ

電視上女人正在講話。

女：近年來「自由」這個字及想法被放大，「不想被公司所束縛」、「想自由地生活」的人增加了。作為一個人，我認為那是很自然的想法。確實，更有效率地工作、創造自由的時間是重要的。不過，最近滿嘴說著「自由地玩樂過活」、「輕鬆地賺大錢」而否定努力的人也很引人注目。我們人類是生活在社會及人際社交關係中的，因此我認為那是非常自我中心的想法，在此當中如何活出自我這才是重要的不是嗎？

女人想表達的是什麼？

1. 接下來是任性地自由生活的時代
2. 否定努力，光只是追求自由是過於自我中心的。
3. 比起一己的自由，更應努力貢獻社會
4. 與其被公司束縛，更應玩樂過活

3番 123 P. 120

心理学の授業で先生が話しています。

F：わたしが中学3年生だったある日のことです。親に言われて部屋の片付けをしていたら、本棚からアルバムが落ちて、中の写真が飛び出してしまったんです。その時、飛び出したのが祖母の写真でした。間もなく、電話が鳴りました。入院中の祖母が亡くなったという病院からの連絡でした。皆さんもありませんか。誰かの事を考えていたら、その人から連絡が来たとか。普通は偶然の一致って言いますよね。でも、心理学では、これを扱う分野があるんです。今日はそうしたテーマについて考えていこうと思います。

今日の授業のテーマはなんですか。

1. 写真と記憶の整理

2. 祖父母と孫の心のつながり
3. 親しい人が亡くなった時の心の状態
4. 偶然の一致

心理學課堂上老師正在講話。

女：這是發生在我中學三年級的某一天的事。父母親要我收拾房間，那時從書架上掉落一本相本，裡面的照片飛了出來，那時飛出來的是祖母的照片。不久電話鈴聲響起，醫院傳來住院中的祖母過世的消息。各位也有嗎？想著某人的時候，那個人就來了聯絡之類。一般我們會說是偶然的巧合對吧？不過在心理學上，有專門研究這個的領域。今天就以這個為主題來進行討論。

今天的授課主題為何？

1. 照片及記憶的整理
2. 祖父母及孫子之間的心理聯結
3. 親人過世時的心理狀態
4. 偶然的巧合

4番 124 P. 120

ラジオでアナウンサーが家計調査の結果について話しています。

F：先日発表された政府による家計調査では、これまでに引き続き支出額が減少傾向にあることがわかりました。これは感染症の流行で屋外での消費活動が制限されているのが最大の原因です。ただ、今回の結果では、旅行などの娯楽費や外食などの食費は大きく減った反面、自宅での娯楽や学習、食事に関する物の購入が増えているのが特徴です。教材や文房具、電子機器、あるいは調理器具や食材にお金をかける傾向が出ており、支出全体としては大きな減少には至っていないようです。

今回の家計調査の結果で、これまでと比べて特徴的なことは何ですか。

1. 屋外での支出は減ったが家庭での支出は増えた
2. 屋外での支出は増えたが家庭での支出は減った
3. 支出全体が大きく減った
4. 支出全体が大きく増えた

廣播裡主持人正在談論關於家庭收支調查的結果。

女：前幾天由政府所發表的家庭收支調查得知，支出金額仍有持續減少的傾向，最主要的原因是由於感染症流行限制了戶外的消費活動。不過這次的調查結果中有一特徵，旅行等的娛樂費、外食等飲食費大幅減少，在家的娛樂、學習，飲食相關物品的購入反而增加。花費傾向於買教材、文具、電子機器，或調理器具及食材，支出整體來說似乎不至於有太大幅的減少。

這次家庭收支調查的結果，相較之前有什麼特徵？

1. 戶外支出減少但家庭內的支出增加
2. 戶外支出增加但家庭內的支出減少
3. 支出整體都大幅減少
4. 支出整體都大幅增加

5番 125 P. 120

市長選挙の候補者演説で、男の人が話しています。

M：ゴミ処理場の建設は、今回の市長選挙の重要なテーマです。なぜなら、その建設や運営には多額の費用がかかるからです。少子高齢化が進む中、その費用を負担し続けることは難しいのです。そこで、私は周辺の三つの町と共同で新たなゴミ処理施設を建設し活用したいと考えています。共同運営にすれば経費は分担でき、国や県からの補助金も活用できます。施設を一か所にすることで環境への影響も減らせます。ただ、今まで以上の量のゴミを処理する施設です。住民の皆様との話し合いは丁寧に進めるつもりです。

この候補者はゴミ処理場の建設について、どう言っていますか。

1. 費用がかかりすぎるので止めるべきだ
2. 住民の反対があれば止めるべきだ
3. 他の町の処理場を使えばいい
4. 他の町と共同で作るべきだ

市長選舉候選人演講上，男人正在講話。

男：垃圾處理場的建設是此次市長選舉重要的課題。何以這樣說呢，因垃圾處理廠的建置及營運需要花費大筆費用。在少子高齡化持續進展的狀況下，持續地負擔那筆費用是困難的。因此，我考慮與周邊三個城鎮合作，共同建置新的垃圾處理設施並運用之。共同營運的話可以分擔經費，也可以使用國家或縣政府的補助金。設施設置在一處也可以減少對環境的影響。只不過，設施要能處理比現在還要大量的垃圾，這我會慎重地和居民們進行討論。

這位候選人對於垃圾處理場的建設說了什麼？

1. 因為花費太多應該終止
2. 若居民反對則應終止
3. 使用其他城鎮的處理場即可
4. 應和其他城鎮共同建設

問題4 即時應答

1番 127 P. 121

F：今週末、台風上陸の恐れですって。

M：1. え？台風いつ来たんですか。
2. え？もう来なくなるんですか。
3. え？来る可能性が高いってことですか？

女：聽說這個週末颱風恐怕會登陸。

男：1. 欸？颱風什麼時候來的？
2. 欸？不來了嗎？
3. 欸？來的可能性高的意思嗎？

2番 128 P. 121

M：先月(せんげつ)で大学(だいがく)辞(や)めたこと、親(おや)に言(い)いづらいんだよね…。

F：1. うん、辞(や)めなくて、ほんとよかったよ。
2. うん、親(おや)もきっと、言(い)いづらいって。
3. うん、でもそろそろ言(い)わないと。

男：上個月從大學休學的事，難以向父母親啟齒。

女：1. 嗯，沒有休學真是太好了。
2. 嗯，父母也肯定難以啟齒。
3. 嗯，不過差不多也該說了。

3番 129 P. 121

M：あのう、鈴木(すずき)さん、新人(しんじん)の教育係(きょういくがかり)、やってくれたら助(たす)かるんだけど。

F：1. あ、はい。私(わたし)でよければ。
2. 悪(わる)いけど、私(わたし)はもう新人(しんじん)ではありません。
3. どうしていつも助(たす)けてもらえないんでしょうか。

男：那個……鈴木，如果你能幫忙擔任新人的教育負責人，就幫大忙了。

女：1. 啊！是。如果我來做可以的話。
2. 抱歉，我已經不是新人。
3. 為什麼你總是不肯幫我呢？

4番 130 P. 121

F：今日(きょう)は用事(ようじ)があるから、授業(じゅぎょう)は休(やす)むって連絡(れんらく)しておいたはずなんだけど。

M：1. ああ、もう授業(じゅぎょう)に行(い)ったんだ。
2. 連絡(れんらく)できなかったんなら、しょうがないね。
3. え？今日(きょう)は来(こ)ないの？聞(き)いてないなぁ。

女：今天我因為有事，應該有事先聯絡上課要請假了。

男：1. 啊……你已經去上課了啊！
2. 沒辦法聯絡的話也沒辦法啊！
3. 欸？今天不來嗎？沒聽你說啊！

5番 131 P. 121

M：急(きゅう)なんだけど、今日(きょう)の午後(ごご)、鈴木(すずき)さんの代(か)わりにお客(きゃく)さんの会社(かいしゃ)へ行(い)ってくれる？

F：1. 鈴木(すずき)さんと一緒(いっしょ)に行(い)くんですか。
2. 鈴木(すずき)さんは、午後(ごご)から行(い)くんですね。
3. 鈴木(すずき)さん、行(い)けなくなったんですか。

男：雖然有點臨時，不過今天下午可以麻煩你代替鈴木去客人的公司嗎？

女：1. 和鈴木一起去嗎？
2. 鈴木是中午過後會去吧？
3. 鈴木沒辦法去了嗎？

6番 132 P. 121

F：中村（なかむら）さん。悪（わる）いけど、今月（こんげつ）の売上報告書（うりあげほうこくしょ）、急（いそ）いでくれないと。

M：1. 申（もう）し訳（わけ）ございません、内容（ないよう）、そんなに悪（わる）かったですか？
2. すみません。すぐ取（と）り掛（か）かります。
3. まだそんなに急（いそ）がなくてもいいんですか。

女：中村，不好意思，這個月的銷售報告書，不快點做的話……

男：1. 非常抱歉，內容那麼地差嗎？
2. 不好意思。現在馬上處理。
3. 還不用那麼急是嗎？

7番 133 P. 121

F：息子（むすこ）がね、人間関係（にんげんかんけい）がつらくて仕事（しごと）を辞（や）めたいんだって。

M：1. 息子（むすこ）さん、できれば仕事（しごと）を続（つづ）けるべきだったよね。
2. ああ、その気持（きも）ち、わからないこともないなぁ。
3. それは職場（しょくば）の雰囲気（ふんいき）がいい証拠（しょうこ）だね。

女：我兒子啊，說人際關係太痛苦想把工作辭了。

男：1. 你兒子應該盡可能繼續工作吧！
2. 啊……那種心情也不是不能理解。
3. 那就是職場氛圍佳的證據吧？

8番 134 P. 121

M：映画館（えいがかん）、昨日（きのう）のうちに予約（よやく）しとくべきだったなあ。

F：1. 昨日（きのう）行（い）ったの？
2. もう予約（よやく）したの？
3. もう予約（よやく）できないの？

男：電影院，應該在昨天預訂票的啊！

女：1. 昨天去了嗎？
2. 已經訂了嗎？
3. 已經不能訂了嗎？

9番 135 P. 121

M：事務所（じむしょ）のエアコンだけど、もう古（ふる）すぎて直（なお）しようがないですね。

F：1. えっ、もう直（なお）しちゃうんですか。
2. ついに修理（しゅうり）することにしたんですね。

3. うん、買い換えるしかありませんよね。

男：辦公室的空調，已經舊得無法再修理了吧！

女：1. 欸？已經修好了嗎？
2. 終於決定要修理了吧！
3. 嗯，只能換台新的了對吧。

10番 136 P. 121

F：先輩、バドミントンの上達に欠かせないものって、何でしょうか。

M：1. うん、上達したというほどでもないよ。
2. うん、練習が足りないからじゃない？
3. うん、たくさん練習することかな。

女：前輩，請問讓羽球技能提升不可或缺的東西，是什麼呢？

男：1. 嗯，也沒有到很厲害的程度喔！
2. 嗯，不是因為練習不夠嗎？
3. 嗯，大概是多練習吧。

11番 137 P. 121

F：コンサート、ご都合がよければ、ぜひお越しください。

M：1. ありがとうございます。いつ来られますか。
2. へぇ、日程を詳しくお聞かせくださいますか。
3. ああ、とてもいいコンサートでしたよ。

女：演唱會，如果您時間允許的話，請務必來欣賞。

男：1. 謝謝。什麼時候能來呢？
2. 欸……可以告訴我詳細的日期時間嗎？
3. 啊……真是非常棒的一場演唱會呢！

問題５ 統合理解

1番 139 P. 122

旅行代理店で、お客さんが店の人と話しています。

M：あの、今年もスキー合宿の宿泊場所、手配をお願いしたいんですが。25日から27日、今年は20名なんです。

F：かしこまりました。昨年の月山ホテルはいかがでしたか？

M：はい、温泉もあって、とてもよかったですが、今年はもっとスキー場に近いところがいいなって思っているんです。

F：では岸川旅館でしたら、スキー場まで徒歩5分です。1名様6,000円で、温泉もございます。今でしたら宿泊期間と人数、問題なくご予約できます。

M：でもたしかあそこは、和室の畳部屋だけなんですよね。若い連中がさ、ベットで寝るほうがいいっていうんだよね。

F：そうですか。では、こちらの緑ホテルはいかがでしょうか。徒歩 10 分圏内で、1 名様 1 泊温泉付き 8,000 円となっております。

M：そこ、2、3 年前に泊まったなぁ。たしかスキー用具を安くレンタルできるんだよね。

F：あっ、そうです。あともう 1 つは、こちらの白馬インでございます。温泉はありませんが、スキー場まで徒歩 5 分、料金はお一人様 6,500 円です。25 日から 3 泊で 20 名様ご予約可能です。

M：うーん、温泉があれば文句なしなんだが…。そうだなぁ、でもまあベットもあるし、不便さもなさそうだしな。やっぱり少しでも安い方がいいから、今年はそこでお願いしようかな。

F：かしこまりました。ではこちらでご予約承ります。

男の人は、どの宿泊先を予約することにしましたか。

1. 月山ホテル
2. 岸川旅館
3. 緑ホテル
4. 白馬イン

旅行社裡，客人正在和店員講話。

男：那個，今年也想拜託你們幫忙安排滑雪集訓的過夜場所，25 號到 27 號，今年是 20 位。

女：我知道了。去年的月山飯店您覺得怎麼樣？

男：是，也有溫泉非常棒，不過今年想住在離雪場近一點的地方。

女：那麼岸川旅館的話，到滑雪場徒步只要 5 分鐘。一個人是 6,000 元，也有溫泉。現在預約的話，住宿日期及人數都沒有問題。

男：不過那邊好像只有和式的榻榻米房間對吧。那些年輕人們說要睡床啊！

女：這樣啊。那麼這間綠飯店如何呢？一樣在徒步十分鐘的範圍內，一個人一晚有溫泉是 8,000 元。

男：那邊兩三年前有住過。印象中滑雪用具也可以便宜的租賃對吧！

女：啊，是的。還有一間，是這間白馬 inn。雖然沒有溫泉，不過離雪場徒步五分鐘，費用是一個人 6,500 元。20 位 25 日開始連住三晚可以預約。

男：雖然有溫泉的話就沒什麼可抱怨了……。嗯～，不過有床，也沒有不方便的地方，還是稍微便宜一點的比較好，所以那今年就這樣麻煩你訂那邊了。

女：我了解了。那麼這邊就幫您預約。

男人決定要訂哪一家旅館呢？

1. 月山飯店
2. 岸川旅館
3. 綠飯店
4. 白馬 inn

2番 140 P. 122

会社で、3人がプレゼンテーションの準備をしています。

F：では、プレゼンテーションの内容についてです。最初に、商品開発の手順、次は商品の特徴、最後に購入プラン例を説明する、という流れでいいでしょうか。

M1：あの、課長。この商品は次世代社会を見据えた理念がありますので、やはりそれを重点的にアピールしたほうがいいのではないでしょうか。

F：ああ、確かにそうですよね。開発手順より、どうしてこの商品を作ろうと思ったのかをもっと述べたほうがいいかもしれませんね。

M2：わかりました。では手順の説明ではなく、理念の説明に修正しておきます。

M1：いえ、そういう意味ではなく、理念についてはプレゼンの最初に付け加えればいいのではないか、と。

F：追加する、ということですか。

M1：はい。開発手順を伝えることも、やはり顧客に印象を残す点では必要不可欠だと思うのです。

F：なるほどね。プレゼン時間は全部で30分です。そうすると、どこかを削らなければなりませんね。購入プラン例は、表で示して見せるだけにしましょうか。

M1：しかし、実際の購入につなげてもらうためには、購入プランの説明は必須ですよね。

M2：僕もそう思います。では商品開発手順を、表で簡単に見せるだけにする、というのは？

F：鈴木さん、どう思う？

M1：うーん、表にするのはいいですが、見せるだけだと、たぶんよくわからないかもしれません。やはりここは説明を加えたほうがいいと思います。それより、私の、商品の特徴の部分こそ、簡素化してもいいかもしれません。他の説明の部分と重複しているところもあります、ここでは字を見せながら、さっと読み上げるだけで十分だと思います。

F：なるほど。では一度それで、全体的に修正してみましょう。

プレゼンテーションの内容は、どのように変更することにしましたか。

1. 商品の特徴説明をやめる。
2. 商品開発手順を表で見せるだけにする。
3. 購入プランを表で見せるだけにする。
4. 商品開発手順の前に商品理念の説明を加える。

公司裡三人正在準備發表簡報。

女　：那麼，關於發表簡報的內容。一開始是商品開發程序，接著是商品特徵，最後說明購買方案範例，這樣的流程可以嗎？

男 1：那個……課長，這項商品因為包含聚焦次世代社會的理念，是不是將這個理念作為重點展現會較好呢？

女　：啊……確實是這樣！比起開發程序，針對為何製作這樣商品多加說明，也許是比較好的。

男 2：了解了。那麼我將程序說明，修改為理念說明。

男 1：不，不是那個意思。我是說理念的部分，也許附加在發表開頭就好。

女　：追加的意思嗎？

男 1：是的。我認為說明開發程序，在給顧客留下印象方面還是不可欠缺的。

女　：我了解了。發表時間總共 30 分鐘。這樣的話得削減某個部份才行！採購方案範例是否只用圖表顯示讓大家看就好呢？

男 1：不過為了要與實際購買做連接，購買方案的說明是必須的吧！

男 2：我也是這樣想。那麼將商品開發程序，只以圖表簡單展示，這樣呢？

女　：鈴木，你認為呢？

男 1：嗯……製成圖表是可以，不過如果只是展示的話，也許大家會看不懂。我認為這裡還是加上說明比較好。不如，將我的商品特徵部分簡化，或許也行。因為和其他說明有重複的地方，這邊用文字呈現，一邊快速的讀過應該就很足夠了。

女：我了解了。那麼我再朝那個方向做整體修正看看。

發表的內容，要怎麼變更？

1. 不做商品的特徵說明。
2. 商品開發程序只以圖表展示。
3. 購買方案只以圖表展示。
4. 商品開發程序前加上商品理念的說明。

3番 141 P. 123

女の人が、今後の予定について話しています。

F1：はい、それではここで90分の自由時間を設けます。皆さん、このまま博物館内にとどまって見学を続けてもかまいませんし、外へ出てお土産など、買い物をしたいという方もいらっしゃると思いますが、集合時間だけは必ず守るようにしてください。4時半に、今いますこの場所に集合ですよ。その後バス乗り場へ移動して、4時35分には出発する予定です。トイレは上、この建物の 2 階にありますが、このあとバスで移動しますので、集合前には必ず済ませておいてください。それではみなさん、くれぐれも事故やけがのないようにしてください。それでは、解散！

M：外に出てもいいって言ってたね。博物館、もう飽きちゃったし、出ようよ。

F2：え？私、もうちょっと見て回りたかったのに…。早足で、ササッと一周してきていい？

M：じゃあさ、別行動しようよ。せっかくだし、ゆっくり見てきたら？

F2：うーん、そうしようか。じゃあ、あとでね。集合時間に遅れないように、先にトイレ行ってから外へ行ってね。

M：それは集合時間の前に行くから、今は大丈夫だよ。

質問 1

女の人は、このあと何をすると言っていますか。

1. 博物館内を見学する
2. 博物館の外へ行く
3. 買い物をしに行く
4. トイレへ行く

質問 2

男の人は、このあとどこへ行くと言っていますか。

1. 今いる場所
2. 博物館の外
3. 2 階のトイレ
4. バス乗り場

女人正在談之後的行程。

女 1：好，在這裡有 90 分鐘的自由時間，可以留在博物館內繼續參觀，我想也有人想出去買伴手禮之類的東西。請各位務必要遵守集合時間，4 點半在現在這個地方集合，之後會移動到搭車的地方，預定 4 點 35 分出發。化妝室在這個建築物的 2 樓。之後是要搭車的，所以請在集合之前一定要先去。請各位要多加小心，不要有事故發生或受傷了，那就解散。

男　：說可以出去。博物館已經看膩了，我們出去吧。

女 2：咦？我想再看一下，可以看快一點去繞一圈嗎？

男　：那就，各自行動吧。難得來了，慢慢的看吧！

女 2：嗯～，就這麼辦吧！那待會兒見。先去上廁所之後再出去吧，以免集合時間遲到了。

男　：集合之前再去就可以了，現在不用去。

問題 1　女人說在這之後就做什麼事呢？

1. 參觀博物館。
2. 去博物館外面。
3. 去買東西。
4. 去廁所。

問題 2　男人和女人自由行動之後，要在哪裡會面呢？

1. 現在站的地方。　2. 博物館外面。
3. 二樓的化妝室。　4. 搭車子的地方。

第四回

問題１　課題理解

１番　143　P. 124

会社で、男性と部下の女性が話しています。女性はこのあとすぐ、何をしなければなりませんか。

M：山田さん、新人研修の準備、進んでいる？

F：あ、課長。はい、あの、配布資料の内容はだいたいできたんですが、最終的な参加人数の連絡がまだなくて…。

M：人数？待っていないで、こっちから総務課に聞かなきゃだめだよ。会議室は押さえてあるの？

F：あ、それも、大会議室か中会議室か、人数によって決めかねていたところで。資料も何部コピーしておけばいいか、わからないものですから。

M：えっと、資料はコピーする前に内容の確認も必要だけど、それは誰に頼んであるの？

F：あ、やっぱり一度上の人に見ておいてもらった方がいいですか？

M：もちろんだよ。ああ、じゃ、それは私がやっておくから、君はこっち、急いで総務部へ電話して。

F：はい、わかりました。

女性はこのあとすぐ、何をしなければなりませんか。

1. 配布資料をコピーする
2. 参加人数を確認する
3. 会議室を予約する
4. 資料の内容を確認する

男人和女性的部屬正在公司談話。請問女人在這之後，必須馬上做什麼事呢？

男：山田小姐，新進員工的研習準備工作有在進行嗎？

女：啊，課長。要發的資料的內容大致上都做好了。但是最後參加的人數的通知（還沒）……。

男：人數？不要一直等著，是我們要向總務課詢問的。會議室已確定好了嗎？

女：要用大會議室還是中會議室，這個也是要根據人數才能決定的。資料也不知道要影印幾份。

男：影印之前要先確認內容。這件事拜託誰在做呢？。

女：啊，（資料）是不是要請主管看過一遍是比較好？

男：當然。啊，那這個我來做，你現在趕快打電話給總務課。

女：好的。我知道了。

請問女人在這之後，必須做什麼事？

1. 影印要發的資料
2. 確認參加的人數

3. 預約會議室
4. 確認資料的內容

2番 144 P. 124

会社で男の人と女の人が話しています。女の人はこのあとすぐ、どうしますか。

F：今度のチラシのサンプル、できたんですが、ちょっと見てくれませんか。

M：どれどれ。ああ、思っていた印象と、ずいぶん違うね。

F：え？どの辺ですか？

M：うーん、まず、字体はゴシックに統一したほうがいいんじゃないかな。それに、もっと太く。

F：あ、はい。それならパソコンですぐ修正できます。この黄色の色は、いかがですか。私はもう一段、明るいほうがいいかと思うんですが、これは印刷の問題なので、こちらではどうにもできないと思うんです。必要であれば後で印刷会社に電話しておきます。

M：まあ、私はそんなに気にならないけどね。まあ直す前に、もっとほかの人の意見も、できるだけたくさん聞いておくべきだよ。オフィスにまだ数人、残業で残っていたはずだし。

F：そうですね、じゃあ、まずそうしてみます。

女の人はこのあとすぐ、どうしますか。

1. チラシの字体をパソコンで直す
2. オフィスに行って、同僚にサンプルを見せる
3. 印刷会社にクレームの電話をする
4. 同僚の残業を手伝う

男人和女人正在公司交談。請問女人在這之後，馬上要做什麼事？

女：這次的傳單的樣本已做好了，可以請你看一下嗎？
男：我瞧瞧，和所預想的感覺太不相同。
女：咦？哪裡不一樣呢？
男：嗯，首先，字体應該要統一為 Gothic 字型不是比較好？而且字体應該更粗。
女：啊，好的，用電腦馬上就可以修改。這個黃色的色調如何呢？我認為更亮一點會比較好，這是印刷的問題，在這裡是無法修改的，如果需要的話，待會兒就打電話給印刷廠。
男：我不覺得需要在意。在修改之前再好多問問其他人的意見，最好盡量多問一些人。辦公室應該還有幾個人在加班才對。
女：這樣子啊，那，就這麼辦。

請問女人在這之後，馬上要做什麼事呢？

1. 用電腦修改廣告傳單的字體

2. 拿樣本去辦公室給同事看
3. 打電話去向印刷廠抱怨
4. 幫同事加班

3番 145 P. 125

テレビで県のゴミ処理担当者が話しています。ゴミ処理の問題に関してこれから新たに何をしなければなりませんか。

M：えー、皆さん、毎日捨てているゴミは、どのような処理をされているのか知っていますか。皆さんご存知のように、ゴミ処理の原則は、まずは徹底してゴミを分けること、そして、できるものは可能な限りリサイクル、再利用をすることです。その他にも、ゴミを家庭や事業所からできるだけ出さない、といった工夫も必要です。これまで、この県はゴミ処理の問題に関しては積極的に取り組んで参りました。その成果も徐々にでておりますが、今後の課題としては、さらに少しでもゴミを減らすために、ゴミになるものはみんなで作らない、売らない、そして買わない、といった努力でしょう。

ゴミ処理の問題に関してこれから新たに何をしなければなりませんか。

1. ゴミを分ける
2. ゴミを再利用する
3. ゴミを少なくする
4. ゴミ処理場を積極的に作る

縣內負責垃圾處理人員在電視上談話。關於垃圾處理問題，今後應致力於何種方面？

男：各位，你們知道每天被丟棄的垃圾是怎麼被處理的嗎？如同各位所知，垃圾處理原則就是徹底將垃圾做分類，然後盡可能的回收再利用，其他則是努力盡量不要在家庭和工作場所製造垃圾。截至目前為止，本縣一直積極致力於垃圾的處理，也開始展現了成果，但是為了更進一步減少垃圾，大家必須努力不製造、不販賣、不購買會變成垃圾的東西，這將是我們今後的課題。

關於垃圾處理問題，今後應致力於何種方面？

1 垃圾分類。
2 垃圾再利用。
3 減少垃圾。
4 積極建造垃圾處理場。

4番 146 P. 125

スポーツクラブの受付で係りの人と女の人が話しています。女の人はこのあと、どうしますか。

F：あの、こちらでヨガの教室をやっていると聞いたのですが。

M：あ、はい。このあと6時から

始まりますが、当クラブは初めての方ですか？こちらではまず、会員カード作成が必要になりますので、こちらの「入会申請書」に必要事項をご記入ください。

F：あ、今日は見るだけのつもりで来たんですが。

M：あ、そうでしたか。ヨガクラスのご見学ですね。では教室までご案内します。

F：ありがとうございます。あの、ちなみに、入会の際に必要なものって、何ですか。

M：入会費とご利用料金については、こちらの表のとおりになっておりまして、ヨガクラスですと、他にマットやゴムバンドなどのご購入が必要になります。

F：家にある場合は、それを使ってもいいんですか。

M：はい、すでにお持ちの場合はそちらをお使いいただいてもけっこうです。ふだんはあちらの更衣室で着替えた後、こちらのA教室で授業が行われます。ではどうぞ。

F：わかりました。ありがとうございます。

女の人はこのあと、どうしますか。

1. スポーツクラブの入会書に記入する
2. ヨガクラスを見学する
3. 更衣室で服を着替える
4. マットとゴムバンドを購入する

健身中心的櫃台工作人員和女人正在交談。請問女人接下來要做什麼事呢？

女：我聽說這裡有瑜伽課。

男：啊，之後六點開始，你是第一次來本中心嗎？我們首先必須辦會員卡，請你在入會申請書上填入必要的事項。

女：啊，我今天只是打算來看看而已。

男：啊，是這樣啊。參觀瑜珈課嗎？那我帶你參觀教室。

女：謝謝。順便問一下，入會時需要什麼的東西呢？

男：入會費和使用費的部分，就如這張表上所示的。如果是瑜伽課的話還需要買瑜伽墊和彈力拉帶。

女：如果家裡有的話，用那個也可以嗎？

男：是的。如果已經有的話，用那個就可以了。平常在那裡的更衣室換好衣服後，在這裡A教室上課。那麼，請進。

女：我明白了，謝謝。

請問女人在這之後要做什麼呢？

1. 填寫健身中心的入會申請表
2. 參觀瑜伽課
3. 在更衣室換衣服
4. 買瑜伽墊和彈力拉帶

5番 147 P. 126

電話でパソコンの修理店の店員と客が話しています。店員はこのあと、どうしますか。

M：あっ、もしもし、パソコン修理店の中村と申します。鈴木さんのお宅でしょうか。

F：はい、そうです。

M：あのう、お預かりしているパソコンの点検が今終わりまして、一部交換が必要なものがございますので、その確認に、ご連絡いたしました。

F：あのう、交換って何のですか。ハードディスク交換とか？

M：あ、いいえ、ハードディスクはまだ使えるんで、問題なかったんですが、換気扇とバッテリーがだいぶ消耗して傷んでおりまして。できればこの機会に、交換しておいたほうがいいかと思うんですが。

F：そうですか…。じゃあ、換気扇は自分で交換できるので、そのままでいいです。えーと、バッテリーって結構高いですよね。

M：そうですね。それなりに、値が張りますね。

F：困ったなあ。でもそのままにしておくと危ないし。わかりました。じゃ、お願いします。

M：分りました。最近バッテリーは在庫不足になりがちなので、在庫を確認し、後ほど再度ご連絡をいたします。

F：はい、ではお願いします。

店員はこのあと、どうしますか。

1. バッテリーの在庫を確認する
2. そのまま何も交換しない
3. 換気扇とバッテリーを交換する
4. 換気扇の値段を確認する

電腦修理店的店員與客人在電話中交談。店員之後要做什麼？

男：喂，我是電腦修理店的中村，請問是鈴木小姐家嗎？

女：是的。

男：嗯，您送修的電腦檢修現在處理完成了，有部分東西需要更換，所以打電話給您向您確認。

女：嗯，要交換什麼？是更換主機之類的嗎？

男：不是的，主機沒有問題還可以使用，是風扇還有電池耗損厲害，建議您最好趁這機會更換比較好。

女：這樣啊，風扇我可自己更換，可以不要處理。嗯～，電池還蠻貴的，對吧？

男：是啊，相對的價格有點高。

女：傷腦筋，可是不理它又有點危險……。好吧！那就麻煩你換。

男：好的。最近電池容易庫存不足，所以我確認庫存後再跟您連絡。

女：好的，麻煩你。

店員之後要做什麼？。

1. 確認電池的庫存
2. 就這樣完全不做任何更換
3. 更換風扇及電池
4. 確認風扇的價格

問題２ 重點理解

１番 149 P. 127

先生と学生が、研究発表のことについて話しています。先生は、何が問題だったと言っていますか。

F：先生、先ほどの私の研究発表、いかがだったでしょうか。

M：うん、落ち着いてできていたし、よくがんばりましたね。

F：ありがとうございます。でも緊張しすぎて、途中で一瞬、頭が真っ白になっちゃって…。

M：ああ、あの、研究目的を説明しているときね。でもちゃんと、話す内容も思い出して、問題なく続けられたじゃない。

F：はい、あのとき思い出せて、本当に良かったです。

M：おおむね合格点といったところだね。あとは、話の運び方に、もう少し工夫が必要かな。

F：話の運び方…。

M：まずは研究の全体像を見せて、それから目的や調査方法、そして結果と考察、最後にまとめ、という流れで進めると、聞いている人にわかりやすいんじゃないかな。大まかなことから始めて徐々に細かい部分を伝える、っといった感じで。

F：あ、はい。わかりました。

M：声の大きさは適当だったし、質問に対してもきちんと答えられていたし、なかなかのものだったと思うよ。

F：はい、ご指摘いただいた点、次回は気を付けます。

M：うん、この調子でがんばって。

先生は、何が問題だと言っていますか。

1. 緊張しすぎていたこと
2. 話す内容を忘れてしまったこと
3. 研究について話す順序
4. 質問に答えるときの工夫

老師與學生針對研究發表一事進行討論。老師說什麼有問題？

女：老師，我先前的研究發表，您覺得如何？
男：嗯，你很沉隱，感覺得出來你很努力。
女：謝謝老師。但是，我太緊張了，中間有一瞬間腦袋一片空白。
男：啊，就是你在說明研究目的的時候對吧？不過你有確實想起要說的內容，沒什麼問題地繼續進行下去了不是嗎？
女：是啊，那時候有想起來，真是太好了。
男：大致上你是達標了，接下來就是發表程序安排再多下功夫。
女：發表程序安排啊？
男： 首先你要展現研究的全體面貌，接下來是研究目的、調查方法等等，最後是結果及考察成果及最後總結，以這樣的流程進行的話，聽者也很容易理解——大概就是，傳達時從粗略的部分開始慢慢地到細節內容。
女：好的，我明白了。
男：你的聲音太小適當，也能確實回答問題，算是蠻不錯的。
女：老師您指出的那一點，我下次會小心。
男：嗯，就照這樣子加油！

老師說什麼有問題？

1.太過於緊張
2.忘記了說話的內容
3.發表研究的順序
4.回答問題時下的功夫

2番 150 P. 127

男の人と女の人が、あるパン屋について話しています。女の人が、その店でよくパンを買ういちばんの理由は何ですか。

M：あ、その袋！今日も、駅前のパン屋さんに行ってきたの？よく行くね、遠いのに。

F：ええ、だって、好きなんだもん。

M：そんなにおいしいの、そこ？

F：うん、まあそうね。あっさりした味付けで、素材の味を生かした上品な味わいなの。でも最近はね、他のいろんな店がこの店の味を真似してきているから、特別ってわけじゃなくなったけど。

M：その店、確か、フランスで有名な店が、日本で出した支店なんだろ？値段見る限り、ちょっと高めだよね。

F：うん、決して安くはないけど、まあ、あの味なら、値段も妥当かな。で、あと、1回行くと次回の割引券がもらえるので、私はそれを使ってる。

M：それはさぁ、次回もまた来てくださいって意味だけで、そんなに安くなるわけじゃないでしょ？もともとの値段が値段だし。

F：いいのよ、ちょっとぐらい。この袋持って歩くだけで気分がよくなるし。

M：ああ、つまりは見栄だね。私は高いパンを買ってきましたよ、みたいな？

F：何、その言い方！別にいいじゃない、それでも。

女の人が、その店でよくパンを買ういちばんの理由は何ですか。

1. パンの味が上品だから
2. フランスでしか売っていないパンだから
3. 割引券でかなり安く買えるから
4. 見栄を張りたいから

男人和女人正在討論到某一家麵包店。請問女人常在那家店買麵包的理由是什麼呢？

男：啊，那個袋子！今天又去站前的那家麵包店？你還真常去，那麼遠。
女：嘿嘿嘿，因為喜歡啊。
男：那麼好吃嗎？那裡。
女：嗯，是啊。它的口味清爽，還有充分運用食材味道的高雅風味（所以好吃）。但是最近有很多其他的店模仿這家店的口味，所以變的已經不是很特別了。
男：那間店原本是在法國有名的店在日本開的分店吧！看價格好像有點偏貴。
女：嗯，是不便宜，但是以那口味來說，價格算是合理。還有去一次就可以拿下一次的折價券，我有在使用這個。
男：這是叫你下次再來的意思囉，但是也不會變得多便宜吧？原本價格就不便宜啊。
女：嘿嘿，沒關係，稍微貴一點。拿著這個袋子走在路上心情就會變好。
男：哈哈，就是虛榮。好像是在說我買了貴的麵包了。哈哈。
女：什麼嘛，你這麼說！即使是這樣，又有什麼關係。

請問女人常在那家店買麵包的理由是什麼呢？

1. 因為麵包風味高雅
2. 因為是只有法國才賣的麵包
3. 因為有折價券可以很便宜買
4. 因為想愛慕虛榮

3番 151 P. 128

留学説明会で、先生が話しています。先生は留学の一番の利点はどんなことだと言っていますか。

F：よく留学をしたほうがいいのですかという質問をされます。そのとき、私は留学の機会に恵まれ、経済的にも可能であるなら、ぜひチャレンジしたほうがいいと答えます。ただ、留学せずとも成功する人もいるし、せっかく異文化に接する機会を持っても、大して学ばないまま、帰国する人もいます。そもそも海外留学のメリットとは何でしょうか。それは、自分と向き合い、自己理解を深めることだと考えます。留学すると、語学を習得できます。そして、国際的なネットワークも作ることができます。こういうことを通して、世界という対極的な観点から、自分を見直すことができるということです。

先生は留学の一番の利点はどんなことだと言っていますか。

1. 異文化が理解できるようになること
2. 自分自身のことがよりわかるようになること
3. 外国語が習得できること
4. 国際的なネットワークが作れること

老師正在進行留學說明。老師說留學最大的優點為何？

女：常有人問我「出國留學會比較好嗎？」，而我總是會回答，有留學的機會又經濟許可的話，一定要試著挑戰看看。但是有些人即使沒去留學也很成功，有些人好不容易擁有接觸外國文化的機會，卻沒學到什麼東西就回國了。留學的優點到底是什麼呢？我認為是面對自己、加深對自己的了解。留學可以學到外國語言，還能創造出國際連接網。透過這些事物，就能從所謂世界的對立觀點重新審視自己。

老師說留學最大的優點為何？

1. 變得能理解異國文化
2. 變得更能了解自己
3. 能學到外國語言
4. 能創造出國際連接網

4番 152 P. 128

会社で昼休みに、女の人と男の人が話しています。男の人が今の会社に入った理由は何ですか。男の人です。

F：吉田さんはどうしてこの会社に就職しようと思ったんですか。私の場合、ここしか受からなかったんですけど。

M：うーん、そうだな。最初はとにかく誰も知ってるような知名度の高い会社に入りたいと思ったんだけど、いろいろ調べてるうちに、考えが変わってね。

F：へえ。

M：仕事だけじゃなくて、プライベートの時間も大事だっていう人もいるけど、僕はたとえ残業が多かろうが、休みが少なかろうが、自分のやりたいことができる会社が一番だと思ったんだ。

F：そうなんですか。で、この会社には満足してるんですか。

M：まあね。

F：そうですか。やっぱり仕事はやりがいが大事ですよね。

M：なんてね。実を言うと、君と同じ理由なんだ。他の選択肢がなくってね。ここだけの話だけど。

F：なんだ。

M：でも、今はこの会社に入って正解だったって思ってるよ。

男の人が今の会社に入った理由は何ですか。

1. この会社しか受からなかったから
2. 知名度が高いから
3. 残業や休日出勤が少ないから
4. やりがいのある仕事ができるから

公司午休時間女人和男人正在交談。男人說進入現在這家公司的原因為何？男人的。

女：吉田先生為什麼會進這家公司呢？我的話，是因為只有考上這家。
男：唔！這個嘛！一開始我是想要進眾人皆知的有名公司，但是經過一番調查後，我改變主意了。
女：哦？
男：雖然也有人覺得不是只有工作重要，私人時間也很重要，但我認為就算常加班、休息時間再少，只要能做自己想做的事情，這種公司就是最佳選擇了。
女：是嗎？那麼你對這間公司感到滿足嗎？
男：還可以。
女：是嗎？果然工作成就感還是很重要的。
男：才怪，老實說我跟你的理由是一樣的，因為沒有其他的選擇啦！這話只能在這裡說喔！
女：什麼嘛！
男：不過，我現在覺得進這家公司是正確的選擇。

男人說進入現在這家公司的原因為何？

1. 因為只考上這家公司
2. 因為知名度很高
3. 因為很少加班和假日上班
4. 因為可以做有成就感的工作

5番 153 P. 129

電話で、男の人と女の人が話しています。女の人はこのあと、どうして海山貿易会社に電話しなければなりませんか。

M：もしもし、伊藤ですが。
F：あ、部長、お疲れさまです。いかがいたしましたか？
M：あー、ちょっと急ぎで悪いんだけどさ、すぐ海山さんに連絡をとってほしいんだ。
F：えっと、ああ、本日代理店契約の件で2時にいらっしゃる予定の、海山貿易会社ですね。
M：そう、そこ。今さ、ちょっと道路状況が変わって、だんだん進まなくなってきたんだよ。このままいくと、その時間までに戻れそうにないんだ。
F：そうですか。ではミーティングのキャンセルをお願いしてみましょうか？
M：あーいや、もううちの会社に向かっている途中かもしれないし、それは相手の出方次第だよ。事情を話して、もし待ってもらえるんならお待ちいただいて。あるいは別の日に変更したいということだったら、希望の日時を聞いておいてくれないかな？

F：分りました。では意向をうかがってみます。この時間でしたら海山貿易さんのほうも渋滞に巻き込まれている可能性もありますからね。

M：ああ、そうだね。私のほうはあと30分以上かかりそうなんだ。

F：わかりました。では電話した後、また折り返しますので。

M：よろしく。

女の人はこのあと、どうして海山貿易会社に電話しなければなりませんか。

1. 本日のミーティング予定の変更をお願いするため
2. 本日のミーティング内容を伝えるため
3. 契約状況を変更するため
4. 契約内容の希望をうかがうため

男人和女人正在講電話。請問在這之後女人為什麼一定要打電話給海山貿易公司呢？

男：喂，我是伊藤。
女：啊，經理。辛苦了，有什麼事情吩咐嗎？
男：啊，不好意思很突然，我要你馬上和海山公司聯絡。
女：是今天2點因代理店的合約預定要來公司的海山貿易公司嗎？
男：對，就是那間。現在道路狀況有變化，漸漸無法前進了，如果照這樣下去，我在那個時間是無法回到公司的。
女：是嗎？那我試著拜託他們取消會議吧？
男：不，他們可能已經在來我們公司的路上了，所以還是要看對方的意思如何。你向他們說明情況，如可以等的話就請他們等。或是想要改天的話，就問他們希望的日期和時間。
女：我知道了，我會詢問對方的意思如何。這個時間海山貿易公司的人也可能塞在路上。
男：啊，也對。我需要再30分鐘以上。
女：知道了，打完電話之後，我再向您回報。
男：拜託了。

請問在這之後女人為什麼一定要打電話給海山貿易公司呢？

1. 為了要拜託變更今天會議的預定
2. 為了要傳達今天會議的內容
3. 為了要變更合約內容
4. 為了詢問合約內容的要求

6番 154 P. 129

女の人が、教室使用上の注意について説明しています。教室内へすべての飲み物の持ち込みが禁止されている理由は何ですか。

F：この建物内にある教室では、飲食禁止となっておりまして、持ち込みもすべてご遠慮いただいております。以前は、ジュース以外なら許可してほしいとの、学生さんからの希望もあり、水やお茶に限っては許可していたこともあったのですが、飲み終わった後のペットボトルなどの処理に大変苦労しまして…。ごみの分別回収をお願いいたしましても、机の上などに置きっぱなしにされることも多々ありました。みなさん、恐らく面倒くさいのでしょうね。結局、マナーが守れないのなら、ということで、全面禁止となった次第でございます。なお、廊下突き当りに休憩室を設けておりますので、ご飲食はそちらでお願いしております。どうぞご利用ください。

教室内へすべての飲み物の持ち込みが禁止されている理由は、何ですか。

1. 食べ物のごみだけでいっぱいになっているから
2. 女の人はごみの分別が面倒だから
3. 飲み終わった後、片づけない人がいるから
4. 休憩中に飲み物を飲んではいけないことになっているから

女人正在說明使用教室的注意事項。所有的飲料都禁止帶進教室的理由是什麼？

女：在這棟建築物的教室禁止飲食，請勿攜帶進入。以前有學生希望果汁之外的飲料可以放行，所以曾經允許攜入水以及茶等等。但是喝完之後的保特瓶處理非常的辛苦，即使拜託大家做垃圾分類，但是很多情況還是就棄置在桌上，我想應該是大家覺得麻煩吧。「如果大家不能守規矩，那就……」所以就全面禁止了。還有，在走廊的盡頭設有休息室，如果要吃東西請到那裡。請大家多加利用。

所有的飲料都禁止帶進教室的理由是什麼？

1. 因為光是食物的垃圾就滿滿的了
2. 因為女人覺的垃圾分類很麻煩
3. 因為喝完之後有人不收拾
4. 因為休息時間禁止喝飲料

問題３ 概要理解

1番 156 P. 130

会社で、女の人と男の人が電話で話しています。

F：もしもし、総務部の川野です。この前、予約された第1会議室の件なんですが、15名でご利用でしたよね。

M：はい、そうです。

F：さっき営業部からも同じ日時で第1会議室を使いたいと連絡がありまして。

M：え、でも、こちらの方が先ですよね。

F：ええ。ただ、あちらは22名だとのことで、定員が20名のいちばん広い第1会議室でも少しきついので、他の会議室ではまったく無理なんです。

M：じゃ、こちらは、どの会議室でやれば…。

F：定員13名なんですが、第2会議室ならなんとか大丈夫かと思うんですが。

M：そうですか。じゃ、日時の変更も含めて課長と相談してみます。

F：すみません、よろしくお願いします。

女の人が言いたいことは何ですか？

1. 会議の人数を確認したい
2. 会議の人数を変更してほしい
3. 会議の部屋を変更してほしい
4. 営業部と相談してから予約してほしい

公司裡女人和男人正在講電話。

女：喂，我是總務部的川野。關於您之前預約的第一會議室，是 15 人使用對吧？

男：是的，沒錯。

女：剛才業務部也打電話過來，希望在同一天同個時段使用第一會議室。

男：欸，不過，是我們這邊先預約的吧！

女：嗯嗯，不過因為那邊是 22 人，即使在人數上限 20 人那間最寬敞的第一會議室，也稍嫌擁擠了，因此其他會議室的話完全不可能。

男：那麼我們要在哪個會議室好呢？

女：人數上限雖然是 13 人，不過我想第二會議室的話，應該是沒問題的。

男：這樣啊。那麼我和課長商量，也問問看是否變更日期和時間。

女：不好意思，麻煩你了。

女人想說的是什麼？

1. 想確認會議人數
2. 希望對方變更會議人數
3. 希望對方變更會議室
4. 希望對方和業務部商量後再預約

2番 157 P. 130

町のスピーチ大会で高校生が話をしています。

F：私は以前、自分には魅力がない、だから友だちも少ないんだと思っていました。でも、ある時、英語が苦手なクラスメートに、近所に住んでいるアメリカ人を紹介してあげたことがあったんです。すると、そのクラスメートを通して他のクラスメートとも親しくなれたり、さらにその人が自分の友達を私に紹介してくれたりして、新しい友だちもできました。私は自分が面白いとか頭がいいとか、何か魅力がないと友だちができないと勘違いしていました。相手を助けたり、人と人を繋いであげれば仲間は自然と増えるものなんです。それ以来、私は気持ちが楽になり友だちの輪も広がりました。

この高校生が伝えたいことは何ですか？

1. 友だちが少ないという悩み
2. 自分に魅力がないから友だちが増えない
3. 相手のことを考えてあげれば友だちは増える
4. 自分の魅力を増やせば友だちは増える

鎮上演講大會中，高中生正在演講。

女：以前我認為自己沒有魅力，所以朋友也很少。不過，有一次我曾為英文不好的班上同學介紹了住在附近的美國人。於是透過那位同學，我開始也和其他的同學親近起來，進一步那個人也將他的朋友介紹給我，我又交上了新朋友。我過去誤以為自己要有趣、頭腦好之類，沒有一些魅力的話就交不上朋友。幫助他人、幫助人與人之間聯繫，同伴自然會增加。在那之後我的心情變得輕鬆，朋友圈也變廣了。

這位高中生想傳達的是什麼？

1. 朋友少的煩惱
2. 因為自己沒有魅力而無法增加朋友
3. 替他人設想的話朋友會增加
4. 提升自己魅力的話朋友會增加

3番 158 P. 130

テレビで女の人が話しています。

F：本を読む人が減ったと言われています。いわゆる「読書離れ」ですが、必ずしもハッキリしたデータがあるわけではないのです。受験勉強で忙しい高校生の読書量は伸びていない一方、小中学生では増えているというデータもあります。また、紙の出版物は減っていますが電子出版物は増えています。つまり現状では、必ずしも読書離れが進んでいるとは言えないのです。しかし、映像や音など視覚や聴覚に直接伝えるようなものが増える中、それは今後、間違いなく起きることなのです。でも、その先はまた本に戻ってくるはずです。本には人類の数千年の知恵や思いが詰まっているのですから。

女の人が言いたいことは何ですか？

1. 本を読まない人が増えて、いつか本は消えてしまう
2. 読書離れは、今までもこれからもない
3. 本は映像や音にはかなわないので、もう戻らない
4. 読書離れが進んでもまた皆は本に読むようになる

電視上女人正在講話。

女：很多人說看書的人減少了。也就是所謂的「遠離閱讀」，不過這並非有很確實的數據。也有數據顯示準備應試的忙碌高中生的閱讀量沒有成長，另一方面中小學生的閱讀量是增加的。另外，紙張的出版品減少，但電子出版品是增加的。也就是說，現狀看來並不能斷定遠離閱讀必定在增加。不過，在以影像、聲音等，能直接傳達給視覺、聽覺的物品增加之下，那是今後無可避免會發生的事。不過，在那之後應該又會回歸到書本。因為書本裡集結了人類數千年的智慧及思想。

女人想說的是什麼？

1. 不閱讀的人增加，總有一天書本會消失。
2. 遠離閱讀這回事，以往沒有，未來也不會有。
3. 書本不敵影像或聲音，已經回不去了。
4. 即使遠離閱讀持續進展，大家會再次開始閱讀。

4番 159 P. 130

町の議会で、町長が話しています。

M：二百年を超える歴史があるこの町の花火大会は、この地域の伝統であり文化となっています。ところが、ここ数年の不景気でこの町の財政も苦しくなり、議員や住民の中には花火大会の中止を要求する方も少なくありません。しかし、花火大会は、規模を縮小してでも続けるべきだと私は思います。花火大会はこの二百年間、何の問題や苦労もなく続けてこられたと思いますか。私たちの先祖が必死に伝統を守ろうと努力したからこそ、今まで続いてきたんです。景気はいつか回復します。しかし、いったん途切れた伝統や習慣は簡単に戻るものではありません。

町長は花火大会について、どう言っていますか。

1. 困難があっても止めるべきではない
2. 景気が回復できなかったら、花火大会を中止しよう
3. 皆が花火大会を続けたいというので続けよう
4. 皆協力して、花火大会をもう一度やりたい

市鎮議會中，鎮長正在講話。

男：本市鎮超過兩百年歷史的煙火大會，已成為這個地區的傳統以及文化。然而這幾年的不景氣造成本市鎮財政也變得困難，不少議員及居民要求終止煙火大會。但是我認為煙火大會即使規模縮小也應該繼續舉辦。你們認為煙火大會在這兩百年間都沒有遇到任何問題或辛苦就能持續下來嗎？正因為我們的祖先拼命地努力守護傳統，才能延續至今。景氣總有一天會好轉，但是一旦中斷的傳統和習慣，不是那麼簡單可以恢復的。

關於煙火大會，町長怎麼說？

1. 即使有困難也不應終止
2. 如果景氣無法恢復，煙火大會就停辦吧
3. 大家想讓煙火大會繼續，所以繼續辦
4. 大家一起合作再舉辦一次煙火大會

5番 160 P. 130

ラジオでアナウンサーが話しています。

F：昨年より流行の続く感染症の影響が各方面で影響を及ぼしているようです。政府の調査によると、民間で働く人の昨年の給料の月平均は31万8,299円で一昨年より1.2％減ったことが分かりました。この場合の給料には残業代やボーナス分も含まれていますが、中でも残業代が12.1％と大きく減少したことが目立っています。1日8時間働く正社員の給料が1か月41万7,330円で一昨年より1.7％も減ったのに対し、労働時間の短いパートタイムの人は9万9,390円で0.4％の減少にとどまりました。このまま感染症の流行が収まらなければ、こうした状況は一層深刻となりそうです。

アナウンサーは何について話していますか？

1. 民間での給料は減ったが公務員は安定している
2. 感染症の流行で平均給料が減った
3. 感染症の流行が収まらない
4. 一昨年の景気は昨年より悪かった

廣播裡主持人正在講話。

女：自去年開始持續流行的感染症的影響而波及到了各個層面。根據政府調查得知，民營企業員工去年薪資月平均為31萬8,299日圓，比起前年減少了1.2%。此薪資內也包含加班費及獎金，但其中加班費大幅減少12.1%最為顯著。一天工作8小時的正職員工薪水是1個月41萬7,330日圓，比起前年減少1.7%，另一方面，工時較短的計時人員是9萬9,390日圓，減少止於0.4%。若感染症的流行再不控制住的話，這樣的狀況看來會愈發嚴重。

主持人正在說什麼？

1. 民營企業的薪資雖然減少，公務員卻很穩定
2. 因感染症流行，平均薪資減少
3. 感染症的流行不會平息
4. 前年的景氣比去年更差

問題4 即時應答

1番 162 P. 131

F：おかしいなあ。確かにこのかばんに入れたつもりだったんだけど。

M：1. たしかに、おもしろいかばんだね。
2. どんなかばん、探しているの？
3. かばんの奥までよく調べてみたら？

女：真奇怪耶！應該確實有放進這個包包了呀！

男：1. 確實是很有趣的包包呢！
2. 你正在找的是什麼樣的包包？
3. 把包包從裡到外詳細找找看呢？

2番 163 P. 131

F：あのう、鈴木さん、この仕事を引き受けてもらえるとありがたいんですが。

M：1. いいけど、今週忙しいから、来週でもかまわない？
2. やってもらえて、本当、助かったよ。
3. その仕事、誰がやってくれるんですか。

女：那個……鈴木，如果你能接下這份工作，我會很感激。

男：1. 是沒有問題，不過這週很忙，下週的話也沒關係嗎？
2. 你能做真是幫大忙了！
3. 那份工作，誰要幫我做呢？

3番 164 P. 131

F：お客様、先日のお見積り、ご確認いただけましたでしょうか。

M：1. 申し訳ございません。すぐに見積り、お送りします。
2. お見積りは、いつお見せしたらよろしいですか。
3. すみません。何かと忙しかったもので。今日中にはなんとか。

女：客人，請問先前的估價您確認過了嗎？

男：1. 非常抱歉。現在立刻將估價寄送過去。
2. 估價，什麼時候方便讓您過目呢？
3. 不好意思。因為有些忙碌。今天之內會找個時間。

4番 165 P. 131

F：あのう、ドアの横にある棚を移動したいんですけど、今、手空いていますか。

M：1. えっ、お任せしてもいいんですか。
2. もう少し後でもいいですか。
3. ドアなら開いてましたよ。

女：那個……我想移動一下門旁的架子，你現在有空嗎？

男：1. 欸？可以交給你嗎？
2. 可以稍等一下嗎？
3. 門的話，開著喔！

5番 166 P. 131

M：この日は大事な会議だから、部長との飲み会、断らざるを得ないですね。

F：1. そういう理由なら部長もわかってくれますよ。
2. 会議休むって伝えてきますね。
3. 飲み会、断らなくてもよかったですね。

男：這一天因為是重要的會議，不得不拒絕和經理的聚會。

女：1. 如果是那樣的理由經理也會諒解你的。
2. 我去通知一下說我不參加會議。
3. 聚會，即使不用拒絕也很好呢！

6番 167 P. 131

F：ねえ、さっきコンビニ行ったとき、手紙出しといてくれた？

M：1. あ、家に置いたまま行っちゃった。
2. ああ、コンビニなら、行ったよ。
3. え、手紙書いてくれたの？

女：喂，你剛剛去便利商店時，信幫我寄出了嗎？

男：1. 啊！我放在家裡忘了帶去。
2. 啊……便利商店的話我去了喔！
3. 欸？你幫我寫信了嗎？

7番 168 P. 131

M：ねえ、今日の課長、ずいぶんご機嫌だと思わない？

F：1. 嫌なことでもあったんじゃない？
2. なんかいいことあったのかな？
3. 機嫌直るといいね。

男：欸，你不覺得今天的課長心情非常好嗎？
女：1. 有不開心的事之類的吧？
　　2. 可能有什麼好事吧？
　　3. 心情能好轉的話就好了！

8番 169 P. 131

M：いくら昨日（きのう）寝（ね）るのが遅（おそ）かったからって、こんな時間（じかん）に出社（しゅっしゃ）するなんて。

F：1. すみません、ではお先（さき）に失礼（しつれい）します。
　　2. すみません、今後（こんご）は気（き）を付（つ）けます。
　　3. すみません、早（はや）すぎました。

男：儘管說是因為昨晚晚睡，在這種時間進公司實在是……。
女：1. 那麼就先告辭了。
　　2. 不好意思，以後會注意。
　　3. 不好意思，太早了。

9番 170 P. 131

M：あの人気漫画（にんきまんが）の最新作（さいしんさく）、期待（きたい）以上（いじょう）だったよ。

F：1. へえ、今一（いまひと）つだったんだ？
　　2. へえ、それは早（はや）く読（よ）みたいな。
　　3. へえ、期待（きたい）しないほうがいいってことだね。

男：那部人氣漫畫最新作，超乎期待喔！
女：1. 欸……還好而已嗎？
　　2. 欸……還真想快點看呢！
　　3. 欸……不要期待比較好的意思吧？

10番 171 P. 131

M：あんなことした上（うえ）に、謝（あやま）らないなんて。もう頭（あたま）に来（く）るよ。

F：1. うん。りっぱな人（ひと）だよね。
　　2. まあまあ、落（お）ち着（つ）いて。
　　3. え？何（なに）が落（お）ちて来（き）たの？

男：做了那樣的事還不道歉，真是令人生氣。
女：1. 嗯，真是了不起的人呢！
　　2. 好了好了……冷靜一下。
　　3. 欸？什麼東西掉下來嗎？

11番 172 P. 131

M：今度入（こんどはい）った鈴木（すずき）さん、この仕事（しごと）は初（はじ）めてだって言（い）ってたわりには、意外（いがい）とできてるよね。

F：1. 初（はじ）めてだから失敗（しっぱい）するのは、当然（とうぜん）じゃない？
　　2. うん、経験（けいけん）ないのに、うまくやってるよね。
　　3. そう、それはちょっと、まずいね。

男：這次進來的鈴木，說是第一次做這份工作，以這樣來說，意外地能幹呢！

女：1. 因為是第一次失敗也是當然的。
2. 嗯，沒有經驗卻做得很上手呢！
3. 對，那樣有點不妙呢！

問題5 統合理解

1番 174 P. 132

男性と女性が、マラソン大会の計画について話しています。

F：今年の市民マラソンは、いくつかのコースを設定して、参加者が選べるようにしたいと思っています。

M：賛成です。たくさんの年齢層の皆さんに参加してもらうためには、そうしたほうがいいですね。例えばキッズコース、一般コース、シニアコース、の3つから選べる、などはいかがですか。

F：なるほど。ほかにも、目的別にコース設定する、というのはどうでしょう。家族で楽しむ親子コース、初心者向けの初めてコース、とか。

M：あと、走る距離別などのコースがあってもいいのではないでしょうか。通常のコースは42.195キロとして、その半分のハーフコース、短距離の5キロコース、10キロコースなどをそろえておけばいいんじゃないですか。

F：そうですね…。あまりコースが多いと運営も大変ですから、全部で3コース程度に抑えたいですね。通常の距離を「フルマラソンコース」としましょう。そして、初心者や親子参加、シニア向けの5キロのコース。うーん、やはりここには、市民マラソンということで、楽しく走るというイメージの名前を付けたいですね。

M：「親子コース」という名前だと、親子での参加者しか選べない印象ですからね。では…「らくらくコース」というのはどうですか？

F：「らくらくコース」、うん、いいですね。ではあと1つは、「ハーフコース」にしますか？

M：半分の距離を「ハーフコース」にするなら、通常の距離は「フルコース」にしたほうがいいのでは？

F：なるほど、いいですね。では今年は、その3つのコースにしましょう。

親子で短い距離のマラソンを楽しむには、どのコースを選べばいいですか。

1. ハーフコース
2. 親子コース
3. らくらくコース
4. 短距離5キロコース

男人和女人正在談論關於馬拉松大賽的計畫。

女：今年的市民馬拉松，我想設定很多種路線，讓參賽者可以選擇。

男：我贊成。為了讓許多各年齡層的民眾參加，那樣的方式不錯。例如：兒童路線、一般路線、長青路線，三種可以挑選，這樣子如何？

女：了解。其他像是以目的設定路線，你覺得如何？家族同樂的親子路線、適合新手的新手路線等等。

男：還有，依距離的路線也不錯。一般路線是42.195公里，半程的半馬路線、短距離的5公里路線、10公里路線等都有的話不是很棒嗎？

女：這個啊……。太多路線的話營運也不容易，所以想控制在三種路線的程度。一般距離就稱作「全馬路線」吧。然後是適合新手或親子參加、長青組的5公里路線。嗯，不過這是市民馬拉松，還是想取一個給人愉快跑步印象的名字啊。

男：因為如果是「親子路線」這樣的名字，會讓人有只有是親子參加者能夠選擇的印象，那麼「歡樂路線」這個名字如何？

女：「歡樂路線」，嗯……不錯耶！那還有一個就叫做「半馬路線」嗎？

男：一半的距離叫做「半馬路線」的話，通常的距離就叫做「全馬路線」比較適合吧？

女：原來如此，好耶！那麼今年就用這三種路線吧！

要享受親子短距離馬拉松的話，應該選哪個路線？

1. 半馬路線
2. 親子路線
3. 歡樂路線
4. 短距離5公里路線

2番 175 P. 132

会社の会議で、上司と社員二人が話しています。

M：最近、会社のビデオカメラの売り上げが今一つなんで、何か新しい販売戦略を試してみようと思っているんだが、現場を知っている君たちに意見を聞きたくてね。何かいいアイデアがないかな。

F1：3月、4月はお子様の卒園式や卒業式にはもちろん、春休みのご旅行や入学式など、ビデオカメラを使う機会が増えますから、「お祝い春のキャンペーン」として、ネットで大きく宣伝をしてみてはどうでしょうか。

F2：でもそれって、どの程度需要が期待できるでしょうか。最近はスマホでも録画できるから、ビデオカメラはそうしょっちゅう使うものでもないし。

M：それはそうだね。ビデオカメラを買ったけど、結局数回使って、そのうちあること忘れてた、なんてこと、よくあるって聞くし。じゃ、スマホにない機能を強調してみようか。

F1：たしかに、スマホにはズーム機能があまりありませんし、動画を全部保存しておくほどのメモリがないことも多いですね。ですが、ネット広告では限界があるかも。実際にお試しイベントをやってみてはいかがですか。

M：うん、それいけるかも。高い画質で、長時間撮影できるってことを体験してもらうんだよ。今までビデオカメラで撮るって発想がなかった人や、子どもの成長記録をしっかり残したい親御さんにとって、魅力の一つになるんじゃない？

F2：つまり、ビデオの機能を説明するだけじゃなくて、実際に使ってもらって、スマホにない魅力を感じてもらうんですね。

F1：うん、遊園地や公園でキッズ撮影イベントとかやるんだ。現場でビデオカメラの上手な撮影方法やお手入れの仕方なども説明して、そのあと15分無料貸出する、なんていうのはいかがでしょうか。

M：そうだね。長期的にビデオカメラの存在感が薄れつつあるのも事実だけど、今回は親たちに実際に体験させることで、需要の広がりが期待できるかもしれないな。じゃ、この方向で進めてみよう。

問題を解決するために、どうすることにしましたか。

1. ネット宣伝を新しく始める
2. 「お祝い春のキャンペーン」を開催する
3. 子供の成長記録を保存する
4. 体験イベントをする

公司會議上，上司及職員兩人正在講話。

男　：最近公司的攝影機銷售狀況不佳，我想試試看有沒有甚麼新的銷售戰略。你們了解賣場狀況，想問問看你們的意見。有沒有什麼好點子呢？

女1：三四月除了是孩子們的幼稚園畢業典禮、結業式，還有春假旅行、開學典禮等，使用攝影機的機會增加，所以用「祝賀春日特賣活動」在網路上大大宣傳怎麼樣？

女2：但是那樣可以期待有多少的需求程度呢？最近智慧型手機也可以錄影了，所以攝影機不是那麼常使用的東西。

男　：那樣說也是。買了攝影機結果使用幾次後就漸漸忘了有這個，經常聽到這樣的事。那麼要不要強調智慧型手機沒有的功能呢？

女 1：確實，智慧型手機沒有拉近放大的功能，大部分也沒有可以保存所有錄影的記憶體容量。不過網路廣告也有極限。舉辦實機體驗活動看看如何？

男　：嗯，那樣或許可行。讓大家體驗高畫質，且可長時間錄影。對於至今沒有想過要用攝影機錄影的人，以及想好好記錄下孩子成長的紀錄的父母親來說，應該會是有吸引力的一點。

女 2：也就是說，不是只說明攝影機的功能，透過實際體驗，感受智慧型手機沒有的魅力對吧？

女 1：嗯，在遊樂園或公園舉辦兒童攝影活動之類的。在現場說明用攝影拍出好影片的方法及保養方式等之後，免費出借 15 分鐘，這樣子如何？

男　：我想想。雖然長期來說攝影機的存在感漸少也是事實，不過透過這次讓父母親實際體驗，也許可以期待需求的增加。那麼就朝這個方向去做吧！

為了解決問題，決定要怎麼做？

1. 開始網路宣傳。
2. 舉辦「祝賀春日特賣活動」。
3. 保存孩子的成長紀錄。
4. 舉辦體驗活動。

3番 176 P. 133

スーパーで、女の人が新商品の説明をしています。

F1：いかがですかぁ、新発売のワンカップスープです。スープの素を一袋カップへササッと入れて、熱いお湯を注ぐだけで出来上がり。従来のあっさり味チキンコンソメ風味と濃厚なコーンクリーム風味に加え、カロリー控えめ、健康志向の方にぴったりの海藻わかめ風味と、寒い冬にぴったりのピリ辛、ちりこしょう風味。新しい2種類も加わりました、どうぞ、ご試食ください！

M：ああ、ぼくこれ好きなんだよなぁ。買っていこうかな。

F2：新商品もあるね、味見できるみたいよ。

M：…わぁ、これちょっと辛いなぁ。僕はいつもの味でいいや。

F2：寒いときには辛いもので体を温めるのがいいんじゃない。私、せっかくだから新しい味を試してみる。そう言えば、けんじ君っていつもコーンクリームを飲んでいるイメージがあるね。

M：あっさり味もおいしいのはおいしいんだけど、なんか物足りないんだよ。この海藻わかめ味もたぶんそうだと思う。これ、カロリー控えめって書いてあるから、さっちゃん、試してみたら？

F2：え、それどういう意味？私がいつもカロリーオーバーだって言いたいわけ？

M：そうじゃなくてさ、ほら、さっちゃん、新しいものが好きじゃない？

F2：まあ確かにそうだけど、今日はこっちの味にしとくわ。

質問1

男の人はどれを買うことにしましたか。

1. チキンコンソメ風味
2. コーンクリーム風味
3. 海藻わかめ風味
4. ちりこしょう風味

質問2

女の人はどれを買うことにしましたか。

1. チキンコンソメ風味
2. コーンクリーム風味
3. 海藻わかめ風味
4. ちりこしょう風味

在超市，女人正在針對新商品做說明。

女1：覺得如何呢？這是新發售的一杯湯。將一袋份量的湯粉倒入杯子內沖上熱開水就可以了。除了之前的輕淡口味的雞湯風味和濃稠的奶油玉米風味，新推出低卡洛里適合注視健康的人的海帶芽風味，以及很適合在寒冷的冬天的辛辣胡椒風味等等二種新的口味。敬請試用。

男　：啊，我喜歡這個，買回去吧？

女2：也有新商品，好像可以試喝。

男　：……哇，這有點辣，我還是之前的口味就可以了。

女2：天氣冷的時候，辣的東西可以讓身體暖和，不是很好嗎？我要試試新的口味。這麼說來，健次，我好像記得你都是喝奶油玉米。

男　：清淡的口味好喝是好喝，但是總覺得不夠，我想這個海藻海帶芽可能也是如此。這個寫著低熱量。小幸要不要試試看？

女2：啊？這是什麼意思呢？你是說我總是熱量過高嗎？

男　：不是啦，小幸，你不是喜歡新的東西嗎？

女2：是啊，的確是這樣，今天就決定這個口味吧！

問題1　請問男人要買哪一種呢？

1. 雞湯風味。
2. 奶油玉米風味。
3. 海藻海帶芽風味。
4. 辛辣胡椒風味。

問題2　請問女人決定要買哪一種呢？

1. 雞湯風味。
2. 奶油玉米風味。
3. 海藻海帶芽風味。
4. 辛辣胡椒風味。

第五回

問題1 課題理解

1番 178 P. 134

会社で男性社員と女性社員が話しています。男性が、次の会議でしなければいけないことは何ですか。

F：次の会議についてですが、お客様のご要望により、英語を使用言語とすることになりました。まあ、急にそうはいっても、みなさん大変だと思いますので、富田君、英語得意よね。みんなのフォローをお願いできるかしら。

M：あ、はい。それで、具体的にはどういうことを？

F：同時通訳も考えたんだけど、それじゃあみんな、そればかりに頼っちゃうじゃない？だから会議中はあえて英語のみにして、会議レポートは日本語で残しておきたいの。会議中の発話はすべて録音しておくので、あとでそれを聞き返して、重要なポイントを整理してまとめてほしいんです。

M：はい、その場での通訳はあまり自信ありませんが、それなら私にもできると思います。

F：じゃあ、よろしくお願いしますね。今後はこういう機会も増えるだろうし、社員の語学力向上も、今後の重要な課題になってくるわね。

男性が、次の会議でしなければいけないことは何ですか。

1. お客様のレポートを英語に翻訳する
2. 会議の内容を日本語でレポートにまとめる
3. 英語をほかの社員に教える
4. 會議で英語の同時通訳をする

男性職員和女性職員正在公司講話。請問男人在下一次會議必須做的事是什麼呢？

女：有關下一次的會議，因為客戶的要求要使用英文。突然這麼說，我想對大家都是很困難的。富田，你的英文很好吧！可以麻煩你協助大家嗎？

男：啊，可以的。具體上要如何做呢？

女：我也考慮過（要你）即時口譯。但是那樣的話，大家就都會過於依賴。因此，會議上只用英文發言，會議記錄用日文寫。會議中的發言全部錄下來，之後再重聽，希望你把重要的要點好好的整理出來。

男：好的，雖然我沒有信心當場口譯，但是我想那個我應該做得到。

女：那就麻煩你了。今後這樣的機會應該會增加，而且提升員工的語文能力也成為今後重要的課題。

請問男人在下一次會議必須做的事是什麼呢？

1. 把客戶的報告翻譯成英文
2. 把會議的內容用日文整理成報告
3. 教其他的員工英文
4. 在會議上做英文口譯

2番 179 P. 134

大学で女の学生と男の学生が話しています。女の学生はこのあと何をしますか。

F：先輩、このかっこう、どう思います？これで農業体験って、大丈夫でしょうか。

M：夏休みの農業体験？あれ、参加するの？農業体験なら、その服装はだめだよ。短パンにTシャツじゃ、虫にさされるし怪我もする。気温の変化にも対応できないよ。Tシャツは中に着て、長袖、長ズボン、長靴が基本だよ。あと、手袋とか帽子とかも。

F：なるほど。手袋と長靴以外はだいたい持ってるから、ないものだけ買っておきます。

M：Tシャツは多めに用意した方がいいよ。汗もかくし、あと、作業の時以外にも着るしね。駅前の作業服専門店に行けば、そういう必要なもの、何でも売ってる。しかもあそこ、安いよ。

F：じゃ、ちょっと買っておいた方がいいかな。今日帰りに寄ってみます。

M：説明会でも言われると思うけど、健康診断書とか健康保険証のコピー、事前に提出を求められると思うよ。

F：それはもう出しました。あとは身の周りのものを、早く準備しちゃいます。

女の学生はこのあと何をしますか。

1. 健康診断書と保険証のコピーを提出する
2. 長袖、長ズボン、長靴を買っておく
3. 説明会に参加する
4. 手袋と長靴とTシャツを買いに行く

女學生與男學生在大學裡交談，女生學生之後得做什麼？

女：學長，這個裝扮您覺得如何？穿這樣去參加農業體驗可以嗎？

男：暑假的農業體驗？你要參加嗎？如果是農業體驗的話，這服裝不行啦！短褲加上T恤的話會被蟲咬，也會受傷，無法應對氣溫變化喔！T恤是穿在裡面，長袖、長褲、雨鞋這些都是基本需要的，還有就是手套啊，帽子等等也需要。

女：原來如此，手套、雨鞋之外，我大概都有了，我去買沒有的就好。

男： T恤最好多準備幾件，因為容易流汗，而且工作時間之外也會穿到。你到車站前工作服專賣店可以買到需要的東西，那裡什麼都有賣，而且又便宜喔。。

女： 那我還是去買比較好，我今天回家就順路過去。

男： 我想說明會裡也有提到，我想會要求你事先提交健康診斷書、健保卡影本。

女： 那個我交出去了，剩下的就是早點準備隨身物品。

女生學生之後得做什麼？

1. 提交健康診斷書、健保卡影本
2. 買長袖、長褲、雨鞋
3. 参加說明會
4. 去買手套、雨鞋、T恤

3番 180 P. 135

会社で男の人と女の人が話しています。女の人はこのあとまず何をしますか。

M：鈴木さん、あしたA会議室で行う研修会ですが、お願いしていた準備、進んでますか。

F：はい。配る資料の印刷やパソコンのセッティングなど、準備はすべて完了しています。

M：じゃ、早速資料を会議室に運んでおいてください。

F：はい。

M：結構な量ですから。何人か手伝ってくれる人を探したほうがいいですね。

F：はい、それは営業部にお願いしてあります。そろそろ来てくれる時間のはずです。

M：そうですか。それから会議室の席ですが、今回はお客様がいらっしゃいますから、その方々の分をとっておかなくちゃいけません。そうですね、前の方の、だいたい真ん中辺りの4席に、「招待席」と書いた紙を張っておいてください。

F：はい、わかりました。

M：椅子に張る紙は鈴木さんたちが資料を運んでる間に、私が作っておきますから、後で取りに来てくれますか。

F：はい。

M：それから、お客様にお出しするお昼は、どうなってますか。

F：お弁当の予約は済んでるんですが、配達の確認は当日の朝することになっているので、必ずやっておきます。

M：そうですか。頼みますよ。

女の人はこのあとまず何をしますか。

1. 資料を会議室に運ぶ

2. 手伝ってくれる人をさがす
3. 招待客の席を準備する
4. 弁当を注文する

男人與女人在公司交談。女人之後首先要做什麼？

男：鈴木，明天要在Ａ會議室辦的研修會，我拜託你的準備工作有在進行嗎？
女：有的。要發送的資料的印刷、電腦的設定全都準備完成了。
男：那麼你隨即將資料搬到會議室。
女：好的。
男：量相當多，你最好找幾個人來幫忙。
女：好的。那個我已經拜託業務部了，他們應該快要來了。
男：這樣子啊。還有會議室的位子，這次有客人光臨，所以你得先將他們的位子保留下來。嗯，就將前方大約正中間的四個位子貼上「貴賓席」的紙張。
女：好，我知道了。
男：你在搬資料的時候，我來做要貼在椅子上的紙張。你等一下來拿。
女：好。
男：還有要給客人用的午餐，目前如何？
女：便當訂好了，當天早上再確認配送，這我一定會處理的。
男：好，那麼麻煩你了。

女人之後首先要做什麼？

1. 將資料搬到會議室
2. 找要來幫忙的人
3. 準備貴賓的位子
4. 訂便當

4番 181 P. 135

電話で女の人と男の人が話しています。女の人は、これからどうしますか。

F：はい、青空デザイン事務所です。
M：いつもお世話になっております。ふるさと協会の佐藤です。あのう、先週お願いしたＴシャツのデザイン、いつ出来上がりですか。
F：あっ、佐藤様、ちょうど先ほどご依頼のあったデザインをメールでお送りしたところです。
M：はい、その件なんですが、ファイルを拝見したところ、どうもこちらでお願いしたものとデザインが違うようで。確か、デザインを修正していただくようお願いしたと思うんですけど。
F：え？使用するアイコンやフォントの変更っていうことでしたよね。変更されていませんでしたか。
M：はい。元のままなんです。
F：大変失礼いたしました。多分間違って修正前のファイルを添付してしまったと思います。早速新しいものをお送りします。
M：はい、頼みます。イベントは来週の土曜日でしょ。やっぱり今日中にでないと…。
F：次回以降の制作の日程につい

ては、デザインを確認した後、改めてご相談させてください。

M：分りました。

女の人は、これからどうしますか。

1. 資料を修正する
2. 修正してある資料を送る
3. 制作の日程を決める
4. 資料について相談する

女人和男人在電話上交談，女人接下來要怎麼做？

女：您好，這裡是青空設計事務所。

男：您好，承蒙您照顧，我是古里協會的佐藤。請問上週委託您的T恤設計什麼時候會完成？

女：啊，佐藤先生，我剛才已經用 E-Mail 將您要求的設計寄給您了。

男：這件事啊，我看了檔案，結果似乎與我方要求的內容設計不同。我應該有拜託你們做設計修改了喔。

女：誒？就是使用的圖標、字型等等的變更對吧？沒有更改嗎？

男：是的，完全跟之前一樣。

女：非常抱歉。我想可能是誤將修改前的檔案傳給了您。我馬上寄新的給您。

男：好的，拜託你了。活動是在下禮拜六，所以今天之內不處理的話（不行）。

女：下次之後的制作日程，等您確認設計之後，再跟您商量。

男：好的。

女人接下來要怎麼做？

1. 修正資料
2. 寄送修正好的資料
3. 決定製作的日程
4. 針對資料進行商討

5番 182 P. 136

市民講座の説明会で、料理の先生が話しています。料理教室に参加する人は、次に来る時、何を持ってこなければなりませんか。次に来る時です。

F：市民講座は各コースとも毎月2回、3ケ月で計6回です。今回の料理教室は第1と第3土曜日です。来週土曜日スタートですので、参加希望の方はそれまでにお申し込みください。なお、テーマは毎回異なり、第1回目は手作りのお味噌です。それと、毎回、持参していただくものがあります。第一回につきましては、大豆や塩などの材料はこちらで用意しますが、作った味噌を持ち帰る為の容器は必ずご持参ください。それから、私が昨年作った味噌で参加者に味噌汁を作っていただきますが、味噌汁の具材についても、こちらでご用意いたしますので、ご安心ください。

料理の教室に参加する人は、次に来る時、何を持ってこなければなりませんか。

1. 味噌
2. 大豆と塩
3. 容器
4. 味噌汁の具材

在市民講座說明會中，烹飪老師正在談話。參加烹飪教室的人下次前來時得要帶什麼？下次來的時候。

女：市民講座裡的每項課程都是每個月２次，３個月共計６次，這次的烹飪教室是第一以及第三禮拜六，下禮拜六開始上課，所以要參加的人請在這之前申請。還有，每次的主題不同，第一次是手作味噌。還有，每次需要大家帶東西前來，第一次的話，大豆、鹽等等我們這邊會準備，但是要裝做好的味噌的容器，請各位務必帶來。還有，我會讓參加的人用我去年做的味噌去煮味噌湯，但是要加入味噌湯中的食材我們會準備，請放心。

參加烹飪教室的人下來前來時得要帶什麼來？

1. 味噌
2. 大豆及鹽
3. 容器
4. 味噌湯的食材

問題２ 重點理解

１番 184 P. 137

男の人と女の人が、あるレストランについて話しています。女の人が、このレストランに行きたい理由は何ですか。

F：ほら見て、ここ。ミシュランガイドで星三つって書いてあるじゃない。行ってみましょうよ。

M：雑誌で紹介されてるからって、本当にいい店かどうかは、俺、疑問だな。

F：すっごくおいしかったって、友達も昨日話していたわよ。

M：へぇ、君の友達って、お金持ちなんだね。こんな高いレストランで食事してるだなんて。

F：今話題のお店だし、やっと予約が取れたから、ちょっと試しに行ってみたって言ってたけど、毎回そんな高級なところへ行ってるわけじゃないはずよ。そしたらね、芸能人とかもたくさん見かけたって、そう言ってたわ。

M：見た目や話題性だけで選んでない？高い値段払うんだったら、お店ではちゃんとそれなりのサービスで対応してくれるんだろうね？

F：接客態度とかまでは聞かなかったけど、きっと一流のはずよ。

M：それは君の憶測に過ぎないだろ？やっぱり、君の性格は変わってないね。

F：だめ？

女の人が、このレストランに行きたい理由は何ですか。

1. やっと予約が取れたから
2. 高級料理の割に値段が安いから
3. 人気のある店だから
4. 店員のサービス態度が一流だから

男人和女人正在討論某一家餐廳。女人想到這家餐廳的理由是什麼呢？

女：你看，這裡在米其林導覽寫著是三顆星的，要不要去看看？

男：對那些因為被雜誌介紹，一定就是很好吃的店，我心存疑問。

女：朋友昨天說，超好吃的。

男：喔～，你的朋友是有錢人，居然在這麼貴的餐廳用餐。

女：是現在蔚為話題的餐廳，好不容易訂到位子，所以她就去試看看。並不是每次都去這麼貴的店。而且她說去了之後也看到很多的藝人。

男：她是不是只挑外觀或是話題性？如果是付那麼貴的錢，一定會有相當的服務品質的才對。

女：我沒有聽到她說服務的品質。但是一定是一流的。

男：那不過是你的猜測吧？果然你的個性一點都沒變。

女：不行嗎？

女人想到這家餐廳的理由是什麼呢？

1. 因為好不容易訂到位子了
2. 因為是高級料理但相對是便宜的
3. 因為受歡迎
4. 因為店員的服務態度是一流的

2番 185 P. 137

男の人と女の人が理想の結婚相手について話しています。女の人の理想の結婚相手はどんな人だと言いましたか。

F：ねえ、結婚するなら、どんな人がいい？

M：そうだね。やっぱり家庭的な女性が一番だな。

F：そう？最近は共働きの夫婦が多いから、二人で家事を分担する家庭が多いのよ。

M：そうはいっても、結婚するならやっぱり料理や掃除などの家事が得意な女性がいいよ！大半の男性は、そう考えてるんじゃない？

F：まあ、それはそうかもね。

M：リカさんは？やっぱり経済力がある人がいいと思ってるでしょ？

F：若い頃はそうだったんだけど、最近は、思いやりのある人がいいかなって思ってきた。

M：へえ～、そうなんだ。でもさ、思いやりがあっても、お金がなければうまくいかないに決まってるよ。だって、苦労するのは目に見えてるから。

F：でも、私、外で働いて帰ってきたときに、気兼ねなく、ほっと安心できる毎日を過ごしたいの。例えば体調が悪い時に気遣ってくれたり、落ち込んだときには励ましてくれたり。そういう男性こそ、私を幸せにしてくれると思うんだ。

M：なるほどね。条件面で合意できている関係であっても、お互いが心地良くほっと安心できる関係じゃなければ、うまくいくわけないよね。

F：うん、そうなのよ！

女の人の理想の結婚相手はどんな人だと言いましたか。

1. 家庭的な人
2. 経済力がある人
3. 思いやりがある人
4. 条件面で合意できる人

男人與女人在討論理想的結婚對象。女人說她的理想結婚對象是什麼樣的人？

女：誒，你要結婚的話，什麼樣的人好呢？

男：這個嘛，我覺得家庭型的女性還是最好的。

女：喔？最近雙薪夫妻多，所有兩人共同分擔家事的家庭也很多喔。

男：話雖如此，但是結婚的話還是擅長做飯、打掃的女性比較合適，我想太部分的男性還是那麼想的吧？

女：嗯，說的也是啦！

男：莉香你呢？還是覺得有經濟能力的人比較好吧？

女：年輕的時候是這麼想，但是最近開始覺得體貼的人比較好。

男：喔？這樣啊！不過就算是體貼，沒有錢的話也一定不順利的。因為很明顯的一定會吃苦頭。

女：不過我希望每天在外面工作回來時，可以不必顧慮什麼安心地過日子。譬如我不舒服時會掛心我、我心情低落時會鼓勵我，我覺得這樣的男性才會帶給我幸福。

男：原來如此。就算是在條件上意見一致的關係，如果彼此無法舒服安心的話也是不會順利的。

女：對，就是這樣。

女人說她的理想結婚對象是什麼樣的人？

1. 家庭型的人
2. 有經濟能力的人
3. 體貼的人
4. 在條件上意見一致的人

3番 186 P. 138

男の人が新型ロボットについて説明しています。この新しいロボットが今できないことは何ですか。

M：えー、今から新型介護ロボットのご説明をさせていただきます。介護ロボットによって、体の負担が大幅に軽減されたり、時間的な余裕が出てきたりすると、精神的なストレスも改善されていくことにもつながります。このロボットは食事を運んだり、掃除したり、ドアを開けたりと、介護サポートのお役に立てることは間違いありませんが、歌を歌うとか、話しかけられたら答えるとか、そんな風に利用者さんたちみんなに喜んでいただけるようにするのが、今後の目標です。

この新しいロボットが今できないことは何ですか。

1. 食事を運ぶこと
2. 歌を歌うこと
3. ドアを開けること
4. 掃除をすること

男人針對新型機械人進行說明。新的機械人目前無法做到的是什麼？

男：我現在來介紹新型的看護機械人。因為看護機械人的關係，使得人體的負擔大幅減輕，時間上更有餘裕，如此一來就能改善精神上的壓力。這部機械人可以端上餐點、打掃、開門等等，對看護支援的確很有幫助，但是今後的目標是希望它能夠開口唱歌、回應答話等等讓使用者能開心。

新的機械人目前無法做到的是什麼？

1.端上餐點
2.唱歌
3.開門
4.打掃

4番 187 P. 138

男の人がある詩人について話しています。この詩人の作品が今若者の間でブームになったきっかけは何ですか。

M：この森川あきらは20世紀初めの詩人ですが、31歳でなくなったので、あまり作品は残っていません。また当時、詩人の間では高く評価されていましたが、一般には知られていませんでした。ところが最近、テレビのコマーシャルで作品が使われてから、急に人気が高まり、いまや若者の間で大ブームになっています。その要因は彼の作品が現代の若者の感覚にあっているからだと言われています。

この詩人の作品が今ブームになったきっかけは何ですか。

1. この詩人が最近なくなったこと
2. コマーシャルで使ったこと
3. 詩人の間で急に評価が高まったこと
4. 彼が31歳という若い詩人だから

男人正在談論某位詩人。這位詩人的作品目前在年輕人之間引起風潮的契機是什麼？

男：這位森川明是 20 世紀的詩人，31 歲的時候過世，留下的作品不多，同時當時他僅在詩人之間受到很高的評價，但是一般卻鮮為人知。沒想到最近電視廣告使用了他的作品，突然間他人氣高漲，目前在年輕人之間引起熱烈風潮，一般認為其主要原因是因為他的作品貼近現代年輕人的感覺。

這位詩人的作品引起風潮的契機是什麼？

1. 這位詩人最近過世了
2. 被用在廣告裡了
3. 在詩人之間突然獲得好評價
4. 他是 31 歲的年輕詩人的緣故

5番 188 P. 139

男の人と女の人が話しています。男の人は、どうして料理を持って帰らない、と言っていますか。

F：はぁ、もうお腹いっぱい。お料理、こんなに残っちゃったし、山下君、持って帰ったら？一人暮らしで、毎日食事の準備とか、大変でしょう。

M：ああ、たしかに。一人だと面倒で、あまり作らないですね。お茶漬けですましちゃったりとか、ほぼ食材そのままとか、すごく適当に食べてしまいます。

F：そうでしょう。これなら電子レンジで温めればすぐ食べられるし、便利よ。

M：お気遣いいただき、ありがとうございます。でもぼく、今回は遠慮させていただきたいんです。こんなにも、一人で食べきれないでしょうし、明日から出張で、週末まで戻らないし…。

F：冷蔵庫に入れておいて、食べる分だけお皿に入れてチンすればいいのよ。

M：家を空ける前に、冷蔵庫を空にしておきたいと思って、数日前から片付けているんです。

F：へぇ、冷蔵庫に残ってるもの、少しずつ計画的に食べていたってわけね。

M：ええ、出張先での仕事の具合によっては、東京に戻るのが急に延期になることもしばしばあるので。

F：そう、やっぱり一人暮らしって大変ね。

男の人は、どうして料理を持って帰らない、と言っていますか。

1. 家に食べ物を残したくないから

2. 一人では食べたくないから
3. 気を使って遠慮しているから
4. 自分で料理できないから

男人和女人正在談話。男人說為什麼不帶料理回家？

女：啊，很飽了。料理剩下這麼多，山下，你帶回去吧！你一個人住要準備每天的食物很辛苦吧？

男：一個人的確很麻煩，所以不常做。大概就是茶泡飯打發或是食物從簡料理，吃得很隨便。

女：是吧。這個用微波爐熱一下就可以吃了，很方便。

男：謝謝你的費心。但是這一次我就不用了。這麼多我一個人也吃不完。而且明天開始要去出差，週末之前是不會回來……。

女：放到冰箱，將要吃的量放到盤子微波一下就可以了啊。

男：不在家之前想讓冰箱都清空，所以幾天前就開始在整理了。

女：啊，所以你現在把冰箱裡剩下來的食物有計劃的一點點的吃掉對吧？

男：嗯，因為常常因為出差地方的工作狀況導致突然延後回東京的時間。

女：這樣啊，果然一個人住很辛苦。

請問男人說為什麼不帶料理回家？

1. 因為不想家裡留有食物
2. 因為不想一個人吃
3. 因為客氣
4. 因為自己不會做料理

6番 189 P. 139

気象予報士が話しています。気象予報士が伝えている内容に合っているものはどれですか。

F：全国的に晴れ間が広がり、すがすがしい朝になりました。現在気温は19℃、洗濯指数も70と、高い値を示しています。しかし、こちら、南シナ海のほうへ目を向けてみますと、まだ小さいですが台風2号が発生していることがわかります。風速25メートルの非常に小型の台風ですが、この影響で、上空の湿った空気が日本列島の上に引き寄せられ、午後からはしだいに雲に覆われ、一時雨となる地域が多いでしょう。午後の気温は18℃、寒さを感じることはないでしょう。しかしこののち台風は日本列島へ上陸せず、太平洋中心のほうへ抜けるように、ゆっくり移動してゆくでしょう。

気象予報士が伝えている内容に合っているものはどれですか。

1. 天気も気温も安定し、全国的に晴れの一日になる
2. 気温はしだいに高くなり、洗濯するのは午後のほうがいい
3. 午後台風は日本列島に上陸し、雲が広がり一時雨になる
4. 台風の発生に伴い、午後からしだいに天気が悪くなる

氣象播報員正在播報氣象。和氣象播報員所播報的內容相符合的是哪一個呢？

女：今天全國都天氣晴朗，是個清爽的早晨。現在氣溫是攝氏 19 度。洗衣服的指數是 70，數值非常的高。但是往南海方面看，可以看到現在還是很小的 2 號颱風正在形成當中，是風速 25 公尺非常小型的颱風，但是受到它的影響，上空的濕空氣正往日本列島靠近，下午開始雲層逐漸變多，有很多地區會下短暫雨。下午的氣溫是攝氏 18 度。但是應該不會覺得冷。但是這個颱風不會登陸日本列島，會緩慢的移動穿過太平洋中心。

和氣象播報員所播報的內容相符合的是哪一個呢？

1. 天氣和氣溫都很安定，今天一整天全國都是晴天
2. 氣溫會逐漸的昇高，要洗衣服最好是下午洗
3. 下午颱風會登陸日本列島，雲層會擴展，會下短暫雨
4. 隨著颱風的發生，下午開始天氣會逐漸變不好

問題３ 概要理解

１番 191 P. 140

ラジオで男の人が話しています。

M：日本は木と紙の文化だと言われます。コンクリートやプラスチックに囲まれた現代の日本では、そうした文化は見えがたくなっていますが、あらためて伝統的な生活を見てみると、建築から日用品まで、木材とそこから作られる紙が欠かせないことが分かるんです。近年では、和紙が再び見直されて、以前にはなかったような製品、例えばカバンやスリッパ、それに食器など、いろいろな用途に活用され始めているようです。和紙はその自然な色や手に持った時の感触がとても心地いいんです。今後も和紙の新しい用途がどんどん増えていくでしょう。それがとても楽しみです。

男の人は何について話していますか。

1. 失われた日本の伝統文化
2. プラスチックの代わりに和紙を使うこと
3. 和紙の新しい用途が生まれていること
4. 和紙の活用によって昔の生活スタイルに戻ること

廣播中男人正在講話。

男：日本是木材和紙的文化。在水泥及塑膠包圍的現代日本，已越來越難見到那樣的文化。不過重新看看傳統生活的話，就可以知道從建築到日用品，木材及由木材製成的紙張是不可缺少的。近年來和紙被再次重新認識，以前所沒有的製品，例如包包、拖鞋及餐具等，開始活用於各種用途上。和紙的自然色彩及拿在手上的觸感非常舒服。今後和紙的用途也會逐漸增廣吧，令人非常期待。

男人正在說什麼？

1. 失去的傳統日本文化
2. 使用和紙取替塑膠
3. 出現和紙的新用途
4. 透過和紙活用返回過往生活型態

2番 192 P. 140

会社の企画部の会議で、女の人が話しています。

F：香りがもたらす効果について、最近、いくつもの大学や研究機関から論文が発表されています。単純なリラックス効果や気分転換だけでなく、血液循環や睡眠の質を良くしたり、集中力や運動能力の向上、あるいは免疫力を高めるといった効果まで科学的に確認されています。これまで私たちの製品にも香りは付けていましたが、イメージを良くするためだけのものでした。しかし今後は、香りの効果を実際に活用するための製品を考えてみてはどうでしょうか。幸い、隣の川上市にある東和大学には匂いを研究していらっしゃる先生がいらっしゃるそうです。大学と協力して新製品を共同開発できれば、新しい分野が開けると思います。

女の人は何について話していますか。

1. 香りを活用できる製品を開発すること
2. 香りを使った製品をたくさん作ること
3. 香りで人間のさまざまな問題が解決できること
4. 香りの研究をする論文を発表したこと

公司企劃部的會議中，女人正在講話。

女：關於香味所帶來的效用，最近有好幾個大學及研究機關發表了論文，不只是單純的放鬆或轉換心情，促進血液循環、改善睡眠品質，集中力及運動能力的提升，甚至提高免疫力等效果，均得到科學上的驗證。至今為止我們的產品雖然都有香味，但僅止於為了增進良好形象而已。不過，今後來思考看看實際活用香味的效用的商品如何？幸運的是，位於鄰近川上市的東和大學有研究氣味的老師。如果能和大學合作共同開發新產品，我想會打開新的領域。

女人正在說什麼？

1. 開發能活用香味的產品
2. 生產大量有香味的產品
3. 使用香味解決人類各式各樣的問題
4. 發表了研究香味的論文

3番 193 P. 140

子育て教室で、男の人が話しています。

M：赤ちゃんにはできるだけ話しかけてあげてください。初めて子供を育てるという方の中には、何を話して良いか分からないという方もいらっしゃると思います。特に、お父さんはそう感じるようです。しかし赤ちゃんは言葉の意味は分からなくても、声や表情をちゃんと感じています。声や表情から感じるやさしさや心地良さ、または悲しさや不快さを通して、いろんなことを理解し学習していくのです。赤ちゃんの世話をする時も、黙って接するのではなく、積極的に話しかけてあげてください。できれば肯定的な言い方がいいですが、感じたことを自然な言葉で伝えるようにしましょう。そのためにも、お父さんやお母さんには、日々心の余裕が必要です。

男の人は何について話していますか。

1. 赤ちゃんの世話をするには、時間が必要であること
2. 赤ちゃんは大人の表情だけで理解できること
3. 赤ちゃんは大人の言葉をかなり理解していること
4. 赤ちゃんにはできるだけ話しかけること

男人正在育兒教室裡講話。

男：請各位盡可能地和寶寶講話。在第一次養育孩子的父母當中，我想有人會不曉得該和孩子說什麼好，尤其是爸爸。不過嬰兒即使不懂語言的意思，仍能充分感受到聲音和表情。從聲音和表情中感受到溫柔及舒適，或是悲傷、不愉快，透過這些漸漸去理解學習各種事物。照顧寶寶時也是，不要不發一語，要積極跟寶寶說說話。可能的話用肯定的說話方式當然是最好，不過請大家將自己的感受用自然的語言傳達出來吧！為此，爸爸媽媽們每天都需要有寬裕的心情。

男人正在說什麼？

1. 照顧寶寶需要時間
2. 嬰兒透過大人的表情就能理解
3. 嬰兒能夠充分理解大人的語言
4. 最好盡量和寶寶說話

4番 194 P. 140

ラジオで女の人が話しています。

F：ご存知のように睡眠には、眠っている時間の長さや布団に入る時間、食事の量とその時間、運動、布団や枕、部屋の温度など、いろいろな事柄が深く関係しています。それらを一度に全部整えようとするのは難しいでしょう。そこで、まずは起きる時間を決めることをお勧めします。人間は朝、起きて活動を始めてから16時間くらいで眠くなります。つまり寝る時間を守ろうとするより、そうすることで、自然に睡眠リズムを整えやすくするのです。その結果、生活が規則正しくなり、よりいい睡眠も摂れるようになるはずです。

女の人は何について紹介していますか。

1. 睡眠と食事の関係性
2. 長い睡眠時間の必要性
3. 起きる時間を決めることの重要性
4. すべての生活を規則正しくする大切さ

廣播裡女人正在講話。

女：如大家所知，睡眠和睡眠時間長短、就寢時間、飲食份量及飲食時間，運動、棉被或枕頭、房間的溫度等各種條件，有密切的關係。一次要想具足所有條件很困難吧？因此，建議您首先決定起床時間。人類在早晨起床開始活動後的16個小時左右會變得想睡。比起遵守就寢時間，（決定起床時間）更容易自然地調整好睡眠節奏。透過這樣做，生活應該會開始變得規律，可以擁有更良好的睡眠。

女人正在介紹什麼？

1. 睡眠和飲食的關係
2. 長時間睡眠的重要性
3. 決定起床時間的重要性
4. 讓整體生活都變得規律的重要性

5番 195 P. 140

小学校で先生が児童の親たちに話しています。

M：今年一年ももうすぐ終わり、来週から冬休みです。冬休みは短いですが、とても大切な時間です。仕事が休みになるお父さんやお母さんもいらっしゃるでしょうし、大掃除やお正月などご家族で一緒に過ごすことも増えると思います。旅行や遊び、また勉強も大事ですが、ご家族でゆっくりと一年を振り返ったり来年の計画を考えるというのも大切です。成長するにしたがって、勉強や友だちとの付き合いなどで家族との時間はどんどん減っていくものです。冬休みを子供との貴重な時間にしてください。

先生は何について話していますか。

1. 子供に掃除をさせることの重要性
2. 子供が来年の計画を立てるときの注意点
3. 子供が冬休みを家族と共に過ごすことの大切さ
4. 今後の子供の成長についての悩み

小學裡老師正在和兒童的父母講話。

男：今年一年即將結束，下週開始便是寒假。寒假雖短但卻是非常重要的時間。因為父母親工作得以休息在家，大掃除及過年等家人一起過的時光也會增加。雖然旅行、玩樂及讀書很重要，不過和家人們一起回顧今年，思考明年度計畫這樣的事也很重要。隨著成長，讀書、交友等因素，和家人相處的時間會變得越來越少。請把寒假當成與孩子相處的重要時光。

老師正在說什麼？

1. 讓孩子打掃的重要性
2. 孩子訂立明年度計畫時的注意事項
3. 孩子和家人一起共度寒假的重要性
4. 關於今後孩子成長的煩惱

問題4 即時應答

1番 197 P. 141

M：内山さん、よかったら今晩うちにお食事にいらっしゃいませんか。

F：1. えっ、伺ってもよろしいんですか。
2. ああ、お宅では召し上がらないんですね。
3. はい、ぜひおいでください。

男：內山小姐，方便的話今晚來家裡吃飯好嗎？

女：1. 欸？方便去拜訪嗎？
2. 啊……在您府上是不吃的吧！
3. 是，請務必要來。

2番 198 P. 141

M：近所で工事してるけど、部屋で音楽が聴けないほどじゃないよ。

F：1. 部屋でゆっくりできないのは困るね。
2. そんなにうるさいの？
3. それくらいなら我慢できそうだね。

男：附近雖然在施工，不過也不到在房間聽不到音樂的程度。

女：1. 沒辦法在房間好好休息很困擾耶！
　2. 那麼吵嗎？
　3. 那樣程度的話應該還可以忍受吧？

3番 199 P. 141

M：駅前（えきまえ）のケーキ屋（や）さん、日曜日（にちようび）を除（のぞ）いて毎日営業（まいにちえいぎょう）してるそうですよ。

F：1. へえ。休（やす）みがないのは大変（たいへん）ですね。
　2. じゃあ、週末（しゅうまつ）は2日間（かかん）とも開（あ）いているんですね。
　3. よかった、それなら、土曜日（どようび）に行（い）ってみます。

男：車站前的蛋糕店，除了星期天每天都有營業喔。

女：1. 欸……沒有休息很辛苦呢！
　2. 那麼，週末兩天都有開吧。
　3. 太好了。那樣的話星期六去看看。

4番 200 P. 141

F：岩崎（いわさき）さん、午前中（ごぜんちゅう）の授業（じゅぎょう）、私（わたし）ちょっといけないんだけど、代（か）わりに私（わたし）の出席（しゅっせき）のサイン、しておいてもらうわけにはいかない？

M：1. 僕（ぼく）、サインはもらってないよ。
　2. えっ！代（か）わりのサインは無理（むり）だよ。
　3. えっ？そんなお願（ねが）いしてないよ。

女：岩崎，早上的課我沒辦法去，可不可以先代替我簽名出席呢？

男：1. 我沒拿到簽名喔！
　2. 欸……不能代簽啦！
　3. 欸？我沒拜託那樣的事喔！

5番 201 P. 141

M：ああ、試合（しあい）に負（ま）けた。悔（くや）しくてたまらないよ。

F：1. 次（つぎ）、頑張（がんば）ればいいじゃない。
　2. そんなに悔（くや）しくないの？
　3. 試合（しあい）しなくてもいいと思（おも）うよ。

男：啊……比賽輸了。非常不甘心啊！

女：1. 下次努力不就行了。
　2. 那麼心甘情願啊？
　3. 我認為不比賽也可以喔！

6番 202 P. 141

M：この電球（でんきゅう）、さすがにもう取（と）り替（か）えるしかないね。

F：1. 新（あたら）しいのに替（か）えなくてもいいの？

2. 新しいのに替えたら直ったね。
3. 新しいのなら倉庫にあるよ。

男：這顆燈泡，到底還是只能取下替換了。

女：1. 不換新的也可以嗎？
2. 替換成新的以後就修好了呢！
3. 新的燈泡的話在倉庫有喔。

7番 203 P. 141

F：日本語の発音は悪くないよ。このまま続けて聞き取りも練習すれば、きっと会話力アップするから。

M：1. 会話には発音も聞き取りも、大事なんですね。
2. 発音さえ合っていれば安心ですね。
3. 会話力が高くなって安心しました。

女：日語發音不錯喔！照這樣持續下去，聽力也練習的話，會話能力一定會提升的。

男：1. 在會話中，發音和聽力都很重要呢！
2. 只要發音有到位就安心了。
3. 會話能力提升就安心了。

8番 204 P. 141

F：この部屋、ソファーの置き方のせいか、部屋がずいぶん狭く見えるね。

M：1. じゃあ、位置を変えてみますか。
2. そうか、部屋が原因だったんですね。
3. どうして広く見えないんですか。

女：這間房間，不知是不是因為沙發的擺放方式，讓房間顯得很狹窄。

男：1. 那麼要改變位置看看嗎？
2. 這樣啊！房間是原因啊！
3. 為什麼看起來不寬敞呢？

9番 205 P. 141

F：ここの大学、授業内容にしても、キャンパスの場所にしても、言うことなしだね。

M：1. うん。ちょっと選びたくないな。
2. たしかに、今一つって感じだね。
3. そうだね。ここ受験してみようかな。

女：這裡的大學，上課內容也好，校園位置也好，讓人無從挑剔呢。

男：1. 嗯，不太想選耶！
2. 確實感覺還差了一點。
3. 對呀！來報考這裡看看吧！

10番 206 P. 141

F：レポートの提出締め切りに追われてて、嫌になっちゃうよ。

M：1. え、誰に追われてるの？
2. そっか。忙しいんだね。
3. 締め切りまではまだ時間があるんだね。

女：被報告的提交截止日期追著跑，覺得厭煩。

男：1. 咦？誰在追你？
2. 這樣啊！很忙吧？
3. 到截止日期為止還有時間吧？

11番 207 P. 141

M：マラソンに参加するの10年ぶりですよ。緊張するなあ。

F：1. 10年間も続けてるんですか。すごいですね。
2. 誰でも初めては緊張しますよね。
3. 久しぶりなんだから、怪我しないようにしてくださいね。

男：睽違十年再次參加馬拉松，真緊張啊！

女：1. 持續了十年之久啊？真不簡單呢！
2. 不管是誰第一次都會緊張吧？
3. 因為很久沒跑了，請注意不要受傷了喔！

問題5 統合理解

1番 209 P. 142

男性と女性が、国際交流会について話しています。

M：国際交流会の企画について相談したいんです。今年は予算を1人2,000円までに抑えつつ、外国人留学生と日本人との交流を含めるっていう本来の目的は変えずに何かできたらと思ってます。

F：じゃ、桜キャンプ場でのバーベキューはいかがですか。電車で2時間のところにあるんですが、材料費も予算内で収まりそうですし、豊かな自然で開放的な気分になって、会話も自然と盛り上がるんじゃないでしょうか。

M：電車で2時間ですか、でもそれって、日帰りできるんですか。

F：朝早く出発すれば、大丈夫だと思うんですが。もしもっと近くがいいなら、自然の中での散策するイベントです。体を動かした後は、団体向けにお店での食事がセットになったプランもあるんですよ。

M：うん、すばらしい自然の中でリラックスできるし、人との交流も深まるし、いわゆる一体感も増すってことですね。

F：はい。あと、思い切って方向を変えてみて、海でのゴミ拾いとかはいかがですか。今多くの人が海のごみ問題について関心を持っているようですし、外国の方と地域住民との交流のいい機会にもなりそうですからね。

M：そういえば、毎年5月に江ノ島で行われている清掃活動には、毎回多くの一般ボランティアが参加しているらしいです。ごみ拾いの後は、有名な「江の島ラーメン」で食事するっていうのもいいかもしれません。

F：あと、毎年やってる料理教室も、実は悪くないともいいますよ。でも、去年のアンケートに、「おいしかったですが、もっと食べたかったです」なんていう意見が多かったので、今年もまたやるなら料理の量を増やさないといけないかもしれません。

M：はい、外国の方に日本の食文化を紹介するっていうのはやっぱり海外からの皆さんに喜んでもらえる一つの選択肢ですね。でも今度はエコへの関心という共通点から考えましょう。予算内でできて、本来の目的にも合っているのがいいですからね。

男の人は今回の国際交流会で何をするのがいいと言っていますか。

1. 自然の中での散策
2. キャンプ場でのバーベキュー
3. 海でのゴミ拾い活動
4. 料理教室での交流会

男人和女人正在談論關於國際交流會。

男：我想跟你討論國際交流會的企劃。今年預算控制在 1 人 2,000 日圓以內，在外國人留學生及日本人的交流的本來目的不變的前提下，正在考慮能做什麼。

女：那麼，在櫻花露營區舉辦 BBQ 如何？位於搭電車兩小時車程的地方，材料費應該也可以控制在預算內，豐富的大自然且開放的氣氛，會話也會自然地熱絡起來吧。

男：搭電車兩個小時啊！不過那樣可以當日來回嗎？

女：一早出發的話應該是沒有問題。不過如果想要近一點的話，就是大自然散步活動。動動身體之後，再去適合團體用餐的店裡吃飯，也可以有這樣的配套規劃。

男：嗯，在美好的自然中可以放鬆，人與人的交流也可以更加深入，也就是說可以增加向心力吧！

女：是的。還有，也可以乾脆改變方向，到海邊淨灘怎麼樣？因為現在許多人都很關注海洋的垃圾問題，也會是一個外國人和地區居民交流的好機會。

男：說到這個，每年5月在江之島舉行的清掃活動，好像每次都有很多一般自願義工來參加。撿完垃圾之後，到有名的「江之島拉麵」用餐，應該也不錯。

女：還有，每年都舉辦的烹飪教室，我認為其實也不錯啊！不過，去年的問卷調查中「雖然很好吃，但還想多吃一點」之類的意見蠻多，所以今年如果也要舉辦的話，料理的份量可能要增加。

男：是的。介紹日本的飲食文化，果然還是外國朋友喜愛的選擇之一呢！不過這次我們就以對環保的關注這一個共同點來考慮吧！因為符合預算，也和原本的目的相符。

男人說這次的國際交流會要辦什麼活動好呢？

1. 大自然中散步
2. 露營區烤肉
3. 海邊淨灘活動
4. 烹飪教室的交流會

2番 210 P. 142

3人の学生が、話しています。

F1：来月、木村先生の誕生日だよ、知ってる？

F2：知ってる。6月10日、でしょ？みんなでプレゼント、贈ろうよ。

F1：そうしよう。先生、びっくりさせたいなぁ。やっぱり花束にする？メッセージカードと一緒に、授業の途中で、突然渡すの。それとも、突然みんなで歌いだす？「ハッピーバースデー、先生！」って。どう？

F2：みんなのメッセージを日本語で伝えるのは、とてもいいと思う。勉強の成果も活かせるし。

M：カードに書くんじゃなくて、動画にするのは？言葉で話すほうが、気持ち伝わるよ。

F2：あ、そうだよね！いいアイデア。

M：ケータイで録画すれば、カードをわざわざ買いに行かなくてもいいしね。内容は例えば…、誕生日の歌を歌った後で、一人ずつメッセージを言うんだ。だいたい、2～3分の動画にまとめられるんじゃないかな。

F2：わあ、素敵！授業の途中で、再生したら、先生、びっくりするだろうな。

F1：じゃあさ、花束を買ってきて、教室へ持ってくるのも大変だよね。

M：動画に花束のイラストを、たくさんつければいいんじゃない？

F1：動画の加工って、難しい？

M：簡単だよ。大丈夫、僕が編集できるから。

F1：本当？じゃ、今日から放課後に、少しずつ動画をとることにしよう。

F2：うん、それで決まりね。

先生への誕生日のお祝いに、何をすることにしましたか。

1. 授業の途中で、歌を歌いながら花束を渡す。
2. 花束とメッセージカードをいっしょに渡す。
3. 授業中に、準備した動画を再生する。
4. 放課後に、みんなで動画を見ながら歌を歌う。

三位學生正在講話。

女１：下個月是木村老師的生日喔，你們知道嗎？

女２：知道，是６月 10 號對吧？我們一起送禮物吧！

女１：好啊！想給老師一個驚喜呢！要送花束嗎？和卡片一起在上課途中拿給她，還是要大家突然唱起歌來？「Happy Birthday，老師」，這樣如何？

女２：我覺得大家一起用日文表達很棒，也運用了學習的成果。

男　：不要寫卡片，做個影片呢？用講話的方式更能傳達心意喔！

女２：啊，對耶！好主意。

男　：用手機錄影的話，也不用特地去買卡片了。內容的話，例如：唱完生日快樂歌之後，大家輪流講話。大概看能否彙整成２～３分鐘的影片。

女２：哇啊！真棒！在上課途中播放的話，老師會嚇一跳吧！

女１：那麼，買花束帶來教室也是不容易吧。

男　：在影片裡面加上許多花束的插畫怎麼樣？

女１：影片的加工會很難嗎？

男　：很簡單喔！沒問題，我可以編輯。

女１：真的嗎？那從今天開始，放學後我們就開始點一點拍影片囉！

女２：嗯，那就決定這樣。

給老師的生日祝福，決定怎麼做？

1. 上課途中，唱著歌遞上花束。
2. 同時遞上花束和卡片。
3. 上課途中播放準備好的影片。
4. 放學後大家一起看著影片唱歌。

３番 211 P. 143

ある日本語学校で、男性スタッフが今日の予定を説明しています。

M1：おはようございます。新入生の皆さんは、今日が初めての登校日ですね。まずは今から、この教室で日本語能力テストを受けてもらいます。これは、明日から各クラスに分かれて授業が行われますので、現時点での皆さんの日本語レベルをチェックするためのものですが、どうぞリラックスして受験してください。10時半までのテストですが、書き終わった人からこちらに提出した後、となりの教室でのインタビューに進んでください。こちらも日本語のレベルを測るもので、両方のテストを終えた人から、お昼休憩をとってください。昼食は、学校の食堂も11時から開いていますし、学校の外の店へ食べに行ってもかまいませんが、1時の健康診断が始まるまでには、必ず校内へ戻ってきてください。健康診断は男女分かれて行います。男の人は体育館、女の人は3階の教室へ行ってください。そして3時には、またこの教室へ集まってください。入学式が行われます。その後、こちらでは引き続き、新しく寮に入る学生への説明会があります。寮に入る予定の学生の皆さんは、その場に残っておいてください。寮に入らない皆さんは、入学式後、解散となります。

F：ああ、早速テストかぁ。緊張するね。

M2：筆記試験とインタビュー、両方あるんだね。じゃあテスト終わったら食堂で待ち合わせして、そこでご飯食べようか。

F：うん、そうだね。午後もけっこう忙しいね。健康診断は男女、場所が違うのね。気をつけなきゃ。

M2：入学式のあと寮の説明会があるんだけど、ぼく、参加しなきゃ。

F：そうね、私も女子寮だから。入学式が終わったら、そのまま一緒に、そこにいればいいのよね。

M2：うん。あ、そろそろ席につかないと。じゃあまたあとでね。

F：うん、お互いテスト頑張ろうね。

質問1

テストのあと、女の学生はどの順に移動しますか。

1. この教室→隣の教室→食堂
2. 食堂→3階の教室→この教室
3. 3階の教室→体育館→食堂
4. 食堂→体育館→この教室

質問2

テストのあと、男の学生はどの順に移動しますか。

1. この教室 → 隣の教室 → 体育館
2. 体育館 → 3階の教室 → この教室
3. 3階の教室 → 体育館 → 食堂
4. 食堂 → 体育館 → この教室

某個日本語學校的男性職員在說明今天的行程。

男1：大家早。各位新生今天是第一次到學校來，首先今天要在教室做日語能力測驗。因為明天開始要分班上課，是要測試各位現階段的日語程度，請輕鬆應考。考試考到10點半，寫完的人交到這裡來之後，請至隔壁教室接受面試，這個也是要測試日語能力，二種考試都考完的人可以午休。學校的餐廳從11點營業。到學校外面的店吃也沒關係，但是在1點開始健康檢查之前請一定要回到學校。健康檢查，男女生分開檢查。男生請到體育館，女生請到3樓的教室。3點請再回到這個教室集合。要舉行入學典禮，之後接著有新住宿學生的說明會，預定要住宿的同學請留在原地，不住宿的同學在入學典禮後可以解散。

女　：啊，一來就要考試，真緊張。

男2：筆試和面試二種都有。那考完試後在餐廳等，在那裡吃午餐吧！

女　：嗯，是啊，下午也很忙。健康檢查，男女生的地點不一樣，要注意。

男2：入學典禮之後有宿舍的說明會，我非參加不可。

女　：對啊，我也是女生宿舍的，入學典禮之後，一起留在那裡就可以了。

男2：嗯，啊，得就座了，那待會見。

女　：嗯，考試加油哦！

問題1　考試之後女同學，按怎樣的順序移動呢？

1. 這間教室 → 隔壁教室 → 食堂
2. 餐廳 → 3樓教室 → 這間教室
3. 3樓教室 → 體育館 → 餐廳
4. 餐廳 → 體育館 → 這間教室

問題2　考試之後男同學，按怎樣的順序移動呢？

1. 這間教室 → 隔壁教室 → 體育館
2. 體育館 → 3樓教室 → 這間教室
3. 3樓教室 → 體育館 → 餐廳
4. 餐廳 → 體育館 → 這間教室

第六回

問題 1　課題理解

1 番　213　P. 144

電話で、男の人と女の人が話しています。女の人はこのあと、何をしなければなりませんか。

M：もしもし、西田君？秋山です。

F：あ、課長。どうもお疲れさまです。出張はいかがでしたか。午後 2 時までには会社にお戻りになりますよね。

M：それなんだがね、飛行機に乗り遅れてしまって、参ったよ。高速道路が思いのほか混んでいてさ。

F：ああ、それは災難でしたね。じゃあ、早速帰りの飛行機チケットを手配いたします。

M：ありがとう。でもそれはこっちで直接やるから大丈夫。たぶん次の便に変更できそうだし。西田君には、今日予定していたミーティングの件をお願いしたいんだ。今日はもう無理だから、明日にしますって、課のメンバーに連絡しておいてほしいんです。

F：わかりました。えっと、ミーティングの時間は、今日と同じでいいですか。

M：いや、朝イチでやりたいんだけど、そう伝えておいてください。

F：かしこまりました。ミーティングには部長も参加なさるっておっしゃっていましたので、そう申し上げておきます。

M：あ、それは私のほうから連絡入れておくよ。乗り遅れたことも報告して謝らなきゃいけないし。

F：はい、わかりました。

M：じゃ、忙しいところ悪いけど、よろしく。

女の人はこのあと、何をしなければなりませんか。

1. 飛行機の乗り遅れを部長に報告する
2. 新しいチケットを手配する
3. ミーティングの時間変更をメンバーに伝える
4. 予定変更のことを部長に謝る

男人和女人正在通電話。女人之後必須做什麼？

男：喂，是西田小姐嗎？我是秋山。
女：啊！課長，您辛苦了。這趟出差還好嗎？記得您是下午２點前會回到公司吧？
男：那個啊！我沒搭上飛機，真是傷腦筋。高速公路比想像中還要壅塞，
女：啊，真是災難一場！那我馬上幫您訂回程的機票！
男：謝謝，不過那種事我在這裡直接做就好了，應該可以改搭下個航班。我想拜託西田的是關於今天預定的討論會議的事。因為今天沒辦法參加，所以改成明天，請你聯絡課上的成員。
女：我明白了。會議的時間跟今天相同就好了嗎？
男：不，我想改成一大早，請你轉達。
女：明白了，因為經理說他也會參加會議，那我就將這些事情一併轉達上去。
男：啊！那件事就由我來聯絡吧！我必須報告沒搭上飛機的事情，然後向他表達歉意。
女：好的，我明白了。
男：不好意思，麻煩你了。

女人之後必須做什麼？

1. 將沒有搭上預定航班的事情告知經理
2. 訂新的機票
3. 告訴組員，原訂今天的討論會議將更改時間
4. 向經理道歉預定行程更改一事

2番 214 P. 144

大学で、女の学生と先生が話しています。女の学生はこのあと、まず、何をしますか？

F：先生、研究データを集めるために、街頭インタビューをするんですが、その質問内容をまとめてみました。見ていただけないでしょうか。
M：どれどれ。うん、これ、内容はとても良いと思うけど、聞き方については、もうちょっと考えた方がいいかもしれないね。インタビューの練習してみた？実際に聞く練習。
F：いえ、まだです。質問をまとめるのに時間がかかってしまって。
M：それが大事なポイントになると思うなあ。街頭だと、急いでいる人もいるだろうし、こちらの質問をきちんと理解してくれるかどうかも人によって違う。長くならず、分かりやすく聞く工夫が必要だよ。
F：はい、分かりました。
M：それとも、書いてもらうアンケート形式にして、それを補うかたちで口頭でも聞くようにしたら、どうかな？
F：はい、そうですね。その方がやりやすいし、間違いが無いような気がします。では、急いでこの内容の質問用紙をつくります。
M：時間がないから大変だと思うけど、やってみて。
F：はい。

女の学生はこのあと、まず、何をしますか？

1. インタビューの練習をする
2. アンケート用紙を作成する
3. 街頭に出て、質問する
4. 質問内容を作り直す

女學生與老師在大學中交談。女學生之後首先要做什麼？

女：老師，為了蒐集研究資料，我需要做街頭訪問，我整理了問題內容，可以請老師幫我看一下嗎？

男：我看看。嗯～，這個內容我覺得可以。但是詢問方式我覺得你再想想比較好。你有試做訪問練習嗎？實際的問問題練習。

女：不，還沒有。我花了比較多的時間整理問題。

男：那可是很重要的要點喔！街頭的話，有些人很匆忙，還有是否能理解我們的問題也是因人而異，所以要用心思，問的時候不能太長，要易懂才行。

女：好的，我知道了。

男：或是你改為請別人寫問卷的形式，然後再以輔助的形式用口頭問路人，如何？

女：嗯，也是。這個方法比較容易執行，又不會出錯。那麼我就趕快製作內容問題紙。

男：没什麼時間我想你會很辛苦，不過你試試吧！

女：好的。

女學生之後首先要做什麼？

1. 做訪問練習
2. 製作問卷用紙
3. 到街頭問問題
4. 重新製作問題內容

3番 215 P. 145

会社で女の学生と男の人が話しています。女の学生はこの後、まず、何をしなければなりませんか？

F：失礼します。今日から職場体験でお世話になる青山と申します。よろしくお願いいたします。

M：課長の鈴木です。よろしくお願いします。今日から4週間でしたね。しっかり体験していってくださいね。はい、これが青山さんの仕事の予定表。皆にはもう伝えてあるけど、簡単に挨拶しておいてください。

F：はい、分かりました。

M：あ、その前に、これ、コピーしてきてくれる？あとで会議で使う資料なんだけど、10部ね。コピーしたら、1部ずつ課の皆に配りながら、挨拶しておいて。

F：はい、分かりました。

M：仕事については、事務処理の手伝いが多いと思うから、青山さん用のパソコンも用意してあります。とりあえず毎日やってもらわなきゃいけないことは、報告書作成ですね。

F：はい。あの、最初にパソコンの設定をするように言われているんですが。

M：うん。必要なパスワードを後で教えるから、さっきの件が終わったら、もう一度ここに来てください。

F：はい、分かりました。

女の学生はこの後、まず、何をしなければなりませんか？

1. 職場の同僚たちに挨拶をする
2. パソコンの設定をする
3. 報告書を書く
4. 会議の資料をコピーする

女學生與男人在公司交談。女學生之後首先得做什麼？

女：不好意思，我是今天要來進行職場體驗的青山。請多多指教。

男：我是課長，我姓鈴木，請多多指教。從今天開始為期四週對吧？請你好好體驗喔！好，這是青山同學你的工作預定表，我已經通知大家了，請你簡單向大家打個招呼。

女：好的，我知道了。

男：啊，在那之前，你可以先去影印這個嗎？這是等一下要在會議中使用的資料，要印10份。印好了之後，發給課裡的每一個人一份的同時，跟大家打招呼。

女：好的，我知道了。

男：工作方面，我想多半是事務性處理比較多，我準備了青山同學使用的電腦。總而言之，每天要做的就是製作報告書。

女：好的。嗯，有人叫我要在一開始就將電腦設定好。

男：嗯，我等一下會告訴你必要的密碼，剛才的工作完成後，再過來這裡一趟。

女：好，我知道了。

女學生之後首先得做什麼？

1. 向職場同仁打招呼
2. 設定電腦
3. 寫報告書
4. 影印會議資料

4番 216 P. 145

会社で男の人と女の人が話しています。男の人は今日これから何をしなければなりませんか。

M：課長、先日ご一緒した出張の報告書、まとめましたので、確認していただけますか。

F：ご苦労様。今回はあちこち回ったから、まとめるのが大変だったでしょう。

M：でも、課長からいただいたメモのおかげで助かりました。自分でとったメモだけだったら、本当に大変だったと思います。

F：じゃ、よかった。ところで、ここの数字、変更になったって、今日連絡があったの。悪いけど、これだけ直して電子ファイルで私に送っておいてくれる。今日はそれだけしたら、もう帰っていいわよ。他に修正があれば、明日伝えますから。印刷もその後でいいわ。

M：はい、わかりました。あと、課長のメモはどうしましょうか。

F：そうね、じゃ、それは私に戻してください。報告書の内容を確認するのに、メモがあった方が細かく思い出せるしね。

M：はい、わかりました。

F：あ、それと、出張先で集めたこの関連資料、明日でいいから、分類してファイルしておいてくれる？

M：わかりました。では、さっきの件だけやったら、今日は失礼します。

男の人は今日これから何をしなければなりませんか。

1. 報告書を印刷する
2. 関連資料をファイルする
3. 課長のメモを修正する
4. 報告書の数字を修正する

男人與女人在公司交談。男人今天等一下得做什麼？

男：課長，前幾天跟您一起出差的報告書，我整理好了，請您過目確認。。

女：辛苦了。這次跟我到處拜訪，整理起來很辛苦吧？

男：不過，因為課長給我的筆記幫了我很大的忙。如果只有我自己的筆記的話，真的會很辛苦。

女：啊！太好了。對了，今天有通知這個數字有更改喔！不好意思，你只要再修改這裡，改好後再傳電子檔給我。你今天做好這個就可以回家了。其他還有要修正的地方，明天我再跟你說。印刷也在之後再處理即可。

男：好的，我知道了。還有課長你的筆記要怎麼處理？

女：這個嘛，那就還給我好了。有筆記的話，比對報告書內容時比較容易想起細節。

男：好的，我知道了。

女：啊，還有你幫我將我們從出差地方蒐集來的相關資料做分類，這個明天做就好。

男：好。那我做好剛才交代的工作，我就下班了。

男人今天等一下得做什麼？

1. 印刷報告書
2. 將相關資料歸檔
3. 修正課長的筆記
4. 修正報告書的數字

5番 217 P. 146

学生の勉強会で、司会の人が話しています。参加者はこのあと、まず何をしますか。

M：では、第1回学部横断研究会を始めます。地方が抱える問題に大学がどんな対応をしていけるのか、異なる学部の学生が一緒に話し合い、新たな提案を学校側にしていきたいと考えています。流れとしては、皆さんにはグループ毎に話し合いをしていただきます。すでに事前のアンケートに基づいてグループに分け、リーダーを選ばせていただきました。グループメンバーには、様々な学部の人がいますが、リーダーを中心に話し合いを進めていってください。グループで課題を決め、それについて話し合い、最後にそれに対するアイデアや提案を発表していただきたいのです。先ずは、各自、学部での研究テーマも加えて、グループ内で自己紹介をして、それから本題に入ってください。では、各グループのリーダー、お願いします。

参加者はこのあと、まず何をしますか。

1. グループのリーダーを決める
2. 自己紹介をする
3. 話し合う課題を決める
4. アイデアや提案を発表する

在學生的讀書會中，司儀正在談話。參加者之後首先要做什麼？

男：那麼，開始進行第一次的學系橫向研究會。針對地方面臨的問題，大家要怎麼應對，我們請不同學系的學生一起討論，向校方提出新的提案。流程是大家按每個組別進行討論，我們已經事前根據問卷調查分組，並選出組長。組員中有各個學系的成員，請以組長為中心進行討論。按組別決定主題，針對其進行討論，最後再發表意見及提案等等。首先，大家在組內先自我介紹，同時介紹各自學系的研究題目，然後再進入本題。那麼，請各組組長開始進行。

參加者之後首先要做什麼？

1. 決定各組的組長
2. 做自我介紹
3. 決定討論的課題
4. 發表意見、提案等等

問題２ 重點理解

１番 219 P. 147

会社で、男性と女性が話しています。男性はどうして元気がないのですか。

F：あれ？鈴木さん、元気ないね、体調悪いの？今悪い風邪が流行ってるみたいだけど。

M：いや、今度のプロジェクトチームの一員に選ばれたんだ。

F：おめでとう！って？すごいじゃない。

M：いえ、ちょっとプレッシャー感じちゃって…。ぼくなんかに務まるんでしょうか、こんな大役…。どんな失敗しちゃうか、ちょっと心配なんだなあ。

F：なぁに言ってるのよ。別にあなた一人でやれって言われてるんじゃないんだから。

M：まあ、そうなんだけど。やっぱりこれからは、いろんなアイデアとか、自分から積極的に提案していかなきゃいけないと思うと、今日から寝られそうにないよ。

F：まあ、張り切ってるじゃない。その緊張感ももちつつ、楽しんでやってみれば？いろいろ試せる、いい機会じゃない。

M：はあ、そうだね…。焦るより、落ち着いて気持ちを集中させた方がいいんだよね。

男性はどうして元気がないのですか。

1. 風邪で体調が悪いから
2. 提出したアイデアがよくなかったから
3. 緊張しているから
4. チームのメンバーから外されたから

男人和女人正在公司談話。男人為什麼沒精神呢？

女：咦，鈴木先生怎麼沒有精神呢？身体不舒服嗎？現在好像有嚴重的流行感冒在流行。

男：不是啦，我被選為這一次的企劃案的一員。

女：啊，恭喜你。這不是很厲害嗎？

男：不，我感到有點壓力。……我真能勝任這麼重要的職務嗎？我擔心不知道會不會失敗。

女：你在說什麼啊，又不是叫你一個人去做。

男：話雖是這麼說，但是一想到從現在開始我必須積極的提出各種的點子，看來從今天開始就無法好好睡覺了。

女：你這不是幹勁十足嗎？你就保持著那樣的緊張感，試著愉快開心地去做做看，這可是可以做各種嘗試的好機會喔！

男：嗯，也是……。與其焦急，不如冷靜下來集中精神比較好。

男性為什麼沒精神呢？

1. 因為感冒身体狀況不太好
2. 提出的點子不太好
3. 因為很緊張
4. 因為被排除在小組成員之外了

2番 (220) P. 147

男の人と女の人が話しています。女の人は、どうして犬が飼えない、と言っていますか。

F：ねえ、誰かうちの犬をもらってくれる人知らないかな。

M：え？どうかしたの？たしか先月、飼ったばかりじゃなかったっけ…。

F：そうなのよ。だからさ、えさとかトイレシートとかも半年分揃えてしまったんだけどね、それと一緒にお譲りしようかと思って。

M：そういえばこの前、あの子はよく吠えて困るんだって言ってたよね。

F：うん、知らない人が家に来たら必ず吠えるのよ。でもそうじゃなくてもよく吠えるんだよね…。

M：そうなの？困ったねぇ。動物病院へ連れて行って診てもらったら？

F：病院へ連れて行ってもみたわよ。先生は犬は決して無駄に吠えているわけじゃないんで、何か原因があるかもって言ってたんだ。

M：でしょう！しばらく様子を見てあげたら？運動が足りないので散歩に行きたいとか、エサが足りないとか？何も別に、譲らなくても…。

F：違うんだ。実は、うちのマンション、ペット禁止って知らなくて…。

M：ええっ、ちゃんと確かめずに連れてきちゃったの？

F：うん…。はぁ、大家さんにちゃんと聞いてからにすればよかったんだけど、私ってせっかちね。

M：そういうことか…。

女の人は、どうして犬が飼えない、と言っていますか。

1. よく吠えているから
2. 犬のえさなどでお金がかかるから
3. 女の人のマンションは犬が飼えないから
4. 大家さんが譲ってほしいと言っているから

男人和女人正在交談。請問女人說為什麼不能養狗呢？

女：啊，你知不知道有沒有人可以領養狗呢？

男：怎麼啦？你不是上個月才剛養嗎？

女：是啊，所以飼料和廁所衛生墊都有半年份，這些也都一起給。

男：說來，之前你說牠很會叫而傷腦筋對吧？

女：嗯，陌生人來我家牠一定會叫，但是不是這樣牠也很會叫。

男：這樣啊，真傷腦筋。你就帶牠去動物醫院看看嘛！

女：我有試著帶牠去醫院了，醫生說狗絕對不會無謂地吠叫，也許有什麼原因。

男：對嘛！你再觀察看看嘛，也許是運動不足想出去散步，或是飼料不夠之類的。你也不必將牠送人。

女：才不是呢！其實我不知道我住的公寓不能養寵物。

男：啊？你沒有先確認就帶回家啊？

女：是啊，早知道先問房東再帶回家就好了，我就是太急性子了。

男：原來是這麼回事啊！

女人說為什麼不能養狗呢？

1. 因為很會吠叫
2. 因為狗飼料要花錢
3. 因為女人住的公寓不能養狗
4. 因為房東希望轉讓給他

３番 221 P. 148

女の人が、相手先を訪問する際のマナーについて話しています。女の人は、どうして約束の時間より早く訪問してはいけない、と言っていますか。

F：商談先やお世話になっているかたのところなどへ訪問する際、まず気を付けておきたいことは、やはり時間です。事前には必ずアポイントメント。お会いする時間をあらかじめ相手のかたと相談しておくのはもちろんのことです。そして当日、遅刻のないように早めの到着を心がけがちですが、できればお約束の時間より少し、具体的には1分ほど過ぎてから、玄関先のチャイムを鳴らしたり、受付に取り次ぎをお願いするほうが良いのではないかと思います。例えば、相手側が何かの事情で準備が遅れていたりすることもありますよね。訪問先の状況は、こちらでうかがい知ることはできませんので、できる限り向こうに余裕を持たせる感じがいいと思います。とは言え、約束の時間より5分以上も過ぎてしまうと、それはかえって失礼です。たとえ5分でも、約束を守らない人だと思われてしまう可能性がありますので、気を付けてください。

女の人は、どうして約束の時間より早く訪問してはいけない、と言っていますか。

1. つい遅刻を気にしてしまうから
2. アポイントをしていないから
3. 早すぎると、取り次いでくれない可能性があるから
4. 相手に負担をかけるかもしれないから

女人正在談有關於去拜訪對方時的禮儀。女人說為什麼不能比約定的時間早去拜訪呢？

女：去拜訪商談的對象或受到照顧的人時，首先要注意的是時間，事前一定要先預約，會面的時間要事先和對方商量。然後當天為了避免遲到所以要早一點到。但是我認為最好是比約定的時間晚一點，具體而言大約是過１分鐘再按門鈴或是請服務台轉達，因為對方可能有事情耽誤了準備也說不定。拜訪的對象的情況我們是無法得知

的，因此最好盡量讓對方有充裕的時間是比較好的。但是雖說如此，如果比約定的時間晚超過 5 分鐘以上的話，反而就失禮了。可能會被認為是不遵守約定的人。請多加注意。

女人說為什麼不能比約定的時間早去拜訪呢？

1. 因為會擔心不小心遲到了
2. 因為沒有事先預約
3. 因為太早的話可能不會為你轉達
4. 因為可能會給對方負擔

4番 222 P. 148

男の人が、あるイベントについて説明しています。開催されているのは、どんなイベントですか。

M：本日から、東京都道田市のコミュニティホールで開催されている、中国の伝統文化を紹介するイベント、朝 10 時の入場開始を前に、長蛇の列ができていました。入場を今か今かと待ちわびる来客の中には、日本に住む世界各国からの留学生なども多数見受けられました。では中に入ってみましょう。えー、こちらは、特産物を展示販売するコーナーですが、試食もできる、ということで大人気のようです。特に、「岩茶」というお茶の一種を紹介するブースでは、日本では入手困難な珍しい商品ということから、多くの人が試飲用のコップに手を伸ばしていました。このイベントは来週 15 日までで、主催者によりますと、10 万人以上の来場者を見込んでいる、ということです。

開催されているのは、どんなイベントですか。

1. 中国の人に、日本の伝統文化を紹介するイベント
2. 中国の物や文化を、多くの人に知ってもらうためのイベント
3. 中国への留学生を集めるためのイベント
4. 中国のお茶について学習するためのイベント

男人正在針對某一個活動做說明。所舉辦的活動是哪一種活動呢？

男：從今天開始在東京都道田市活動中心所舉辦的介紹中國傳統文化的活動，在早上 10 點入場前就大排長龍，在急切等待入場的人當中很多都是住在日本的來自世界各國的留學生。讓我們進到會場內看看吧！咦，這裡是展覽販賣特產的攤位。因為可以試吃所以大受歡迎。特別是介紹一種叫「岩茶」的攤位，這是在日本很難買到的珍貴商品，所以有很多人伸手取試喝杯試喝。這個活動到下週的 15 日為止，根據主辦單位預測會有 10 萬名以上民眾入場。

所舉辦的活動是哪一種活動呢？

1. 向中國人介紹日本傳統文化的活動
2. 希望更多的人了解中國文物、文化的活動
3. 聚集要去中國的留學生的活動
4. 學習關於中國茶的活動

5番 223 P. 149

男の人と女の人がスキーツアーについて話しています。二人はどのツアーに申し込むことにしましたか。

M：一泊二日スキーツアーのことなんだけど、さっき旅行会社に 10,000 円のツアーが空いてるかどうか、確認してみたんだよ。

F：ありがとう。どうだった？

M：キャンセル待ちだって。8,000 円のもあってね。それならとれるんだけど。

F：8,000 円のツアーって、どんなものなの？

M：10,000 円のツアーとだいたい同じなんだけど、樹氷の見学がついてないみたい。

F：えっ、それが楽しみなのに…それだったら、やっぱりキャンセル待ちでいいから、見学付きのほうを申し込もうよ。

M：うーん。あのさ、土曜日の朝出発じゃないと無理かな。金曜日夜出発ならまだ空席があるらしいんだけど。

F：夜出発か…、うーん、どうかな。最近会社忙しくてさ、皆残ってるのに、私だけその日定時で帰るって、なんか言いづらいなあ。

M：そっか。じゃあ、しかたがないね。君の都合に合わせるよ。

F：うん、ありがとう。次はそっちの都合を優先させるから。

二人はどのツアーに申し込むことにしましたか。

1. 金曜日の 8,000 円のツアー
2. 金曜日の 10,000 円のツアー
3. 土曜日の 8,000 円のツアー
4. 土曜日の 10,000 円のツアー

男人與女人在討論滑雪旅行行程。兩人要報哪一個行程？

男：二天一夜的滑雪旅行行程，我剛才跟旅行社確認一萬日圓的行程有沒有名額。
女：謝謝你。結果如何？
男：要等候後補。也有 8 千日圓的行程，如果是那個的話，現在就可以報名。
女：8 千日圓的行程是什麼樣的內容？
男：大部分與一萬日圓的行程差不多，但是沒有參觀樹冰。
女：誒？我就期待那個。那樣的話還是後補，報名有參觀的行程吧！
男：好。那個，一定要週六早上出發嗎？如果

是週五晚上出發的話，似乎還有名額。

女：晚上出發啊？嗯，這個嘛……。最近公司很忙，大家都留下來加班，就我一個人那天說要準時下班，有點難開口。

男：這樣啊，那也沒辦法，就配合你吧！

女：嗯，謝謝。那麼下次就優先配合你。

兩人要報哪一個行程？

1. 星期五 8,000 日圓的行程
2. 星期五 10,000 日圓的行程
3. 星期六 8,000 日圓的行程
4. 星期六 10,000 日圓的行程

6番 224 P. 149

ラジオで、女の人が交通情報を伝えています。どうして東西自動車道は混雑するといっていますか。

F：1月4日、連休最終日の日曜日、午前10時の東西自動車道の交通情報をお伝えします。東西自動車道では、昨日から降り続く雪の影響で、県内の数か所で車による立往生が発生し、下り線は午前7時までに解消しましたが、上り線は今のところ、立往生解消の見通しは立っていないということです。現在、通行止め解除に向け除雪作業を片側一車線ずつで進めています。車線誘導による混雑が予想されますので、運転には十分ご注意ください。また今夜、再び大雪及び猛吹雪による通行止めが予想されますので、東西自動車道などの高速道路のご利用はお控えください。

どうして東西自動車道は混雑するといっていますか。

1. 大雪及び猛吹雪で通行止めだから
2. 今夜大雨が予想されるから
3. 連休が始まったから
4. 車を一車線に誘導しているから

收音機裡女人正在播報交通消息。為什麼東西汽車道會擁塞？

女：以下播報1月4日連假的最後一天星期日上午10點東西汽車道車況。東西汽車道昨日受到持續降雪的影響，縣內數個地方車輛動彈不得，雖然下行線於上午7點解除，但是上行線目前仍無解除的跡象。目前在單向車道進行解除禁止通行的除雪作業，預計因為指揮車輛會引起混亂，請各位注意行駛。另外，今天晚上預計可能因為大雪或暴風雪造成車輛停止通行，所以請盡量避免利用東西汽車道。

為什麼東西汽車道會擁塞？

1. 因為大雪及暴風雪造成車輛停止通行
2. 因為預計今晚將會降大雨
3. 因為連假已經開始
4. 因為引導車輛行駛到單線道

問題3 概要理解

1番 226 P. 150

講演会で男の人が話しています。

M：第一印象が大事だというのは、皆さんよくご存じだと思います。でも、第一印象を決めるのは外見や表情だけだとは限りません。実は、声の出し方や話し方も第一印象を大きく左右するんです。しかも、重要なのはそれがトレーニングで改善できるということです。特に、声の高さと話すスピードの組み合わせ次第で、相手は異なった印象を受けてしまいます。つまり、意識して声とスピードを変えて話せば、あなたが望む印象を相手に与えられるのです。その上で、話し方の技術も身につければ、第一印象だけでなく、さまざまな人間関係をコントロールできるようになるはずです。

男の人は何について話していますか。

1. 話し方を変えれば、第一印象を変えられること
2. トレーニングすれば、上手に話せるようになること
3. 印象を良くするには、話すのが重要であること
4. 第一印象を変えれば、人間関係をコントロールできること

演講會上男人正在講話。

男：第一印象很重要，我想諸位應該很清楚，不過第一印象並不一定只取決於外表及表情。實際上發聲的方式及說話方式也會大幅地左右第一印象，而且重要的是這能夠透過訓練改善。特別是依據聲音高低和說話速度的搭配組合，會決定對方感受到的不同的印象。總而言之，若能刻意地改變音調及語速講話，就能夠給對方留下你所想給對方的印象。在這基礎上，若也能學會說話方式的技巧的話，不只是第一印象，在各式各樣的人際關係中應該都可以掌握得很好。

男人正在說什麼？

1. 改變說話方式便能夠改變第一印象
2. 透過訓練，能夠使口才變好
3. 想讓印象變好，說話是很重要的
4. 改變第一印象便可以掌握人際關係

2番 227 P.

テレビでアナウンサーが話しています。

F：この竹野町には、その名前の通り竹がたくさん生えていて、タケノコの産地としても知られています。しかし今日

は、最近全国的に有名になっている竹野市のもう一つの名産品をご紹介します。それがこちら、竹の炭です。竹炭は用途も広く、竹野町では、この竹の炭を使っていない家庭はないと言われるほど、広く使われています。竹炭は、湿気やにおいを取るだけでなく酸化を防いだり水をきれいにしたり食品の味や料理の仕上げを良くしたりと数えればキリがないほど優秀な名産品なんです。

アナウンサーは主になにについて話していますか。

1. この町のタケノコのおいしさ
2. 竹のいろいろな活用法
3. 竹炭を使用している家庭の増加
4. 竹野町のもう一つの名産品

電視上主持人正在講話。

女：這座竹野町如其名生長了許多竹子，是有名的竹筍產地。但是今天我要介紹的是最近名揚全國的竹野市的另一個名產，那就是這個「竹炭」。竹炭的用途很廣，在竹野町可以說幾乎沒有家庭不使用這個竹炭。竹炭不只可以防潮、去除味道，還可以防止氧化、淨化水質，讓食物的味道、料理更完整等等，有數不清的好處，是優秀的名產。

主持人主要在談什麼？

1. 關於這個城鎮的竹筍的美味
2. 關於竹子的各種活用方法
3. 關於使用竹炭家庭增加
4. 竹野町的另一項名產

3番 228 P. 150

講演会で、女の人が話しています。

F：今日はカウンセラーの選び方についてお話ししたいと思います。ストレスが増え続ける現代社会の中で、その解決の手助けをするカウンセラーの数も増えています。カウンセラーの仕事は相談者を尊重しつつ、話をきちんと聞いて問題を解決する手伝いをすることです。ところが近年、カウンセラーによる問題も増えていて、相談に行ったのに、かえって嫌な思いをしたとか、逆に傷付いてしまったとかいうようなことがあるようです。カウンセラーというのは正式な職業名ではなく、また、関係する資格は国家資格以外にも民間の資格がいくつもあり、たとえ資格がなくてもカウンセラーになれる、ということが原因だそうです。では、カウンセラーをどう選べばよいのかですが…

女の人は主に何について話していますか。

1. カウンセラーの選び方
2. カウンセルでストレスが増える原因
3. 問題のあるカウンセラーもいるということ
4. 自分だけで問題を解決する方法

女人正在演講會上講話。

女：今天我想為各位講講心理諮商師的選擇方法。在壓力持續增加的現代社會中，幫助解決壓力的心理諮商師數量也增加了。心理諮商師的工作是尊重諮詢者而且傾聽並幫助他們解決問題。然而近年來，心理諮商師的問題也變多，明明是去諮商，卻受到不愉快的對待啦、反而感到受傷啦之類的。心理諮商師並非正式的職業名稱，且相關資格除了國家資格外，也有好幾種民間資格，即便沒有資格也能成為心理諮商師，這些是其原因。那麼，該如何選擇心理諮商師呢？……

女人主要在談什麼？

1. 心理諮商師的選擇方法
2. 因為心理諮商而壓力增加的原因
3. 有問題的心理諮商師的存在
4. 只靠自己解決問題的方法

4番 229 P. 150

テレビでデパートの店員が話しています。

M：うちは10年以上前から防災用品専門の売り場を作って、さまざまな防災グッズや保存食などを販売しています。どこかで地震などの災害が起きる度に注目されて売り上げは伸びるんですが、いつも一時的なものでした。ところが、この1、2年はずっと売れ続けているんです。今の保存食はいろいろな種類もあって味もおいしいことや、最近の登山やキャンプブームの影響もあるかと思います。でも、それ以上に大きいのは、近年気候が変わり異常気象や自然災害が増えていることと関係があるのではと感じています。

デパートの人は何について話していますか。

1. 防災用品を買う人は一時的に増えていること
2. 防災用品売り場を作った理由

3. 最近、防災用品や保存食の売れ行きがいい理由
4. 最近の登山ブームやキャンプブーム

電視裡百貨公司店員正在講話。

男：我們製作防災用品專門賣場已經十年以上，販售各種防災用品及保存食品等。每次當某個地方發生地震等災害時，就會受到注意而營業額提高，不過那總是暫時性的。然而，這一兩年一直都持續賣得很好。我想和現在的保存食品種類多味道好，以及最近登山及露營風氣的影響可能也有關係。不過我認為更主要的原因是，與近年氣候改變，異常氣候及自然災害的增加有關係。

百貨公司的人正在說什麼？

1. 購買防災用品的人暫時地增加
2. 設置防災用品賣場的理由
3. 最近防災用品及保存食品的銷售通路很好的理由
4. 關於最近的登山露營熱潮

5番 230 P. 150

テレビで専門家が話しています。

M：何か問題にぶつかった時、みなさんはどう解決しますか。もちろん様々な方法がありますが、重要なことは視点を変えることです。他人の意見を聞くのも、実は視点を変えているということなのです。一人で悩んでいるのは視点を変えられない状態だとも言えます。では一度、やってみましょう。難しくはありません。たとえば、皆さんの今ある問題を何か一つ思い出してみてください。次に、あなたが尊敬している、すごいと感じる人を想像してみてください。さて、その人物はあなたの問題に何と言うでしょうか。自然に思い浮かぶ言葉があるはずです。それが視点を変えるということなのです。

専門家の話のテーマは何ですか。

1. 問題解決にはさまざまな方法がある
2. 視点を変えれば問題は解決できる
3. 悩みを解決させるには他人に相談することが大切だ
4. 尊敬する人物に相談すれば問題は解決できる

電視上專家正在講話。

男：遇到問題時各位怎麼解決呢？雖然方法百百種，不過重要的是要改變觀點。聽取他人意見實際上也是改變觀點。一個人獨自煩惱，也可以說是處在無法改變觀點的狀態中。那麼來試一次看看吧！一點也不難。譬如，請各位想想看你現有的任何一個問題。接著請想像一位你感到尊敬、覺得很厲害的人，那麼那個人會對你的問題說些什麼呢？應該會自然浮現一些話。那正是改變你的觀點這回事。

專家說的主題是什麼？

1. 解決問題有各種方法
2. 改變觀點就能解決問題
3. 要解決煩惱與他人商量很重要
4. 只要和尊敬的人商量就能解決問題

問題４ 即時應答

１番 232 P. 151

F：昨日(きのう)押(お)し入(い)れを整理(せいり)したんですけど、要(い)らないものだらけでした。

M：1. 不用品(ふようひん)、そんなにありましたか。
　　2. 要(い)らないものは、何(なに)もなかったんですか。
　　3. ずっと探(さが)していたものがあったんですね。

女：昨天整理壁櫥，淨是一堆不必要的東西。

男：1. 不用的東西有那麼多嗎？
　　2. 沒有任何不要的東西嗎？
　　3. 有你一直在找的東西吧！

２番 233 P. 151

F：ほら、あちらでお客様(きゃくさま)がお待(ま)ちですよ。

M：1. お待(ま)たせしました。すぐにお呼(よ)びします。
　　2. すみません、すぐに参(まい)ります。
　　3. えっと、どちらでお待(ま)ちしましょうか。

女：喂，那邊有客人在等喔！

男：1. 讓您久等了。我馬上呼叫。
　　2. 不好意思，我馬上過去。
　　3. 嗯……要在哪裡等您呢？

３番 234 P. 151

M：あそこの美術館(びじゅつかん)、チケット買(か)ってからでないと入(はい)れないんだって。

F：1. へえ、入(はい)ってから買(か)うんだ。
　　2. 見学(けんがく)だけならチケット要(い)らないんだ。
　　3. じゃあ、買(か)ってこようよ。

男：那邊的美術館，聽說不先買票是無法進去的。

女：1. 欸……是進去以後再買啊！
　　2. 只是參觀的話不需要門票。
　　3. 那麼就去買吧！

４番 235 P. 151

M：課長(かちょう)に見(み)せる前(まえ)に部長(ぶちょう)に資料(しりょう)出(だ)しちゃったけど、悪(わる)かったかな？

F：1. もう課長(かちょう)にも出(だ)しちゃったの？

2. 部長が良ければ、課長も大丈夫なんじゃない。
3. え、資料、まだできてないの？

男：讓課長看之前，資料先給了經理了，是不是不太妥當？

女：1. 已經也交給課長了嗎？
2. 經理覺得可以的話，課長也沒問題吧？
3. 欸？資料還沒做好嗎？

5番 236 P. 151

F：小川さん、企画書、午前中のうちにコピーしておいてって言ったよね？

M：1. はい、何部コピーしましょうか。
2. じゃあ、コピーはもうしなくていいんですね。
3. すみません。もうすぐ終わりますので。

女：小川，我說過企劃書要在中午前先影印好吧？

男：1. 是，要印幾份呢？
2. 那麼就不用影印了是吧！
3. 不好意思，就快好了。

6番 237 P. 151

F：鈴木さん、演奏、すごくよかった。頑張って練習した甲斐があったね。

M：1. やっぱり練習不足でした。
2. そう言っていただけると嬉しいです。
3. あまり練習の成果、出てませんでしたよね。

女：鈴木，演奏非常棒。努力練習有價值呢！

男：1. 果然還是練習不夠。
2. 您能這樣說我很高興。
3. 練習的成果，沒怎麼發揮出來耶！

7番 238 P. 151

F：最近、私、忘れ物をしてしまいがちなんだよね。困ったなぁ。

M：1. それならもう心配いらないね。
2. 毎回一つずつ確認するようにしたら？
3. もしかしたら、どこかに置いてきたのかもしれないよ。

女：最近，我很容易忘東忘西呢！真是困擾。

男：1. 那樣的話，就不必擔心了呢！
2. 每次都盡量一個一個確認如何？
3. 說不定是放在某個地方了喔！

8番 (239) P. 151

F：この間道（あいだみち）でばったり元彼（もとかれ）と会（あ）っちゃって。

M：1. 彼（かれ）と会（あ）う約束（やくそく）してたの？
　2. へえー、そんなことあるんだ。
　3. 予定通（よていどお）り会（あ）えてよかったね

女：前幾天在這條小路上偶然撞見了前男友。

男：1. 你和他有約嗎？
　2. 欸……有那種事啊！
　3. 按照計畫碰面了真好呢！

9番 (240) P. 151

M：今年（ことし）のスピーチ大会（たいかい）、林（はやし）さんの優勝（ゆうしょう）は文句（もんく）のつけようがなかったね。

F：1. 本当（ほんとう）。素晴（すば）らしかったなあ。
　2. 本当（ほんとう）。林（はやし）さん、残念（ざんねん）だったね。
　3. そりゃあ、文句（もんく）も言（い）いたくなるよね。

男：今年的演講大賽，林同學的優勝讓人無從挑剔！

女：1. 真的，非常精彩呢！
　2. 真的，林同學，真是遺憾呢！
　3. 那樣當然會想抱怨個幾句吧？

10番 (241) P. 151

F：このマンション、高（たか）い家賃（やちん）のわりに、間取（まど）りと設備（せつび）はいまいちだね。

M：1. それなら高（たか）くても借（か）りる価値（かち）はありそうだね。
　2. もちろん、高（たか）ければ高（たか）いほど、住（す）み心地（ごこち）がいいに決（き）まってるよ。
　3. じゃあ、ここはやめておこうか。

女：這棟公寓，以這樣高的房租來說，隔間和設備都普普通通呢！

男：1. 那樣的話，看來即使很貴也有承租的價值呢！
　2. 當然，價格越高，住起來一定也越舒適。
　3. 那就放棄這邊吧？

11番 (242) P. 151

F：今回（こんかい）の試験（しけん）の点数（てんすう）、よくなかったからって、そんなに気（き）にすることないよ。

M：1. もちろん、よかったら気（き）にするよね。
　2. うん、本当（ほんとう）に嬉（うれ）しかったんだ。
　3. でもやっぱり落（お）ち込（こ）むよ。

女：儘管這次的考試分數不好，也不用那樣在意啦！

男：1. 當然，好的話就會在意吧！
　　2. 嗯，真的很高興。
　　3. 不過還是會失落啊！

問題５ 統合理解

１番 244 P. 152

アルバイトの面接で、店長と学生が話しています。

F：えっと、これまでのアルバイトの経験は？

M：以前半年ほど、日本食レストランで働いていたことがあります。

F：接客のほうですか？

M：はい。お客さんを席に案内したり、料理を運んだり、それに食後のテーブルの整理をしたりしました。

F：レジのほうは？

M：会計は正社員の人がやっていましたので、僕は…。あ、でも、お会計の案内はしていました。

F：お会計の案内？

M：はい。閉店15分前にお会計を終えてもらうように、席にいるお客さんに伝えて、お支払いを預かって、そしておつりを持っていったりとか。

F：あ、そういうことね。今回のアルバイト募集は、接客スタッフなんですが、えっと、ここには調理補佐希望って書いてあるけど。

M：そのとき、時々ですが、飲み物を作らせてもらったりもしていました。調理のほうは経験がありませんが、よくシェフの作る様子を見ていました。それで僕も、やってみたいなと思って。

F：そうですか。わかりました。まあ、それは今後考えるとして、とりあえず慣れるまではこちらの仕事だけを担当してもらうということで、いいでしょうか。

M：はい、わかりました。

F：では、一緒にがんばりましょうね。

M：はい、よろしくお願いします。

男の学生は、新しいアルバイトでどんな仕事をすることになりましたか。

1. 接客担当
2. 接客とレジ係担当
3. 飲み物だけの調理担当
4. 調理補助担当

打工面試時，店長和學生正在講話。

女：你到目前為止的打工經驗是？

男：之前曾有約半年期間在日式餐廳工作過。

女：接待客人嗎？

男：是的。為客人帶位、送餐，還有餐後的桌面整理等等。

女：收銀的部分呢？

男：結帳是由正職員工來做，所以我……。啊不過，我做過結帳的引導。

女：結帳的引導？

男：是的。在關店前 15 分鐘，為了結束收銀，會向還在座位上的客人傳達，收取金額結帳，再將找零拿過去之類的。

女：啊，是那樣的工作啊！這次的打工者募集的雖然是外場服務生，嗯……不過這裡也寫著希望協助製作餐點。

男：那時候，雖然是偶爾，也會幫忙調製飲料。雖然沒有做餐的經驗，不過經常看著主廚料理的樣子。所以我也很想試看看。

女：這樣啊！我了解了。 嗯，那件事之後再考慮，總之在你做習慣以前，先請你負責這邊的工作就好，可以嗎？

男：是，我知道了。

女：那麼就一起努力囉！

男：是，請多多指教。

在新的打工中，男學生要做什麼樣的工作？

1. 負責接待客人
2. 負責接待客人及收銀
3. 只負責調製飲料
4. 負責協助做餐

2番 245 P. 152

子ども支援サークルのボランティアメンバー3人が、話しています。

F1：毎年春休みにやっている親子ハイキングだけど、最近、参加者が減ってるんだよね。もっと参加者を増やす方法、何かないかな。

M：そう言えばさ、男の子がお父さんと参加する割合が、最近意外に多いじゃない？だからハイキングに合わせて蛙や昆虫なんかの生き物観察も体験するっていうのはどう？子どもたちに喜んでもらえると思うよ。

F1：でも、虫が苦手っていう子どもも多いんじゃない？

M：それなら、ハイキングの前に、もっと生き物に興味や親近感を持ってもらうように工夫してみるっていうのはどう？

F1：工夫って、どうやって？

M：例えばさ、紙芝居を使って蛙や昆虫をいろいろ紹介するの。そうしたら、女の子でも楽しんでくれるんじゃない？

F2：なるほど、生き物を擬人化して楽しく自然に親しませるようにするんだね。

F1：でも、ちょっと待って、紙芝居って誰が絵をかくの？ストーリーはどんな内容にするの？紙芝居するには、準備が多すぎるわよ。

M：みんなで作れば、そんなに大変じゃないよ。あと、紙芝居しながら、ケースに入れた蛙やダンゴムシを見せて、「どのダンゴムシが好き？」って聞いてみたり。そうしたら、子どもはだんだん、自分が選んだダンゴムシに親近感を持ちはじめるかも。

F2：どれもよさそうだね。ハイキングでは実際に生き物に触れる体験をすれば、きっと、親子ともに新たな発見や感動があるはずだよ。

F1：そうね、保護者がついたら、大丈夫かな。

M：よし、じゃ、それで決まり。

ハイキングの参加者を増やすために、どうすることにしましたか。

1. 子どもたちに蛙や昆虫の紹介をさせる。
2. ハイキングの前に、生き物に親しむ活動をする。
3. 子どもたちに蛙や昆虫の紙芝居を作らせる。
4. 子どもの親が、生き物をケースに入れてもってくる。

兒童支援社團的義工成員三人正在講話。

女１：每年春假舉辦的親子健行活動，最近參加的人減少了耶。有沒有吸引更多人來參加的方法呢？

男　：說到這個啊，最近男孩子和父親一起來參加的比例意外的多耶！所以配合健行活動，也做青蛙昆蟲之類的生物觀察體驗如何？我想孩子們應該會喜歡。

女１：不過，怕蟲的孩子也很多不是嗎？

男　：那樣的話，在健行之前，先做點行前功夫，讓他們對生物產生興趣及親近感怎麼樣？

女１：你說的功夫，要怎麼做？

男　：譬如用紙劇場做青蛙昆蟲的各種介紹。那樣的話，女孩子也會樂在其中吧？

女２：原來如此。將動物擬人化，讓他們愉快且自然而然地開始親近。

女１：不過等一下，紙劇場是誰要畫呢？故事內容要是什麼樣的呢？要做紙劇場準備的東西太多了啊！

男　：大家一起做的話也沒有那麼困難啦！還有一邊演戲，一邊讓孩子們看看箱子裡的青蛙或球馬陸，問問看「喜歡哪隻球馬陸？」。這樣一來，也許孩子們會逐漸地開始和自己選擇的球馬陸產生親近感。

女２：聽起來都很棒耶！在健行中，和生物實際體驗接觸的話，一定會帶給父母及孩子新的發現及感動。

女１：是啊！家長陪著的話，應該沒有問題。

男　：好，那就這樣決定了。

為增加健行的參加人數，要怎麼做？

1. 讓孩子們介紹青蛙或昆蟲。
2. 在健行前，舉辦親近生物的活動。
3. 讓孩子們製作青蛙及昆蟲的紙劇場。
4. 孩子的父母將生物裝在箱子裡帶來。

３番 246 P. 153

あるスポーツ施設で、女の人が説明しています。

F1：こちらの施設内では、バスケットボールや卓球はもちろん、他では珍しい、様々なスポーツを楽しんでいただけます。人気はアイススケート。あちら、左手奥にはスケートリンクがありますので、その手前の入り口でシューズを借りて、リンク内へご入場ください。また、同じリンク上でカーリングというスポーツを体験することもできます。インストラクターがやり方を指導してくれますので、初めての方も十分楽しんでいただけます。汗をかいたあとは、こちらの天然温泉でゆっくり疲れを癒してください。受付でタオルの貸し出しもしております。温泉で温まった体には…冷たいビール、ですよね。1階の軽食コーナーでは、飲み物はもちろん、おつまみをはじめ麺類やサンドイッチなどをご用意しております。

M：へえ、ここ、家族や友だちなんかと、1日遊んで楽しめるね。温泉もあるし、食事もできるし。

F2：温泉はあとにして、まずは思いっきりスポーツよ。ここにはアイススケートリンクがあるみたいね。

M：ああ、僕は温泉行って、食堂でビールでも飲みながら待っているよ。寒いの、嫌だし、ひざも痛いし。

F2：ええー、じゃあどうして今日、ここに来たのよ？

M：いやぁ、天然温泉があるって言ってたから、ひざの治療になるかな、なんて思って。

F2：そうだったの？じゃあゆっくりどうぞ。私、今日カーリングをしてみたかったんだけど、一人だとつまらないし、アイススケートだけにしとこうかな。で、そのあと体を温めて…。あ、ねえ、一人で先にビールはだめよ。温泉の後で一緒に乾杯するんだから。

M：え？君は帰り、僕の代わりに運転するんだから、飲んじゃだめだよ。

F2：はぁ？もう私、何のために今日ここに来たのか、わかんないじゃない！

質問 1

男(おとこ)の人(ひと)は、このあとまず何(なに)をしたいと言(い)っていますか。

1. カーリングをする
2. 温泉(おんせん)に入(はい)る
3. ビールを飲(の)む
4. アイススケートをする

質問 2

女(おんな)の人(ひと)は、このあとまず何(なに)をしたいと言(い)っていますか。

1. カーリングをする
2. 温泉(おんせん)に入(はい)る
3. ビールを飲(の)む
4. アイススケートをする

在某一個運動中心，女人正在做說明。

女1：在這個中心裡，籃球或桌球是一定有的，還有其他中心很少見的各式各樣運動可以玩。受歡迎的是溜冰，左手邊的盡頭是溜冰場，請在前面的入口租溜冰鞋後，進入溜冰場。在同一個場地也可以體驗叫冰上石壺的運動。教練會教如何玩，即使是第一次玩的人也可以玩的很盡性。流了汗之後請到這裡的天然溫泉好好的消除疲勞，在櫃台可以租借毛巾，泡完溫泉讓身體暖和之後，就是冰啤酒了。1 樓的輕食區備有飲料以及零食，麵類或三明治等。

男　：這裡可以和家人或朋友玩上一整天，又有溫泉也可以用餐。

女2：溫泉待會再去，先盡情的運動吧。這裡好像有溜冰場。

男　：啊，我去泡溫泉，之後去餐廳喝啤酒等你。我不喜歡冷，而且膝蓋也在痛。

女2：咦～那你今天為什麼來這裡呢？

男　：不是啊，聽說有溫泉，心想可以治療膝蓋。

女2：這樣子啊，那你就慢慢的泡吧。我本來很想試玩冰上石壺，但是一個人太無聊了，只好去溜冰了。之後才去讓身體暖和……。啊，你不可以一個人先喝啤酒哦。泡完溫泉之後再一起乾杯。

男　：啊？你不是回去時要代替我開車嗎？那就不可以喝酒啊。

女2：啊？我已經不懂今天是為什麼來這裡的了？

問題 1　男人說在這之後想做什麼事呢？

1. 玩冰上石壺
2. 泡溫泉
3. 喝啤酒
4. 溜冰

問題 2　女人說在這之後想做什麼事呢？

1. 玩冰上石壺
2. 泡溫泉
3. 喝啤酒
4. 溜冰

解答

第一回

問題 1	1	2	3	4	5
	3	4	4	4	3

問題 2	1	2	3	4	5	6
	2	2	1	3	3	2

問題 3	1	2	3	4	5
	3	2	4	1	1

問題 4	1	2	3	4	5	6	7	8	9	10	11
	1	2	2	1	3	2	3	1	3	1	2

問題 5	1	2	3	
	1	4	質問 1	3
			質問 2	1

第二回

問題 1	1	2	3	4	5
	1	1	2	1	3

問題 2	1	2	3	4	5	6
	2	1	1	1	3	2

問題 3	1	2	3	4	5
	4	2	3	1	3

問題 4	1	2	3	4	5	6	7	8	9	10	11
	2	3	3	1	3	2	3	3	3	1	2

問題 5	1	2	3	
	4	3	質問 1	2
			質問 2	2

第三回

問題 1	1	2	3	4	5
	2	4	3	4	1

問題 2	1	2	3	4	5	6
	1	2	3	3	3	4

問題 3	1	2	3	4	5
	4	2	4	1	4

問題 4	1	2	3	4	5	6	7	8	9	10	11
	3	3	1	3	3	2	2	3	3	3	2

<table>
<tr><td rowspan="3">問題 5</td><td>1</td><td>2</td><td colspan="2">3</td></tr>
<tr><td rowspan="2">4</td><td rowspan="2">4</td><td>質問 1</td><td>1</td></tr>
<tr><td>質問 2</td><td>2</td></tr>
</table>

第四回

問題 1	1	2	3	4	5
	2	2	3	2	1

問題 2	1	2	3	4	5	6
	3	4	2	1	1	3

問題 3	1	2	3	4	5
	3	3	4	1	2

問題 4	1	2	3	4	5	6	7	8	9	10	11
	3	1	3	2	1	1	2	2	2	2	2

<table>
<tr><td rowspan="3">問題 5</td><td>1</td><td>2</td><td colspan="2">3</td></tr>
<tr><td rowspan="2">3</td><td rowspan="2">4</td><td>質問 1</td><td>2</td></tr>
<tr><td>質問 2</td><td>4</td></tr>
</table>

第五回

問題 1	1	2	3	4	5
	2	4	1	2	3

問題 2	1	2	3	4	5	6
	3	3	2	2	1	4

問題 3	1	2	3	4	5
	3	1	4	3	3

問題 4	1	2	3	4	5	6	7	8	9	10	11
	1	3	3	2	1	3	1	1	3	2	3

<table>
<tr><th rowspan="3">問題 5</th><th>1</th><th>2</th><th colspan="2">3</th></tr>
<tr><td rowspan="2">3</td><td rowspan="2">3</td><td>質問 1</td><td>2</td></tr>
<tr><td>質問 2</td><td>4</td></tr>
</table>

第六回

問題 1	1	2	3	4	5
	3	2	4	4	2

問題 2	1	2	3	4	5	6
	3	3	4	2	4	4

問題 3	1	2	3	4	5
	1	4	3	3	2

問題 4	1	2	3	4	5	6	7	8	9	10	11
	1	2	3	2	3	2	2	2	1	3	3

<table>
<tr><th rowspan="3">問題 5</th><th>1</th><th>2</th><th colspan="2">3</th></tr>
<tr><td rowspan="2">1</td><td rowspan="2">2</td><td>質問 1</td><td>2</td></tr>
<tr><td>質問 2</td><td>4</td></tr>
</table>